U0947191

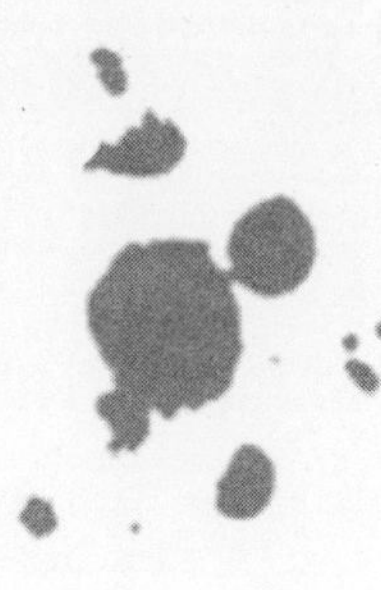

天下思想文库编委会

在公路上找回人民

◎刘洪波 著

人民不是**道路消费者**、**水电消费者**、**教育消费者**。人民的概念，不能用**消费者**的概念来取代。人民是社会和政治概念，消费者是**经济概念**。现在，“**消费者**”的概念在弥漫，扩散到**所有领域**，而人民的概念在弱化，乃至于遗忘，更有人因为“**人民**”、“**政治**”等概念经常被**歪曲性**地使用，在**拒绝**这种歪曲时干脆主动远离了“**人民**”和“**政治**”。

天下思想文库

華中科技大學出版社
http://www.hustp.com
中国·武汉

图书在版编目(CIP)数据

在公路上找回人民/刘洪波　著. —武汉:华中科技大学出版社,2013.4
ISBN 978-7-5609-8644-9
Ⅰ. ①在…　Ⅱ. 刘…　Ⅲ. 杂文-作品集-中国-当代　Ⅳ. I267.1

中国版本图书馆 CIP 数据核字(2012)第 305229 号

在公路上找回人民　　刘洪波　著

策划编辑:段　勇　吴安宁　　责任编辑:王晓东
封面设计:杨胜彬　　责任校对:何　欢
责任监印:张贵君
出版发行:华中科技大学出版社(中国·武汉)
武昌喻家山　邮编:430074　电话:(027)81321915
录　　排:华中科技大学惠友文印中心
印　　刷:湖北新华印务有限公司
开　　本:710mm×1060mm　1/16
印　　张:18.5
字　　数:266 千字
版　　次:2013 年 5 月第 1 版第 1 次印刷
定　　价:38.00 元

“天下思想文库”出版说明

从“先天下之忧而忧，后天下之乐而乐”、“天下兴亡，匹夫有责”，到“天下为公”和“天下者我们的天下”，中国的知识分子乃至黎民百姓都有一种强烈的济世情怀。正是这种绵延不绝的情怀，使中华民族屡克危难，紧密维系，历数千年而不竭，且日益成为衔接东西方文化的一种强大黏合剂。

“天下思想文库”将秉承这一深厚的人文传统，崇尚理性，批判与建设并重，鼓励不同观点的争鸣，悉心采集知识界、文化界富有价值的成果。中国的发展进步，离不开各种思想和思潮的合力推进，任何单极化的思维方式不仅无助于当下中国的文化建设，而且有碍于一种扎根本土的民主理念的健康生长。古人云，“不积跬步，无以至千里”，“千里之行，始于足下”。面对错综复杂的社会现实，需要每一位知识分子及普通公民给出理性的判断和清醒的认知。这是我们应该，而且能够做到的。

正是从这个意义上，“天下思想文库”愿意为中国的思想文化建设及社会进步，留下一行清晰而坚实的足印。

“天下思想文库”编委会

2012年10月8日

目录

CONTENTS

天下思想文库

在公路上找回人民

被隐蔽的强制阅读

山东省教育厅禁止全文推荐《三字经》、《弟子规》、《神童诗》等传统读物，引起了许多人的质疑。

质疑者的文化立场并不相同，有对传统蒙学读物在今日之中小学推广持反对意见者，也有对此乐观其成者。但无论如何，反对禁止令的声音是压倒性的。

不赞同在中小学推广传统蒙学读物者，更加反对行政权力以为掌握了是非标准的自以为是；赞同传统蒙学读物进课堂者，反对的是禁令使蒙学读物不能全面地被学习。两者看似相当，但主旨并不相同。前者是对权力的警惕，后者是对传统的维护。

现代国民教育，概言之要“成人”。但何为成人，何为不成人，成为怎样的人，操持者是国家，而决定者在民众。教育的成人目标，实际上也就是国家所设定的公民标准。但国家设定的公民标准，是由国家或具体来说由国家权力的掌握者制定，还是由民众对国家的定义和对人的发展的认识而定，可能形成很大的区别。

近些年来，教育问题一直纠结，根本在此。

谈论教育的人们，既愤怒于收费之重，也无奈于课业之重，还反感于教育内容的虚伪空洞或价值颠倒。这三种困境，不能说完全没有关联，但仍属不同问题。收费重，是国民支付的教育成本问题；课业重，是教育实施的方法问题；而教育内容的虚假空洞或价值颠倒，涉及的才是国家应当通过教育使学生成长为怎样的人的问题。

论收费，中国有过教育收费低廉的时代，使国民识字率大大提高，今日世界，发达如欧美，不发达如朝鲜古巴，义务教育都是由国家来承担的，民众负担的成本很低微。论课业，中国大陆学生的负担重，中国台湾和日本等地的学生负担也不可谓不重。但讲教育之不同，最大不同在于教育所内含的精神价值的不同，教育所说的“成人”

中那个被塑造的符合社会标准的人的含义不同。

《三字经》之类，既被列入中小学推荐读物，表明在教育主管部门，也就是国家教育权力的实施者看来，强制性阅读此类读物是必要的。同时，禁止全文推荐，又表明教育权力的实施者看来，强制性地进行部分阅读是必要的。一个禁令，引出的是两个强制性，一个强制是阅读的强制，另一个强制是不得全面阅读的强制。两个强制结合起来才构成了权力的全部，分辨两个强制才能更加明确地看到权力的强力介入。

强制不得全面阅读，正在受到各种文化立场的人的共同抨击。而强制阅读的问题，则悄然被放过了。显然，在强制阅读这个问题上，不同文化立场的人会产生分歧，形成赞成强制阅读与反对强制阅读两种态度。在反对强制不许全面阅读的共同声音之下，那个带有分歧的部分被隐蔽起来，未得讨论。

其实，中小学生是否要强制阅读《三字经》之类读物，是更为根本的问题，然后才是阅读是否应该全面。当所有人都去反对禁止全面阅读的命令时，放过是否应当强制阅读，实际上就做了一个“是该全面读还是部分读”的选择题，而先在地选择“强制读”则暗度陈仓地成了默认状态。

我并不认为《三字经》之类读物就一定不可以被设定为课堂内容而被强制阅读，但认为这应当是一个交予公众讨论的问题。教育主管机关固然有权设定课堂内容，但国家的教育方向、“成人”标准，根本上应当在民众手中，而不是权力机关自便决定。读经、不读经，读《三字经》、不读《三字经》，经过公众讨论并决定，都不是问题，不经讨论而悄然强制于课堂，则是问题。自便下令禁止全面阅读的强制令，固然要反对；但尤其要反对的是悄无声息地强制阅读。

传统文化纳入课堂，大概很少有人反对。然而，传统文化以何种方式进入课堂、教育对“成人”有何总体设定、现代公民养成训练是否受到重视、《三字经》之类在教育中置于何种地位等一系列问题，都应得到讨论。传统蒙学读物的强制推荐，意在使学生扩大视野、了解传统，还是建立基本价值、形成认知“根器”？

传统当然有其价值。但中国传统或多或少缺乏公益的价值、责任的价值、同情的价值、群体的价值，同时也多少缺乏自由的价值、权利的价值、理性的价值、个体的价值。不能说中国传统没有发育出科学和民主就一无是处。在科学精神与社会民主之外，还有人生的开展问题，还有文化和心理上安身的问题，还有个人精神空间选择的问题，还有观察世界的多种可能性是否存在的问题……多样性、丰富性总是有价值的，根系多元总是好的，单一总是有缺憾的。然而，另一个问题是，选择总是比强制好，未经公众讨论的强制则更是权力的蛮横。权力的正误表上，无论写着什么字样，最深处的源头必是迫使人们顺遂其意志。

信息攻防与图像政治

四川西充警察执法时殴打拍照教师。内蒙古鄂尔多斯在建赛马场垮塌，央广记者实地采访被城管和警察扣留两个多小时。

这样的事情，似乎是时有发生的。网上搜索，可以发现很多“拍照被打”的新闻，其中最著名的事件，是几年前湖北天门城管将一名用手机拍录执法的人打死。记者采访遭到扣留、阻挠的事，也不时而有。

这只是“信息攻防”在一个方面的表现而已。市民拍照，或者记者采访，只是获取信息，殴打、扣留或阻挠，是对信息获取行为的阻止。

市民拍照是直接拍摄公开场所的画面。执法行为是公开行为，施行于公开场所。拍摄公共主体、权力机关的活动，并不存在任何问题，却时常遭到执法者的制止和侵扰。

普通人采集信息会被殴打，记者采集信息也会被扣留，这是执法者在非法执法上给予的“同等待遇”;记者被殴打的情况少于普通人,算是一点区别对待。显然,权力者认为,不由自己处置的信息,就是一种潜在的或者现实的危险品,殴打、扣留等人身处置,或者现场删除照片、没收记录工具等行为处置,就是将危险去除。

这个时代,被称为信息时代。信息时代,有无所不在的信息工具,也有无所不在的信息行为。殴打、扣留之所以发生,在于信息采集行为被权力者当场发现了,而且这些采集行为,大多是因为具有形成直接证据的能力。你眼睛看到了,心里记下了,文字写下了,这都无所谓,但拍照、录音、录像等,就要阻止。

这涉及的是“图像政治”。图像具有力量,包括感染力、表达力、证据力等。这个社会在生产太多的图像,其中多数图像在权力者手中。城市里、大道上,到处装设有监控系统,记录之信息非海量不可以形容。掌握图像也很受重视,出警佩带录音录像设备、审讯进行全程录像等措施,早有报道。人们还发现,在一些事件中,图像会“合乎官意”地消失。拘留场所有人吊死,说是视频有死角,所以没拍到;公路上有人死在车轮下,说是视频设备正在调试,没有记录。

但现在,信息工具很容易获得,普通人也能够随时记录图像了。这就使“图像政治”的天平发生了一点朝向公众的倾斜。无数的记录工具掌握在普通人手中,这是对权力垄断图像的一种颠覆,于是形成了“图像拉锯”的一个新战场。图像的自由与图像的控制,信息的采集与信息的消灭,在信息时代变得尖锐,殴打、扣留等非法行为变得多了起来。

信息采集的限制,只是一个环节。信息时代,有广泛的发布渠道和传播渠道。于是信息攻防在发布渠道便有多种办法,包括被动性的通过特征词表进行的禁止、弥补性的删除,以及主动性的“五毛党”和“水军”活动。在传播渠道,有网络通道的限制、http404、“网页不存在”等方法,更加严厉的办法,则是诽谤治帖、“跨省追捕”等。

所有与信息有关的一切限制与反限制,在信息时代充分展开。

信息生活已是人类的基本生活方式，同时也成为限制与反限制的攻防胶着点。图像已经成为记录和阅读的普遍形态，同时图像之存灭和由谁掌握也成为权力与权利博弈的重要平台。从信息采集、信息发布到信息传播，无处不在的“握之谁手”之争在进行。信息公开变成了社会的基本术语，但信息公开是作为可信信息的渠道还是作为信息诱导的技术，仍是疑问。人人都有麦克风，这与权力的麦克风垄断欲在发生冲突。

我们就处在这样一个信息攻防加剧、图像政治浮现的场景。这是权力与权利具有时代特色的相争，其内在的焦点仍然是权利的觉醒和权力的绝不相让。我理解信息时代权力的烦恼，但无法祝贺其信息作战的胜利，这既是因为人类信息生活的历史所显示的趋势，更因为信息行为已如同吃饭穿衣一样成为人类基本生活方式。人是铁，饭是钢，你见过哪个权力战胜了肚皮对粮食的需要？

房子的新故事

房子的事情，没有解决，只有纠结。

近来，新华社呼吁住房观念回归理性，《人民日报》表示年轻人面对房价上涨要淡定。两家媒体都举了几个年轻人的例子，那是租房成家的幸福生活；又有专家分析为什么要先租后买，还有数据证明中国人首次购房年龄世界最低。

迅猛发展的房市，在各种治理措施未能奏效的情况下，终于进入了从治理“丈母娘和女青年”入手的阶段。2010 年或者 2009 年，认为房价高是丈母娘和女青年所致，还差不多是一个笑谈，现在，不能再这样看了。“年轻人就应该买不起房”这一论断通过“先租后买是理性”的表达形式确立下来。

先租后买，量力而行，无非是通过观念的变化，降低对房子的需求，对推高房价的需求釜底抽薪，从而使房价不再疯狂。十条八条之类的措施未显成效,供货方没有受到打压,只好转而求诸需求方,告诫他们不要那么急切地购买。回归理性,与民间一些人屡屡发起的"不买房倡议"异曲同工,只是口气较为软化一些,但"不买"不再是零星的倡议,而是高涨的旋律。

理性淡定之所以可以视为丈母娘致房价升高的变形表达,是因为年轻人买房多属为了成家之故,而非为了投资。而房子成为成家必备,当然与丈母娘和女青年的硬要求有关。"丈母娘和女青年推高房价"从一个笑谈变成一个正式的问题,"不买房"从自知力不从心的鸵鸟行为一变而为正式的治房韬略,显示了房价调控的吊诡效应。

"理性淡定"的呼吁是否会产生效果?无法预知。人们的买房行为是分散进行的,每个人以个体的方式面对着市场,买与不买,先买后买,是多个变量的函数,包括个人购买力、房市供应情况,以及房市涨价预期等。如果先买尽管很吃力但后买将代价更大,那么人们仍将努力先买。而城市化并未完成的事实,将成为房市需求的长期刚性因素。

经济分析,不是我关注的重点。我关注的是观念引导的奇异轮回。

早先,中国人并没有如此坚定的购房意志和购房决心,至于购买能力,过去与现在相比,谁弱谁强,那是另一回事。任何时候,购房都不是轻松的事情,对大多数人来说,这不是积蓄可以完成的伟业,而必须去贷款,用未来生活的信心去支付。

当人们没有购房意志和决心,而房市成长成为开发商的急需,同时居民住房被视为政府的"包袱"且急于卸下时,我们听到的不是"理性淡定"的引导,而是早买早好的教诲。"美国老太太借钱买房,享受一生,临终终于贷款还完了,房子也归己了;中国老太太一生积蓄,没有住上好房子,临终终于有了可买一套房的钱",一个多么形象的故事。这个故事包含着多重寓意:房子完全是自己的事情,不要依靠政府;为了房子过一种有压力的生活,是理所应当的;实现目标的方法有两种，借贷买房是合算的；生活品质的秘诀在于预先支付未来，而不是量现有之力。

这个形象的故事，与“先租后买，理性淡定”，是大不相同的。现在，我们需要讲年轻人怎样租而不买使生活幸福的故事，而不需要讲“美国房奴老太太”的故事了。

现在，很多人已经成为房奴，还会不断有人成为房奴，房奴已经成为一种定数，而且变得越来越不轻松了，越来越后怕、紧张了。情况远不是“享用一生，还清贷款”那么有诗意，生活会有各种变故，各种风险，从失业、养育到生病、突然死亡，虽然你住着房子，但可能处在永远的担心之中。

我们在听着新的故事，先租后买的故事，这个故事与过去的“房奴老太”的故事一样，意在解决房子的买卖问题。“房奴老太”的诗意故事，为着启动房地产市场；“先租后买”的诗意故事，在于化解无法承受市场疯狂的人们的怨气。但人们怎样拥有一套房子，一套无须以毕生相拼为代价的房子，这从来不是故事的主旨。

与生育相关的抗辩

中国青年政治学院副教授杨支柱因超生二胎被海淀区计生委开出 24 万元社会抚养费罚单，向法院提起行政诉讼。

所有的诉讼都是具体的，解决的是某个人、某件事的是非曲直。但有些诉讼涉及的问题，却是普遍的，应该得到普遍的关注，杨支柱与海淀区计生委的诉讼，就是这样一个案件。

杨支柱提出，计生委所称的“违法生育”，在相关法律法规中均无表述，《人口与计划生育法》“提倡一对夫妻生育一个子女”，并未作为强制条款。而且“社会抚养费”未纳入行政处罚范围。计生委代理人表示，收取社会抚养费的决定适用法律法规正确，认定事实清楚，程序合法。

就这起诉讼而言，杨支柱是当事人，就计划生育现状而言，杨支柱发出的是一个公民的抗辩。在这一抗辩中，杨支柱针对海淀区的具体行政行为，质疑其合法性。双方对杨支柱在未获生育证的情况下生育第二个孩子，并无分歧，而报道中，计生委自称“程序合法”、“适用法律法规正确”，但并未直接回应杨支柱对程序和适用法律法规的质疑。

杨支柱的抗辩，意义重大。严格的计划生育政策，执行已经多年，令人感慨扼腕的故事，不可胜数。在一些农村，村头墙上的相关标语，可谓触目心惊；而在城市，则以户籍、工作岗位的管理，形成了严格政策执行的保障。在政策与法律之区分未成为人们的普遍认识前，严格的政策执行很少受到质疑。

从“准生证”(生育证)到“计划生育服务证”，从“超生罚款”到“社会抚养费”，计划生育的相关词汇在变化，而生育次数的严格管理，以及管理所要达成的效果，并无改变。“服务证”的柔性表述，“罚款”名称的去除，使得“提倡与自愿”的语言，与“准生证”、“惩罚性”一表一里。

这一诉讼值得关注，不只是一个孩子的社会抚养费问题，也不只是计生委处罚决定是否有法律法规上得到了明文表述的问题，而是人口与计划生育的一系列相关观念，以及这一政策所面临的新形势需要如何应对。杨支柱的社会抚养费诉讼中，还只表达了人口与计划生育问题上目前存在的社会分歧的很小部分。

没有人能够代替法庭作出判决，但判决结果显然并不影响人们去思考十字路口的相关问题。很多人尚在“人口太多”的焦虑之中，主要视人口为一种负累。而与此同时，人作为创造主体的价值，生育作为一种天然的权利，其实无可辩驳。加速到来的老年化，普遍的生育意愿降低，以及严厉措施的社会代价，也正在引起人们在相当程度上的忧虑。

刚刚看到一篇发表于《百年潮》，又被转载于《新华文摘》的文章，当年深度参与计划生育政策的学者田雪原，既表达了对当年时势下积极建言并参与制定实施严格政策的肯定态度，同时也表达了对不得已而为之的“一胎化”概述为“只生一个好”的不以为然。针对现时态势，田雪原认为人口问题已被缓解，并特别回顾了1980年《致全体共产党员、共青团员的公开信》中的话——“到三十年以后，目前特别紧张的人口增长问题就可以缓和，也就可以采取不同的人口政策了。”田雪原认为，现在已经到了兑现承诺的时候。

杨支柱的诉讼，在众所关注的计生政策上，提出了行政行为的合法性问题，也有利于拨正仅仅从“负累”角度看待人口的社会思维。人的问题归约为人口问题，人口问题归约为经济问题，这种简单化的思维应该终结了，而人的权利，人的尊严，人的价值，应该回归。何况即使仅仅从经济角度而言，长程的劳动力供应也未必不需要提早谋划。

一个官员的冤抑与幸运

江苏海门市接待四川绵竹审计局考察团，被曝超标准、超规格。此事几经周折，终于有了一个结果，海门审计局局长施平被处党内严重警告、行政降职。

接待事件，此前已经“摆平”，施局长公开致歉就是。施局长受行政降职处理，是因为又查明了一些情况，包括妻子的酒水经营部以审计局为主要销售对象、收受相关单位红包500元、公车私用、办公电脑送给女儿、自创内部杂志拿稿费、三年接待费超支31万余元。

这些情况由接待绵竹审计局接连而来，件件违纪，但没有一件能被制度阻止，也没有一件能被纪律执行机关发觉，都是在网络上曝光，经过全面调查，网民曝光材料，只有数额出入，事实本身没有问题。

这是一次挤牙膏式的查处。若无接待事件起头，所有的问题都不会牵出。接待事件后，如果没有人继续报料，也许施局长公开致歉就算完事了。如果不是接下来质疑越来越多，大概查处也不会有现在这么全面。

任何事情都是在比较中才能够见到差别的。

前些天，我看到有报道说，美国波士顿附近一个声望很好的警长开枪自杀。先是他利用法律漏洞领取退休金，又竞选连任，虽然一切合法，但良心过不去；此事引起人们揭发他曾在醉酒时让人用公车接他。就这么两桩事，导致他“义不受辱”，于是就小旅馆开房，最终自我了结。

这个警长的自杀实属悲剧，说是良心问题，恐怕还可以说是脆弱敏感问题，甚至还可能被说成是资本主义社会人与人相互挤兑问题。我们还可以举出国外有很多芝麻小事就导致官员辞职的例子。

像施局长这样的情况，放在国外很多地方，大概都不免要辞职。超支接待 31 万余元，代议机关更不会与之善罢甘休。然而，在中国，施局长因为前面列举的那些事被降职，大概还真是显得“从严”了。

很多人会说，施局长在全面调查之下，只有前面那些小违纪，简直要算是一个好官。施局长主掌审计，按他最初所曝接待事件的说法，应是平时得罪了很多人，所以被人报复了。现在看看，他只收受过 500 元钱的好处费，真是难得。公车私用、办公电脑女儿用、杂志写稿拿稿费、接待费用超支、妻子经营酒水让审计局买货，这些事情，真算不得大事。

施局长因为这些事情被降了职，如果有愤愤不平，我是完全能够理解的；如果有人认为处理过严，我也是完全能够理解的。毕竟，并不是所有有类似行为的人都会被降职。比起那些没有被降职的人，似乎为施局长鸣不平有理，受到同情有理。

但是比起国外那些芝麻大点事儿就要被革职的官员来说，降职的施局长还是要感谢政策，感谢纪律，并且感谢不给愧疚感以席位的官员管理制度。比起国内同僚，你可叹倒霉，可感冤抑，但还是应该庆幸自己是在中国做官：严重警告了，你还是先锋队里的同志；降职使用了，你还是统领群众的干部。总而言之，比国外官员的命要好得多。

当然，我们还不知道对施局长的全面调查，到底是否真的全面，问题是不是真的只有网友举报过的问题，也不知网友报料的数据与调查数据的出入是不是属实。不会发现违纪的执纪，不会制止违纪的制度，网友不报料就不会展开的调查，难道人们就能相信调查说全面就全面了？何况调查过程从未公开。

一切都不奇怪。

在公路上找回人民

交通部表示，没有收费，公路不会发展得这么好，但降低收费是可以考虑的，并将延长期限。发改委有官员表示路桥费用已占到运输企业成本的三分之一，收费应大幅降低。

中国的公路收费一直是国民的伤痛，也一直是交通部门眼中公路建设成就的经验之所在。收费之痛，不只是人们心有不平，还酿成过包括冲卡撞死收费人员在内的极端事件。每一个收费站，都像一台规模巨大的拔毛机、抽血机；每一个收费站，都像一条国境线，切割着地方利益的边界。而另一方面，中国高速公路建设之快，也举世瞩目，经验曾在国际部长级会议上得到介绍，“贷款修路，收费还款”的模式，确为公路建设迅猛发展的基础。

现在，全世界的收费公路，一半以上在中国。而中国公路的总里程，并不占有全球公路总里程的一半；这可以表明中国收费公路的密度之大。另外，中国的人口规模、经济总量等，都不到世界的一半，这可以表明，仅仅从收费里程，就可见国人负担之重。

更重的负担，在于收费水平。在世界上所有收费公路中，每公里收费平均是多少？中国又是多少？收费与国民收入的比例是多少？

我没有看到相关数据，仅就人们使用收费公路的感受而言，在中国这变成了一个怨声载道的问题，而在国外，公路收费显然没有成为突出的社会话题。

公路，根本上讲，应当说是与水、电、气、暖一样，属于半公共品，具有公益性。现在，水、电、气、暖这类基本生活服务的费用，都需要听证，虽然听证会开起来往往走形，毕竟算是认可了这些服务的公共性质，而公路收费，从未有过听证，一般意识中也远未作为半公共品来看待，而是视为简单的市场投资行为。

从政府来说，对公路建设的投入，类似于投资供水供电工程。对参与公路投资的企业来说，也与参与公共建设相当，而非普通的商业性投资。公共投资项目，部分引入商业模式，自然是可以的，但正如基本医疗与教育不能完全变成消费，使用公路也要视为民众的一项权利，而不是一项必须付费尤其是付出高额费用才能使用的消费。

包括赋税在内，所有政府收费，如同政府本身一样，属于“必要的恶”。其必要性，在于没有政府、没有税收，人们将无法保证基本利益的实现。称之为“恶”，是因为这些东西都意味着要公民让度自己的利益或者权利。这样的定位，为“公民同意”、“民众授权”、“人民主权”开辟了认识道路。收费是一种“恶”，这就意味着它既要严格限制项目及额度，又要经过一定形式的民众许可。

民众选择政府，向政府纳税，政府提供各种服务和保障，这才是正常的。方便的公路交通，是政府应当提供的服务。公路是公共事业、基础建设和战略性投入，公民纳税已经支付了其费用。如果利润丰厚的收费是正当的，那就相当于说，政府是一个回报最丰厚的企业，而司法机关则是这个企业的保安。

我们当然可以理解公路收费在特殊情况下被采用，即使如此，收费获利不应是公路建设的目的，公路经营应尽量避免公众权利的损害，并经公众认可、为公众所接受，总之必须接受公众的约束。公路收费不能被“贷款经营，回报有理”的逻辑取代。

人民不是道路消费者、水电消费者、教育消费者。人民的概念，不能用消费者的概念来取代。人民是社会和政治概念，消费者是经济概念。现在，“消费者”的概念在弥漫，扩散到所有领域，而人民的概念在弱化，乃至于遗忘，更有人因为“人民”、“政治”等概念经常被歪曲性地使用，在拒绝这种歪曲时干脆主动远离了“人民”和“政治”。很多地方的价格听证会，市民代表也被称为“消费者代表”。

公路收费，应在公民政治、公民权利的主题下展开，而不是将公民政治置换为企业经营。道路通行是人民的一种权利，而不是一种消费活动。我们必须在公路上找回人民，而不是使人民被定义为消费者。

回到故乡和母亲身边

每年此时，我们在路上。过年，回家，是这一时间的主题。

很多人此时正在归途，或者即将踏上归途。社会的流动性，日常是累积性的。一点一点，一日一日，人们从这里到那里，而此时，流动是爆炸性的，那些一点一点累积而成的流动特征，在这个时间段集中涌现。这是社会日常流动性的后果。

此时，人来人往，各回各家。这是相同的社会方向，但意味着不同的地理位置。我们生在东南西北，我们工作在北西南东。此时，人群将进行一次巨大的地理位置交换。这个交换之所以发生，在于我们拥有春节这个积淀在中华民族文化血液中的传统。

我们生活在这里或者那里，这是我们可以作出选择的事情。但此时我们要回家，这是无可选择的。我们要回家，回到故土，回到生养自己的地方。这是无法遣散的情绪，这是无可违抗的文化律令。

母亲在哪里，家就在哪里。我们长大、成人，变得独立，离母亲开始遥远。我们长大的过程，就是离开母亲的过程。而此时，我们必须回到家里，回到母亲所在的地方。那往往是遥远的距离，我们要跨越；那往往是日常在忙碌中遗忘了的所在，我们会记起。

即使我们的身体不在路上，我们的心也在路上。因为，路上有我们的亲人。母亲会惦念归途的游子，兄弟姊妹会记挂归心似箭的胞亲。哪里有风雪，哪里有冰雨，公路是否关闭，铁路是否顺畅，空港是否停飞，这些都会成为我们异常关切的动向。

我们的心在路上，哪怕我们自己不在路上，也没有亲人在路上，我们仍然如此。因为这个时刻，有无数人要回到故土，回到母亲身边，而我们每个人都有故土，都有母亲，我们能够由此及彼，推己及人，我们会体味那些在途的人们的感受，并且感同身受。

此时所有人的心理活动都在路上。即使我们每天都在家里，每天与父母在一起，有时感到幸福，有时感到单调，此时，我们都在通向年节，我们在蓄积心情，蓄积滋润感，蓄积一切低调到无须表达却爱意充盈的美好意象。这是通向年节的必备，此时我们正在途中。

春节，就是这样把所有人联结起来，人们因为一种共同的文化，一个共同的传统，从心理上、情感上成为一体。在故乡、母亲、文化体认、共同心理的背景下，基于个人情感的民族、祖国等意识得以具体化并且牢固生长。作为一个传统，春节不仅塑造了我们生命的年度周期，我们作习的年度节律，塑造了我们的心理节奏，塑造了我们对家庭与亲人的感受。塑造了我们的无边乡愁，也塑造了我们的家国之思。

当春运面临困难时，我们会说，“不必返乡，就地过年也很好”。这可以作为一种无可奈何的提倡，一种并非没有遗憾的选择。年夜饭不是一顿饭，而是一个象征，一个文化、习俗、心理和情感上的仪式，如同基督教民族的圣诞大餐。我们有时候会觉得人情正在变得寡薄，亲情正在变得疏远，那么请想象一下，如果连春节人们都不再赶着回家去，不再产生必须与亲人团聚的愿望，我们的生活方式可能更加合乎“经济原则”，更加能够“四海为家”，但那究竟是一个社会的进步，还是一个无可挽回的失落？

应当感谢大家还有着如此浓重的春节情结，它使忙忙碌碌的人们能够回到朴素深沉的情感生活中来，回到温暖如冬日阳光的家庭中来，回到母亲和故土的怀抱中来。以此，我们也才能更加感动于那些在无法与亲人共度春节的人们的牺牲，这包括那些因为路途艰难而没有能够及时回家的人们，包括那些因无法筹措时间与路费而不能返家的人们，也包括那些为了公众而不得不异地过节的人们，例如警察、军人、医生、记者、消防员、酒店的服务生、流水线上的工人等等。

家的呼唤在每个人的心中想起，母亲的脸庞在每个人脑海呈现。现在，我们收拾好心情，回家、过年。我们能忍受所有的不便，能面对所有的困难，因为家、母亲和故乡是我们的方向。

公职人员的福利共和

云南鹤庆县 607 套廉租房 2010 年春节前分给教育、卫生、计生三个系统，人称“廉租房成年终奖”。鹤庆县官方给予了回应，承认情况属实，并说明决策原因。

官方回应，一般对事件有两种认定，较多是“传言不实”，较少是“基本属实”。像鹤庆官方这样，一点折扣都不打地承认“属实”，这是不多见的。这可以表明，这回网帖发布的情况极为确切，无可疑议。

不过，无可疑议的事情，很多也会变成“基本属实”。属实前面加个“基本”，给人印象是有不属实的部分。这就给事实的补充和解释都埋下伏笔，随之而来的官式文告会告诉你，你觉得不可理解的事情，其实另有隐情，或者原本并不离谱。总而言之，凡被定为“传言不实”的，官方其实无错；凡被定为“基本属实”的，官方有错，但也错得不多。

鹤庆官方坦然肯定“传言属实”，而不加挂“基本”，似乎是因为从政府来看，完全行得端正，跟面对“传言不实”的情况一样，无须躲躲闪闪。鹤庆官方对607套廉租房分配的解释有三条。第一条,廉租房已基本实现最低收入家庭应保尽保;第二条,政策均已公开,接受社会监督;第三条,分配分批分类推进,先解决教育、卫生、计生系统的困难户。

这三条,实话说,看了能够明白其心迹,但不能明白其逻辑。三条解释的心迹,是说无论从条件(已经应保尽保),还是从程序(公开接受监督),分配607套房子给教育、卫生、计生系统,都没有瑕疵。但不能明白的逻辑是,既然全县已基本实现了最低收入户的应保尽保,此次还在分配,应该是功德收尾,怎么还谈“先解决”哪部分人?

官方说法,“2009年1月起入住的118户和2010年2月入住的180户最低收入住房困难家庭”,“最低收入户应保尽保”。这似乎是说,现在的廉租房扩大了供应范围,不限于最低收入户了,而在非最低收入户中,先解决教育、卫生和计生人员。但是,解决非最低收入户的住房,为何采用廉租房而非经济适用房?

廉租房申用与经济适用房申购,都有资格审查问题。建筑标准混乱,可致保障房建成宽宅大第,最终必然不是低收入者得益,而是权力资源或社会资源丰厚者冒领福利。如果房子建到拥有权力资源或社会资源的人眼红,我们首先就可以怀疑“廉租房”是真正为最低收入者廉价租用而建,还是本来就准备作为福利分配给“内部人”、“自己人”。

我们还不知道鹤庆县的廉租房建得到底有多大,标准有多高,也不知道是分配租用还是出售产权,但引起人们眼红心热,足以让人怀疑这些“廉租房”会不会是顶着为最低收入者建房的名义,而实际是在给那些并不困难的人群提供福利。在财政支出的账单中,这些钱花在穷人身上,但最终享受这些钱的可能是不穷的人。穷人的名义被冒用了,穷人的福利被冒领了。

所谓的“政策公开,接受监督”,可以是真实的程序公正,也可以是公行不讳的不公正。就这么办,不管你们有没有意见,不管你们有什么观感，让不公正的做法大摇大摆，这也不是什么新鲜事。例如，鹤庆县的廉租房分配条件是“家庭人均月收入低于1000元，家庭人均自有住房面积低于15平方米”，而人们发现“三个系统在名单上的住户，工资少说一个月也有2000元，工资高的超过3000元”，有的人据说家庭自有房产甚至是别墅。而且，既是分配廉租房，不管何时，都应在“急需救济”的比较下进行，又何谈按系统“分类分批推进”，那些本身没有在机关事业单位工作，因而也无类可分的人，岂不就总是轮不上批次？

这个社会确实是存在福利的。福利的一部分是给予了公职人员，看得见的好处，使人争相跃入其门。福利的另一部分，名义上是给予了低收入者，其中最大的福利是有产权的经济适用房，次之是没有产权但能够以极低价格租住的廉租房。现在看，这一个部分，仍然有不少是公职人员在获得，公职人员又往往自称为低收入者。至于普通人，福利极为稀少。真正的穷人，获得的多是财政数据中的福利。兴建了多少廉租房、经济适用房，会作为给穷人办事的材料来宣传，但实际享用的，未必就是穷人。

福利是独占型的，而且进入公职是基本资格，这样的做法公然行之，说是“接受监督”，实际上只是摆摆姿势，不在意民众作何想。这是人民的共和还是公职人员的共和？

是负责于规定还是负责于人民？

宁夏官方采购25辆奥迪A6车，回应称符合规定。

南京一机关配发冲锋衣作工作服，答复称符合内部工作规程，经过了上级审批，自然也是符合规定。

符合规定，表示事情做得端正，哪怕公众看来不可接受，也没有什么问题。

一般情况，大家会条分缕析，去辨别到底是否如主事者所称符合规定，仔细寻找事情中与规定不相符合的地方。一旦与规定不合，就算抓住了把柄。

这当然是应当的。例如南京市住房和城乡建设委员会安全鉴定处团购标价 3000 元、买价 1950 元的户外运动装备作工作服，自称“符合内部工作规程”（何种内部规程，没有人知道），并安排了专项资金，还“经过了上级主管部门的审批”，似乎没有什么问题了。但如此正大光明的事情，发票开列为“南京房安建筑技术公司”购买，不据实开具发票，这就是不合规定之处。一个合乎规定、有专项资金的事情，有何必要用不合规定的发票去冲销？

可见，对那些声言“符合规定”的行为，仔细研究它是不是真的符合规定，不是没有意义的。然而，对一件公众哗然不满的事情，如果仅仅是看它是否符合规定，或者是否违背规定，不过是在规定之内打转。在规定之内打转，意味着你接受了规定作为标准的正当性，只是规定真的就天然正当了吗？

宁夏一次性采购 25 辆奥迪 A6 车，每车价值 34.98 万元，网民称奇，于是去寻章摘句，看看是哪个规定、哪个级别、排量多少、价格多少，看它是不是符合。官方回应很得力：这些车是由财政厅拨款“为（自治区）‘四套班子’、公安厅、武警总队等部门集中采购的”，所以这些符合副省部级用车标准的车辆，采购就没有问题了。

副省部级用车，一次就有 25 辆之多，也就是说新任副省部级官员，一次就有 25 人之多，给官员配车，是多么大的一笔财政开支。一个副省部级官员，配车 35 万元算是符合标准，于是宁夏一次要为此而支付 875 万元。这不是宁夏副省部级用车的全部，因为副省部级人员不是只此一批。

我们需要问的是，规定本身是不是合理，为什么副省部级就得配用 35 万元的车，而不是 20 万元，或者干脆就不用专门配车。此外，我们还可以问，是不是规定副省部级配车须在 35 万元以下，就意味着配车必须要顶格在 35 万元。像宁夏这样的地方，不知有多少人生活贫困，不知有多少地方事业（教育、医疗、公共福利等）开支困难，整个自治区依靠财政转移支付而运转，给官员配车却要按照规定来顶格执行。这确实是符合规定的，但是不是符合人心、符合人情、符合公众的期待呢？

正是对规定的迷信，使得规定变得不胜繁难，哪一级配车，排量、价格、品牌等，都规定周详，稍一疏漏，必因“无明文规定”，而致事情乱到不可收拾，比如配车，大概就会百万不止。规定搞到繁复无尽，仍然不足以招架事实的无尽，此种“制度建设”，意义不能说没有，但用以约束权力，不足以使权力在背离民意的事情面前止步，只是使权力在背离民众意愿时拥有“合法依据”。

一切权力，所行所止，不在于“符合规定”，而在于合乎民意，合乎民望。一个权力机关，为什么要配发工作服？它不是军队，也不是须配发制服的部门，配发工作服，本身就是多余。一个官员是否要配车，配什么车，财政列支，本须作为财政预算，经过民意机关审批，而不是拿规定去对照，能配多好配多好。

使权力去面对规定，而不使权力面对人民，面对代议士，面对民意机关，面对舆论，结果就是权力只负责于上级，负责于规定，而不负责于人民。这就是为什么权力作乱不可禁绝，因为“规定”和“无明文规定”，开辟了胡作非为的洞窟。权力之所行，只要按规定不受追究，就不会担心民众是否同意，因为民众支持率不是权力的基础。

城市内部的关卡

南京放开办理过江隧道年票，价格 4800 元。市民表示太贵，管理方说，这是以前只有很少公务车才能够享受的优惠。

从报道来看，管理方说的还真是不错：年票原先只给浦口经济开发区、南京高新开发区、浦口新城建设指挥部三个单位，每家只给 20 辆车指标，后来才加了一点。现在，全市所有车辆都能买了，不是惠民措施是什么？

算账更加可看出优惠的程度：一次通行费20元，来回就是40元，如果一天一个来回，一年按250个工作日计算就要1万元。变一万为不足五千，打对折都不止。

这么大的优惠，当然不是平白无故的，因为隧道通了车，经常空荡荡，人们宁可挤走长江大桥，也不把自己分流到20元钱走一回的隧道里去。放开年票，是要吸引车辆走隧道，也就是说，要为隧道打开市场。

这样来看，我们对南京隧道的管理，就算是定位准确了。起先，不开放年票，是预计走隧道的车会多，现在，开放年票，是因为走隧道的车不多，都是市场行为。世上没有白走的路，走路就要交买路钱，而且买路钱会达到让人感觉到做大买卖的水平。

长江沿线，有三个特大城市，南京、武汉、重庆。这三个城市，过去并称“三大火炉”，以热闻名，现在恐怕要并称三大路桥收费基地。南京，隧道年费4800元。武汉，现在是推行年票制，每年980元，但已听证通过计次收费方案，“六桥一隧”捆绑，每过一次8元钱，年费2460元。重庆早有“全国最贵路桥费之城”的称号，主城路桥费每年2300元，施行已数年。

有比较才知道有幸福，武汉市民一定已经感到幸福了。但按照南京隧道管理方的想法，南京市民也应该感到被优惠的幸福。重庆市民的幸福也不应少，因为重庆路桥费“按单位里程来算较低”，而且“实施以来，为大多数车主减轻了车辆通行负担”。所有主城区内路桥收费的城市，还有共同的可资幸福的理由，那就是“有利于大交通合理格局的形成，有效提高现有道路通行能力、现有机动车辆的使用效益、市民出行的办事效率”。就这样，人们一边要出高昂的路桥费，一边要体味城市的“幸福感”。

我只有一个问题，为什么一个城市，主城区内的道路会变成买路钱市场？当地政府应当为市民提供基本的道路设施，包括要有路有桥有隧道。当然,城市政府确有财力不济的问题,所以,又像高速公路一样,要“贷款收费,投资者获益”。然而,道路的公益性是第一位的,收费如果不能免除,也当尽可能以市民不以为是负担为标准。

从政府来说,不能说修了一座桥,就要以桥生钱,利滚其利,而仍要视建桥为其义务。政府本身就要为建桥买单,所以你贷款建桥,不是高收费的理由,每年的财政支出,都应为建桥费用续补,而不是“以桥养桥”或者“以桥生利”。如果投资者是社会企业,很大程度上,路桥建设也完全可采用BOT(建设-经营-转让)模式,其许可期限内的收费,也可以很大程度上政府买单,市民只承担少部分,而不能政府只管引入企业,不管投入,任由企业从事买路钱经营。

上面说的是政府不应当把筑路修桥变成生意,还要说的是政府应当做城市整合的事情。在这个“一体化”规模动辄讲到全球、国际的时代,一座城市之内,仍然不能一体,路桥为隔,收费为关,市民从这里到那里,都必须付出额外开支,还哪有“一体化”可言?

高速公路收费高昂,还比不过城市内部的路桥收费高昂可怕。高速路,毕竟还是城市之间,路桥高收费,则是埋在城市内部的关卡,把城市的整体发展卡住。别看关卡有收入,城市市民在权利、心理、行为上的限制,城市社会经济发展所受的损失,岂是那几个路桥收费可以弥补的?

作为“逸民”的母亲

随着城市出现,乡愁兴起,故乡不能再定义为农村。随着接生婆不再是一种职业,生命在医院诞生,故乡也不能再定义为“出生地”。随着迁徙的频繁,故乡甚至不能被规定为“童年生活的地方”。

如果不是多年来春节都不回幼时生活的地方,我不会去思考故乡的定义。每个人都在春节时分去往一个方向,这个方向被称为故乡,这个行为被称为“回家”。回家,就是回到父母身边。

母亲在哪里，故乡就在哪里。春节是每个人的追本溯源。终极意义上，母亲是每个人的故乡，那是永远包容、化育自己的所在。

生活忙碌不堪，我是这样，我母亲也是这样。我的忙碌，至少在外人看来，是有意义的，而她的忙碌，实在是不值一提，如同所有生活在底层的人一样，死生之大不过尔尔，何况其劳碌？

十多年前，我的父母和兄弟从乡下迁往城市，住在城中村。好于一般人的是，一开始，他们就购置了城中村的房子，只是没有户口，便消失在各项正式统计之外，这与无数迁徙的人们一样。

统计真的不是一种无意义的工作，它意味着权力的确认。统计是权力的边界，当你被统计涵盖，意味着你在权力的眼中是存在的；不被统计涵盖，意味着你在权力的眼中是不存在的。这一点，无论是土地、疆域还是人，都一样。

我的父母、兄弟以及在城中村无户口的子侄，就是在这种统计不会到达的处境里生活着。从权力的角度来看，他们应该被我幼年生活的那个地方统计，而不是现在生活的地方。而他们不再在那个地方，这就差不多是说他们成了“逸民”。

今之“逸民”，就是一些在权力面前要接受管理，但不会获得服务的人。理论上，他们要接受将他们纳入统计的地方的管理和服务，被认可的管理和服务交接，须通过户口迁移手续。不办理这种手续而迁移，意味着你的生活状态未被权力承认。他们应当获得的各项权利，只能在他们的户口所在地实现，而在他们实际生活的地方，权力的服务理所当然不会惠顾到他们。这就是说，在权力一方的眼中，户口代表着生活的许可证书。离开户口所在地，就是对许可的违背。

生活地的权力不对他们服务，这是他们作为“逸民”的结果，或者说代价，也可以说是一种难以察觉的惩罚。在过去的一年里，我大弟弟的媳妇患了胃癌，回到原籍的县级市医院做手术，因为那里费用低一些。好于普通人的是，她遇上从省城最大的医院请来的外科医生出诊。因为迁徙，她没有能够及时办理农村医保，因而未能享受费用报销。

在检查暂住证很时兴的岁月里，他们甚至会从自己的房子里被带走。为此，我曾经到派出所去领回自己的弟弟，还得通过关系。权力不对他们服务，还意味着黑道或灰色权力可以对他们比对有户口的人更加肆意地对待，至少在心理上，他们是这样对自己进行着定位。这就可见，哪怕服务再少的权力，对人的正常生活也能够形成聊胜于无的怙恃，而完全在权力的服务之外，将使人在心理上流离失所。

他们作为无户口人员生活在城中村里。城中村与城市有着不同的生态，这里确实是芜杂的，底层人集聚之所，正式权力与三教九流交叉之所，更是灰色权力的兴旺之所。在城中村，他们既与当地居民为邻，也与租房而居的更艰难的"逸民"为邻。天长日久，他们熟悉了当地居民的故事，也听闻与亲见外来人天南海北而至的悲欢，那些无所不有的离奇人生，有的发生在远方，有的就发生在身边。这类故事的密集程度，永远与人口密集成正比，而不是与权力对人照应的程度成正比。事实上，权力服务的缺乏，正是使悲欢故事乃至悲凉故事更加密集的源泉。

他们虽然有邻里相伴，但实际上生活在房子里如同生活在瓶子里。城中村无所谓城市社区，也无所谓乡村社会，何况他们只是城中村的有房住客，还没有城中村村民（有当地户口）的资格。所以，他们住在房子里，如同住在瓶子里；他们只是变换了农村生活的地点，甚至只是把自己像盆栽一样放到了城市，与城市没有多少联系，而他们这样，只是因为这里人口密集，从生计上来说，有着更多的机会，而失去的则是血缘之外的全部社会关系。

现在，他们与城中村的当地居民一样，关心着拆迁。城中村将不复存在，这是趋势，他们已经看到，并且认命，只是不知这一天何时到来。拆迁补偿，对于他们来说，问题在于能否与当地有户口的居民获得同样的对待。至于去处，他们想知道"外地人不能购房"的规定将使他们何去何从，他们在城市里自谋卑微的生计，当然没有纳税证明。

母亲已是70岁，父亲已经68岁。虽非风烛残年，毕竟已是年至古稀。兄弟们在城市奔命于生计，子侄辈读书非得在原籍才算稍好，于是父亲去照料，父母不得不分居。按《周礼》，70岁的年龄，免除征役，每年有三个月可得到官府馈赠的猪肉，每餐应该有两个好菜，可以不参加应酬宾客的活动。生当今日，我的母亲、父亲，仍在生活的劳碌之中。当然，这是子女的无能，我时时为此愧颜。但选择自己的生活而不被权力认可，对他们劳碌以终的命运又产生了何种影响呢？

荒谬的论文生产

论文数量居世界第一，引用率排在100名开外。《中国青年报》2011年2月10日的报道，给人关于中国科研领域极具对比性的数据。

论文是发布科学发现的文献形式，引用率可表明一篇文献、一项科学发现的影响力。如果论文确实体现了科学发现内容，那么论文数量之多，显示的是中国科研的实力。这样，即使引用率不高，仍然是不错的。

论文也可能只是表明生产文献的能力，而非科学发现的能力。这样，不仅引用率低是必然，而且，这不是“提高质量”的问题，而是科研体系背离科研目的的问题。

研究或为发展人类知识体系，或为推进人类事业进步。科研为此而展开，合乎科研的目的。如果科研之目的，在于获取项目经费，在于获得职称职衔，则论文不是科研过程的分泌物，而是项目交差的工具，或职衔的敲门砖，不承载科研内容。

另一种情况，“科研”可能根本就是一种装模作样。在人类知识体系之外，也在人类事业进步之外，另搞一些看似科研的东西。这最多算是“仿科研”，它可能具有科研的一切形式，对社会而言，做的不是无用功，而是“负功”。在中国，一些所谓的人文社会科学研究就是这样。还有全套的科研作假，也是如此。这就如同“皇帝的新衣”那样，纺织工装作在织布，皇帝装作穿了衣裳，实际上空空如也。

论文生产的数量后面，是巨大的论文生产人口，以及巨额的研究投入，还有时间成本，以及庞大的研究体制。如果科研反科研的目的而行，则巨大的人力、财力、时间、兴趣、体制，都在为使研究进一步败坏而运转，实在是件荒谬的事情。

荒谬是无意义，而不是错误。一件事情是有意义的，才可以讲是对的或者错的。科研可能失败，失败是成功之母；科研可能质量欠缺，毕竟还是围绕科研的目的。这都是有意义的，只是要从失败中寻找成功之道，以及提高研究质量。如果科研只是用“皇帝的新衣”去混这混那，从经费、奖励到荣誉、职位等等，乃至更大规模地，为反理性的东西去装扮一个科学的面孔，那么，这是荒谬的。

近年，科研领域曝出的伪项目、伪成果、抄袭、剽窃等等，很多。在国际上，有的刊物一次性撤销中国一名作者的论文，可达70篇之多。对相关人员，这或可谓科学道德问题，事实上这是一般道德的问题，非“科学道德”这种专门问题。不过，更加值得思考的是，一个庞大的科研体系，能够生产世界最多的论文数量，而其引用率在世界百名以外，不断曝出学术作假事件，难道不是更大的问题？

科研已非完全的个人志趣，而是组织性的社会化学术生产。这就是说，科研非特殊的领域，而是社会的一个领域；科研体系也是社会体系的一个部分。科研作假是社会普遍存在的弄虚作假行为的局域体现，科研体系的问题也是社会体系问题在一个领域的反映。所以，科研的问题，虽然可以追问科研人员、科研机构与科研体系，但更加公允地说，这只是表明“没有净土”而已，而非这一块特别不清洁。

国土内的难民

海南三亚春节旅游爆棚，海南三亚春节强拆也在“爆棚”。强拆的对象是凤凰镇的棚户区，新华社报道称，“铁锤行动”联合执法组于春节前夕出动炮机、铲车、推土机等机械对棚户区实施强拆，致那里的居民无家可归，人数约2000人。

春节应属祥和之期，现在被借作强拆之机。“铁锤”所向，棚屋荡然。参与行动的执法队员辛苦，无家可归的居民受难。棚户区强拆，须借春节而行，固然证明棚户区问题之纠结，但地方如此违背“时宜”，也足证铲除棚屋不计手段的决心。

《白毛女》的控诉意味，很大程度上来自于“过年”。过年时节，“人家的闺女有花戴，我爹钱少不能买”，而且遭受逼债，构成了这部革命歌剧感情倾诉的基础。穷人也有过年的权利，欠债也不应在过年时遭受逼迫，这是国人的文化共识和民俗符码。海南凤凰镇春节时分强拆棚户区，多少触犯民俗禁忌，违逆人们心灵和情感的驱向，权力与天道人心对峙而立。

棚户区当然是违法建筑。无论从土地法规、建筑许可、户籍管理，还是任何一项制度，都不可能使棚户区有存在的合法可能。然而，棚户区的存在，大而言之，可称为生存权对制度的挑战；小而言之，棚户成区可视为管理疏失的结果。生存的权利大于制度，管理疏失应承担管理的后果且须以道义的方法予以解决，这就是说，无论如何，棚户区既已存在，就不是可以用“铁锤”去简单解决的问题。

棚户区就是贫民窟。当今世界，很多地方有贫民窟，中国没有。不是事实上没有，而是依法没有。以联合国人居署定义，一个居住区内缺乏足够的饮水、卫生设施、安全租约、稳固房屋、足够的住房面积这五项指标中的任何一项，就可以被称为贫民窟。以此标准，不仅凤凰镇的棚户区，在很多城市中高密度租住人口的城中村，都可归于贫民窟。

棚户区当然有各种问题。除了建筑属于非法,还有火灾危险、治安混乱、环境恶化、治理困难等。这些都是事实,无可争议。但生存境况如此,向来可以有两种基本的观感,一种是使人产生可怜堪悯的感受,一种是使人产生割瘤去疮的决心。前者基于人道的同情,后者基于厌恶的态度。对棚户区“铁锤”相向,便是厌恶至极、除之后快的证明。

除之后快了,但棚户区的居民何处存身?“铁锤行动”如此考虑:“他们都是外来户……并不存在要为他们解决安置的问题”。这就是说,户籍制度之下,外来户不足以构成任何社会问题。我们知道,动荡之下,哪怕是外国的难民,陆续而来也好,集中涌来也好,也无所谓合法还是非法入境,在一个地方集聚起来,难民区都足以成为住在国需要仔细对待的人道问题和社会问题。而在我们这个地方,外来户、棚户区却可以如此坦然置之,铁锤砸掉且“不存在安置问题”,户籍比国籍还厉害。

实质上,这就是一种驱逐主义。你从哪里来,“铁锤”砸过以后你会回到哪里去,这不是挥舞“铁锤”的人要考虑的,他们只管砸,将你砸走,你不在我这里就好,这里不是你的生存之所,如果你已经在这里生存,那就要把你的生存之基连根拔除。如果说这是管理的需要,无异于宣布管理范围内要将贫困生活者清除,但方法不是“向贫穷宣战”,而是“把贫穷者驱逐出去”。

那些在老家只有茅屋的儋州外来户,离开家园,在三亚凤凰镇变成棚户户,谋求生存,在凤凰镇又被驱逐,再度流离。凤凰镇或可一新耳目,而“铁锤”何其凶残,被驱逐的人们难道不可视为国土内的难民?这样的事情,难道不可以视为人道主义灾难?

这是怎样的粮食?

谈谈餐桌上的问题。可分两个方面,一是餐桌上有没有的问题,一是餐桌上有什么的问题。

2011 年 2 月 14 日,媒体有两条与粮食有关的新闻。一条新闻说,“极端天气致我国粮食减产粮价飞涨”,这涉及餐桌上有没有的问题;另一条新闻说,“调查称中国 10%的大米存在镉污染”,这涉及餐桌上有什么的问题。

习惯上,餐桌上有没有的问题,称为“粮食安全问题”;餐桌上有什么的问题,称为“食品安全问题”。其实可合二为一,以食物安全问题统称。粮食就是主食,有没有和有什么,属于主食安全问题。

有没有的问题,在中国历来受关注,几千年如此,现在也一样。18 亿亩(1 亩约合 0.0667 公顷)耕地红线,粮食储备,都是国家战略。“谁来养活中国”问题真伪且不论,被提出来,可见这也是引起国际关注的问题之一。当然,整个世界的粮食状况,也是重大问题,否则联合国不会有粮食署和粮农组织两个专门机构。

人类并没有消除饥饿现象,国际粮价近几年一直在上涨,但也正如很多评论所说,全球粮食问题主要不是总量问题,而是分配问题。自加入世贸组织,中国农业也进入全球化市场体系,粮食安全增加了新的变数,例如价格波动的国际因素,例如粮食供应立足于自给还是国际体系,等等。就目前而言,有没有的问题虽应警钟长鸣,但粮价波动尚在可控范围,粮食供应总量尚未构成重大问题。

相比之下,有什么的问题要严重得多。“10%的大米存在镉污染”,还只是一种污染成分带来的问题。工业污染、农药污染,以及像扔弃废电池之类生活消费造成的污染,都会通过土壤、食物循环到人体。粮食加工过程中的添加成分,可能直接对人体进行有害物的微量喂食,日积月累之下,也会威胁到人体健康。

有什么的问题，还面临着重大的技术选择，例如转基因食物的争议。转基因食物的争议，既是一个科技问题，更是一个社会问题。转基因农作物、转基因食品、转基因主食，引起的健康忧虑是递进的。人们或可无忧无虑地接受转基因棉花纺织的布料，但未必对转基因食物也无忧无虑。人们或可接受一般性的转基因食物，但未必接受转基因主食。即使技术上转基因主食的安全性有解释，但人们世世代代所形成的食物习惯又岂能忽视，何况转基因作物的环境安全性和转基因食品的食用安全性只得到了为时不久的观察。

“转基因作物的种植，使一些地方老鼠绝迹”，类似报道一直存在，是否确有其事，需要认真对待。在各种重大国际会节中，我们都强调严格鉴别并绝不混入转基因食品。这一态度虽然不可以理解为转基因食品具有危险性的认知，但至少表明了这是在表示安全上的万无一失，或者表示对来华与会的人士之心理和习惯的尊重。既然如此，我们不能说，中国人更加适于进行人类食物革命的观察试验，中国人的饮食心理和习惯可以随便“移风易俗”。

粮食安全中，向来以“有没有”为最高关注，而“有什么”是次要的。在传统农业的有机模式下，这应是没有问题的，但现在，“有什么”至少应该上升到与“有没有”并重。在“有没有”基本保证的情况下，“有什么”应该是更重要的问题。但实际上，“有什么”没有得到足够的重视。保证粮食生产，一直是国家安全的基本问题，而“有什么”则是部门的管理范围，例如，国务院会研究粮食生产，而转基因粮食的相关政策，只是农业部的事务。

“手中有粮，心中不慌”，一直是不错的，但现在，问题已经不是这样了。有什么样的粮食，正在成为心慌的来源。粮食是否受污染，粮食的安全是否有不确定因素，种子与人类健康、粮食生产与人类未来等，自农业诞生以来，问题未曾如今天这般尖锐。

总的来说，粮食作为国家安全问题，只考虑“有没有”是不够的。“有什么”应该和“有没有”同等对待，因为它与有没有一样，已成为国家安全、社会安定、民族生存和国民发展的基本问题。粮食缺乏时，人们会愤怒地叫喊“狗日的粮食”；如果粮食虽多，但让人提心吊胆，人们同样会这样叫喊。

我们的食品安全环境

农业部下发两个乳品安全文件，除了要严查大名鼎鼎的三聚氰胺，还要检测皮革水解蛋白和碱类物质。

牛奶中要检测皮革水解蛋白，是因为出现了“皮革奶”，就是在牛奶中添加经水解皮革脚料或动物皮毛、脏器而生成的蛋白粉。报道说，自三聚氰胺被严打，皮革水解蛋白就成了提高乳制品蛋白质含量的新技术。

技术创新真是不难。比如提高牛奶蛋白质含量，方法上就能不断翻新。食品安监部门印发几批名单，具列“可能违法添加和滥用的物质”，表明安监工作是一件与想象力相关的工作。像三聚氰胺，像皮革脚料，正常言之，不能添加到食品中去，但因为可以提高蛋白质数据，就被添加了。这样，安监工作应该变成一种研究哪些物品可以提高蛋白质检测食品读数的科学，同时变成一种对食品的可能添加物进行枚举式想象的艺术。

三聚氰胺使人罹患结石，皮革奶致人关节疏松，但都可以添加食用，市场确实不是一个讲道德的地方，而且简直就可以是一个害人的地方。监管要加强，这我同意，但“产品伦理”与“企业伦理”也不能说不是问题。

有人坚持企业不是道德主体，实在奇怪。企业既是法人团体，享有人格化的权利，为何不负担人格化的道德义务？权利上像人，义务上不像人，岂不是说企业比人还高贵？另外，如果企业不是道德主体，企业社会责任又怎么理解？如果企业只要依法经营就行，那么知道一种添加剂无助于增进食品之益甚至有害于人体，但能增加蛋白质数据，而且没有被列入违禁名单，添加后就可以不被查处而且不受谴责了。

市场某种程度上也就是“经济选举”的场所，人们通过用钱投票来选择了自己的消费生活，如同人们用选举权来投票选择自己的政治生活一样。既然如此，被选择的对象应当有标准，故意添加毒素的人不是应当整改，而是必须立即出局。立即出局，可以通过道德谴责，可以通过拒绝购买，也可以通过强制退出。

所谓监管，无非是使进入市场的物品，在进入之前得到验证，在进入之后受到跟踪监督。“不准进入市场”和“强制退出市场”，都是监管手段，监管不力，其实就是准入上的混乱，退出上的软弱。这两种情况，都可加剧事态，使监管面临更多的麻烦。食品安监工作成为研究制作违禁添加剂名录的科学和富于想象力的艺术，不是监管的强化，而是监管不力的证据。

媒体播报过大米重金属污染的消息，报道称仅镉污染一项就涉及10%的大米。马上就有专家说，这并不表明大米不安全，城市里的大米都有检测，不安全的只是那些出产污染大米地方的几千万农民。几千万农民在吃污染米，污染米存在流入市场的可能性，这都是事实，却依然无改于大米安全的结论，岂不怪哉？

牛奶也是这样。最初，我们知道牛奶是安全的，其安全性甚至是免检的，结果有了三聚氰胺事件。三聚氰胺事件后，我们又知道牛奶已经安全了，这回是都检测过了，但又不断传来三聚氰胺混入牛奶的消息。现在，三聚氰胺是不是没有了呢？反正有几个月没有检出的消息了，结果又来了“皮革奶”。因为违禁添加物名单正在批量制造之中，想象力的考验仍在继续，所以我们不知道以后还会有什么东西被指认出来，而且未必不是现在就在添加，但牛奶是安全的。为了保证安全奶的销路，我们甚至有专门的办法，让人不能从境外购买奶粉。

我们不是在一个安全的食品市场中，而是在一个暂时没有宣布某种添加剂有毒的食品市场里。食品中添加有毒物的行为是持续的，而违禁名单是有限的，因为研制名单有科学、想象和工作量的受制因素。在列出某种毒物之前，毒物在添加，检测与监管在进行，食品也安全，这就是我们的食品安全环境。

“没有发现问题”

江西鄱阳卷款近亿元外逃贪官李华波，据报道已被锁定了藏身位置，专案组正全力追捕。专案组还已经抓获 4 名犯罪嫌疑人，追缴赃款 495 万元，查明 3160 万元的去向。案件办得算是顺利。

办案顺利，似乎还要感谢李华波。这个鄱阳县财政局的股长，卷款而逃后，打电话给局里报告已经逃跑，还留下一封信，详述作案经过。这是胜利大逃亡的兴奋之情不可抑制，还是示意敢作敢当，给重用他的财政局一个免受牵连的特殊报答？这大概要等到李股长落网之日才有可能弄清楚。

李华波转移近亿元资金，持续时间有四五年，财政局长和分管领导不知情。每年都写报告的审计部门，也不知情。财政局的专项资金，用假公章支取四五年时间，都未被发现，财政局的专项资金管理，审计部门每年的审计报告，都在做什么呢？

这个案件，还可以告诉我们“没有发现问题”与问题是否存在之间的差异。无论哪一领域，我们经常能够听到“发现一起查处一起”的说法，同时也经常听到“没有发现问题”的说法。前一个说法令人感觉态度很严肃，后一个说法令人感到现实让人很欣慰。李华波正是“没有发现问题”才可以卷款四五年，直至他逃亡后自己报告有问题。今后，你再看到“经查，没有发现问题”，应该知道，这并不表示问题不存在，而只是在说“没有发现”本身罢了。

法国雕塑家罗丹有名言，“美是到处都有的，对于我们的眼睛，缺少的不是美而是发现”。在我们的生活中，这句话中的“美”，可以置换为“问题”，同样验之不爽。官员贪腐问题、权力寻租问题、安全监管问题、权利损害问题……都是如此，不胜枚举。

我并不骇异于股长这样一个低阶官级与近亿资金的巨额卷款量之对比，也不骇异于国家级贫困县的一个股长可以卷走全县年财政收入四分之一的财产。我想，每一个对时事或社会新闻有所关注的人，现在都有足够坚强的神经，来面对贪腐数额、官员品级、作案方法、掩饰或者毫不掩饰之类的素材。

生活每天都在给人以训练、教益或者扑面而至的见闻，削弱你少见多怪的敏感，增进你见多识广的镇定，从而形成你在这方土地上看待事情的方式，这是这方土地给予在其上生活的人的共性，也是这方土地给予在其上生活的人与众不同的特性。能卷款多少，这不是与权力大小有关的问题，而是与能够掌管或者经手多少钱有关的问题。捞取利益是慢慢来还是大步走，取决于权力者基于自身情况的打算，反正无论快或者慢，都没有“不可能得手”的问题。

在一个现代社会，一个官吏掠走当地政府治域内四分之一财政收入的公共财产，这首先是是否可能，然后是将产生怎样的政治后果。就可能性来说，这样的掠夺或许是困难的。就后果说，如果发生这样的事情，恐怕不是大家会静待处理结果，而是会社会喧腾，要处理到什么程度才行，将取决于公众怎样才能满意。

官员逃跑或者向境外转移资产，这种事情不是每一件每一桩都会被报道的。出国不归，或在任逃跑，报道的机会大；转移财产，家人移民，自己在国内做“裸官”，这样的人有多少，谁知道呢？某种程度上，这既是“以脚投票”的选择行为，也是获取利益后采取的“安全措施”。问题首先在于权力兑换利益是很方便的事情，而不是逃跑或转移。逃跑和转移，是获取利益产生的继发性问题，而原发性问题在于权力兑换利益的方便性。

想想历史上一些朝代，例如东汉，例如晚唐，例如明朝，宦官们干预朝政、执掌中枢、参与废立、占田霸女，不时身遭诛杀，也算是“发现一起查处一起”吧，但宦官之患仍是前仆后继，一茬又一茬，春风吹又生。不是宦官不怕死，也不是像一些人认为的宦官因生理、心理特点而特别恶，而是皇帝与宦官形成了一种相互的倚靠，所以“没有发现问题”。皇帝需要宦官，宦官需要皇帝，生产了宦官干预朝政和皇帝假手宦官的故事。权力兑换利益，无非使掌权者获得好处，相当于以利益购买其劳动，使之产生做事情的“积极性”，同时积累被拿办的罪行。这种古今相通的特性，表明权力没有走上现代治理的大道。

是公共服务领域还是消费领域？

在高速公路上，“拯救”一辆故障货车收费6万元。这是广州花都区的行情。

说是行情，其实不确切。在高速路上施行救援，并不成其为一个行当。每一段高速，仅有一家施行救援的机构。因而，拯救一次6万元，是别无分店的强迫收费。

事经报道，救援队队长说，“冒死清障、抢救交通，收费高合情合理”。这个说法的夸张性，很多人都看出来了：“你干脆就说是趟地雷吧”。是的，高速公路的事故救援，原本不存在“冒死”危险。

我看了“冒死清障”的说法，不只是觉得太夸张，而更是觉得很迷茫。救援队到底是在救援什么？“冒死清障”，应是救交通秩序，费用应向交通管理部门收，如果车祸事主必须出钱，也应由交管部门去收取。为何救援队直接向车祸事主收钱呢？

《南方日报》有数据对比：进行交通施救，车主自雇吊车只需7000元，自雇搬运工只需500元，这是行情；而在独家占有高速施救权的救援队那里，吊车费用4.5万元，搬运费用4000元。独门生意，当然只能是予取予夺的模式。

救援，一个多么富于人道的词语。而高速路上的天价救援，不过是独家经营的趁火打劫，与轰动一时的“挟尸要价”有什么区别？高速路上的救援为何搞成独家经营，而不是发展为一个竞争性的救援市场？

这是说，如果你硬要把救援变成一种消费领域，也得开放竞争，而非出售独家经营特许。但救援是否要视为一种消费，这本身还有疑问。车辆在高速路上行驶，没有谁是情愿出车祸的；人们交纳了很高的通行费，也应该得到一些服务。将故障车辆拖离现场，既是保障其他车辆的通行，也可以视为故障车主应该享有的一项基本公共服务。故障车主自己出钱清理道路、拖离车辆，这本身就未必合理。

上面是对高速公路事故拖车费的一些思考。其实，高速公路的拖车服务，代表着我们这个社会中商业模式取代公共服务的一般现实。公共服务在这个社会里已经少而又少，几乎人们所需要的一切服务，都已被视为消费，加以经营开发。而且，经营者往往是独家的，使你不仅要付费，而且是昂贵的付费。

收费使公路仅仅是一个名不副实的招牌，路已经成为经营项目。拖车费使事故救援变成一项经营，而且收费高昂。学校收取各种费用，使义务教育成为教育消费，一种需要购买的服务。医疗不再以保障健康权为基本属性，而成为医疗消费……

请清理一下，人们能够享受的公共服务还剩下多少？公共服务的扩大，原本是现代社会的必然方向，而在我们这里，真的，人们已经处在身子一动就要掏钱的境地。公路上所发生的一切，从过路费、高油费、各种罚款、审验费用，到出了事故后的天价拖车，不过是社会生活中公共服务异化为消费服务的缩影，它全面而又深入地改变了社会生活，不只是改变了人们的行为方式，而且改变了人们的思维方式。

现在，“没有钱是万万不行的”，“不出钱是万万不可能的”，“资源不转化为独家利益是万万不可以的”，这些既是生活的要求，更是人们大脑深处的公理。面对这种生活的要求，我们无奈甚至愤怒；但“经济效益”作为社会生活的新公理，将保证令人无奈和愤怒的生活样式得以继续。

国家理念与人类价值

这些年来中国连续实施海外人员撤离行动，以保障国人在海外的生命安全。先前从埃及撤离人员，称为迅速及时；尔后进行的从利比亚撤侨，以超过3万人规模而举世关注。

如果说撤离埃及的行动，展示的是“国家以人为本”的态度，那么，撤离利比亚的行动，除了这一态度，还有国家行动的能力。

中国对公民海外安全的关切，已不是特例。近些年，每临某国局势动荡，中国公民会得到外交部门的及时提醒。这些提醒包括暂不前往动荡国家、已在动荡国家的公民减少外出，以及遇到危险时与使领馆等相关机构的联系方法等。

撤离埃及的行动，应属几十年来因时局动荡而实施的首次海外大规模救援。这一救援行动，几乎在不安全局势显露的第一时间实施，媒体评论反复肯定行动迅速，显示国家对公民安全的至高关切。

撤离利比亚涉及的人数，是撤离埃及行动的数十倍。决策当然更慎重，它不只需要“以人为本”的理念，还需要将保护海外公民的理念付诸实施的能力。能够作出决策，必然是基于撤离能力的估价。自行动实施以后，短短数天，已经使近3万名公民确保安全，包括飞机、船队等运输布置，海军远洋护航力量的加入，请求希腊等国在安全转移利比亚撤出人员上提供帮助。撤离行动的效率，证明了中国在海外紧急实施公民安全计划的能力。从利比亚安全撤离的中国公民，以骄傲、自豪和感动的心情在媒体上出现，这是完全可以理解的。

撤离埃及尤其是撤离利比亚的行动，使我们再次看到今日中国公民在海外的足迹。平时状态下，我们不会了解到有3万多中国人在利比亚工作。公民走到哪里，国家利益就走到哪里，因为公民的安全就是国家的至高利益。随着中国越来越融入全球化进程，中国公民越来越多地工作在世界各地，国家在给予公民以安全保障上的任务也不可避免地更加重大，中国的国家利益与世界各地的和平、稳定局势也更加密不可分。中国需要一个和平稳定的国际环境，由此可以得到很具体的证明。

将公民从海外不安全处境中撤离出来，是现代国家的惯例。我们可以看到，在所有局势动荡、影响人身安全的情况下，世界各国采取的第一反应，几乎都是提醒本国公民相关安全要则，发布请勿前往的通告，并且以生命安全至上为准则判断局势的影响，在局势恶化到不可挽回前，将公民撤离危险境地。

极端情况下，这带来了人类道义与公平性的深入思考，例如1994年卢旺达种族冲突之际，各国纷纷撤离本国公民，而卢旺达人处于绝望之中，未能避免种族屠杀的发生。各国撤离公民的行动，显示了对公民生命安全的极端尊重，并且符合“各国处理自己的内政”的原则，但卢旺达屠杀作为一种人类悲剧和人类耻辱是否不可避免？问题依然沉重。

这是人类文明和现代国际关系体系面临的重大问题。就现实情况来说，政府以国家为最大的存在单位，世界政府并未实现。因而，各国政府负责于本国民众，保护其安全，仍然是生命权的首要保障。对屠杀之类反人类行为的国际干涉，与近代以来确立的不干涉内政的主权原则怎样协调，在人类共同体的认知与实践中达成共识，还需要一些时间。

撤离埃及和利比亚的行动，不管是在使公民获得心灵抚慰上，还是在证明国家的行为能力上，无疑都可谓成功。一个可让人延续思考的问题是，我们是否可以加强动荡规律的研究，以增进预判预警能力。这将不仅有利于减少公民陷身危险的机会，减少企业或国家海外利益的风险，也有利于一旦出现动荡时按预案进行撤离。

动荡是突然出现的，但之前有哪些累积性的必然因素？动荡发生的规律是什么？对此有所认识，大概不只有利于预判风险、有效撤离，而且有利于认识世界发展趋势，确立价值选择。

社保费率降得了吗？

中国社保费率超发达国家，工商联建议为企业减负。

多项数据支持社保费率过高的结论。世界125个国家中，只有11个国家社保费率超过40%，中国是一个，社保费率高于德、美、日、韩。

社保费率过高，企业负担重，工薪阶层收入增长受影响，中小企业及其职工受影响尤其严重。降低社保费率，确有必要。

然而，降低社保费率，减少企业缴费，社保基金怎么办？不久前的上海“两会”上，有消息说上海市每年社保亏空超百亿，正探索以国资、财政和土地收益等多元方式筹资补充。

上海发布社保亏空数据，高声“叫难”，并表示社保水平低于北京、广州等地，或有中央与地方财政博弈的考虑。这就像广州“两会”上钟南山代表高叫：亚运欠债，国家要给予支持。不过，数据仍然使人警醒，即使像上海这样的发达城市，社保基金尚且亏空严重，其他地区和城市，情况又会如何？

社保面临的困局，可谓深重。一方面是社保费率过高造成了严重的负担，一方面是社保基金总额不足，入不敷出。社保基金必须增加，企业社保费率需要降低，合乎逻辑的办法只有一个：财政要加大对社保的投入。

人们早已知道，现代国家的财政支出，最重要的用途是惠及全民的社会保障。有数据表明，发达国家社会保障费用往往占到财政支出的40%以上，新兴国家多在20%至30%之间。在中国，财政支出用于社会保障的部分，只占11%。

中国的税赋是高还是不高，这是一个有争议的问题。一些国际组织和很多国内专家表示税赋很高，但一些政府部门及其所属的研究机构则认为不高。据说这有口径差异,但大概更主要的是观察的立足点不同。

放过这个问题不谈,就算税赋不高,税赋的流向也是问题。税赋中有多少用于社会保障使公民直接受益?这个数据很关键。税赋高也好,低也好,财政支出中投向社会保障的比例低,就是问题。

财政支出为什么不能更多投向社会保障,直接扩大公民福祉?在中国,税收一向被解释为“取之于民,用之于民”。这种“取用模式”,与现代税收“征纳经人民同意,使用由人民决定”有所不同。即使我们认同“取用模式”,如果财政宽裕而不扩大社会福利,那是政府的宗旨发生了偏差;如果财政紧张,那么扩大社会福利就可以算有心无力。较为善意的理解,可以认为财政紧张制约了社保投入。

那么接下来可以分析的是,财政为什么紧张到无法满足社保要求?为什么在支出的总盘子中,社保投入只能占到一成的份额,而不能达到发展中国家的平均水平?无法保证的不只是社保费用,还有教育投入、公共卫生投入等。而总支出中,行政费用所占的比例很大。行政费用,既包括正常的办公费用,也包括人头费,还包括著名的“三公消费”。换言之,国民创造的价值,很大一部分用在了各种权力体系和公务机关维持自身运转上,而无法用于公共福利的改善和社会保障水平的提高。

有报道援引财政部综合司的数据,1978 年到 2006 年,我国行政管理费支出占财政支出的比重,由 4.7%提高到 18.3%。而目前的相应数据,在日本是 2.38%,英国是 4.19%,韩国是 5.06%,法国是 6.5%,加拿大是 7.1%,美国是 9.9%。

到此,我们还没有论及两个难以计算的财富黑洞,一个是公共财政中因决策不当而造成的无效乃至负效耗费,另一个是难以被任何统计方式所涵盖的腐败流失。国民以低工资、低福利支撑了高速增长,企业也在付出高税费和高交易成本的代价,财政收入迅猛增长,但仍紧张到不足以承担基本的社会保障。

如果行政成本不能降低，财政预算不能受到约束，腐败现象不能有效遏制，那么社保基金亏空、企业税赋沉重、公共投入不足等问题无解。问题的指向，表面而言是财政分配比例问题，实际上是一个深刻的体制问题。

查办者与正确同在

湖北省赤壁市“用水最低消费”叫停了，主要责任人也被查处了，还发了举一反三的通知，“进一步规范各类收费行为”。

这样的把戏，只是当下世风的一个小体现，一点新意都没有。见惯不怪的程式化戏码，演的人一套接一套，不陌生，看的人也顺耳顺眼，不在意。

然而，如果我们有意进行一下“陌生化”处理，仍然可以知道，“自然而然”的程式化戏码其实处处散布着“意义”。

媒体报道赤壁市按每户每月最低 5 吨收取水费，事在 2011 年 3 月 1 日。至 3 月 4 日，赤壁市为此而做的事情，包括调查用水最低消费、叫停这一做法、全市张贴公告、处理两名责任人、供水公司整改、发布“进一步规范各类收费”通知。

3 天时间，原来可以做这么多事情。赤壁市实行用水最低消费，是自 2010 年九、十月开始，距媒体曝光之日已有半年。这半年间，赤壁市对用水最低消费又做了什么？什么也没有做，最低消费搞得很顺利嘛。

有时候，一种歪门邪道未被处理，是因为信息不通畅，或者“没有发现”。这种情况，多因“天高皇帝远”和体制信息屏蔽使然。天高皇帝远，权力不能直达；体制信息屏蔽，导致上欺下瞒，袁世凯读到的都是要他登基的请愿，勃列日涅夫能看到什么取决于克格勃说什么，而真实的社会生活从政治过程中消失了。

但歪门邪道不被处理，也非尽是如此。赤壁市搞用水最低消费，施用于所有市民，没有什么信息屏蔽，也不可能在市内上欺下瞒。现在急急处理这一事端的机构、部门、人员，在半年时间里，没有知觉吗，睡着了吗？他们是怎么醒来的，是怎么变“正确”的？

对赤壁市来说，处理用水最低消费，无须媒体充当信息来源，媒体报道起到的是“发起社会话题”、扩大事件影响的作用。这就表明歪门邪道现在是不妨行之的，只要不成为超出权域范围的社会话题就可以了。

权域范围，这是一个关键。权域范围内，公开也好，欺蒙也好，社会议论纷纷也好，社会处处不满也好，可能都不是问题。歪门邪道的事情，只有传播范围超出权域范围，议论范围超出权域范围，而且是传播与议论都是公开的，这才可能使相关权力去查办，而且这权力有时还不仅突然“正确”，而且“行动紧急”。

赤壁市对用水最低消费在长期沉睡后“突然正确”，查处者一派正气干云的样子，连举一反三都要说“进一步规范各类收费”，就像各类收费本来已经很规范一样，就像水务收费只是收费的规范没有“进一步”一样。漫不经心的用词，其实大有深意，这不是漫不经心，而是意味重重的语言系统已经编成，并且使用普遍，普遍到说者和听者都没有异样感，双双完成着顺遂的意义转换，达成了社会生活中思维和语言的配合模型。

“严肃查处”、“认真整改”、“进一步规范”等等词汇，属于这个意义生成、转换和表达系统。这个系统显示的是“一贯正确”，即使在歪门邪道发生之后，那个先验的正确性仍然无须明示而确凿地存在，而查处的结果则是今后“进一步正确”。这个语言系统中，查处者是没有错误的，与正确同在。权力的小与大，意味着正确的牢靠程度有所不同。

社会治理岂能迷信刑罚

政协委员施杰律师建议,“闯红灯应该入罪”。

这个建议,固然不可视为笑谈,但应该也只能算是一份畅想。闯红灯就判罪,真的会成为法律不成?但政协委员,“两会”会场,说说还是无妨的。

闯红灯,主体可以是行人,可以是车辆。行人闯红灯,固然违反道路交通法律,但只是现代生活中怎样树立相应的规则习惯而已。在国外,也可以看到行人闯红灯,一般情况下,车辆会礼让。在国内,行人闯红灯现象严重,交通秩序很成问题,但闯了就判个罪,那可真的成了“动辄得咎”了。

车辆闯红灯,危险远大于行人闯红灯。行人不会把车撞坏,车辆可以把人撞死。现在,车辆闯红灯,无后果的情况下,有罚款,有扣分,有后果的话,车辆负全责:我看已是适当。闯红灯就要判罪,同样过于严苛。

有人质疑,闯红灯就判罪,难道不怕监狱填满。施杰委员认为法律震慑作用大了,不会出现这种情况。还好,他没有说填满了就盖,以纳罪囚,而是相信闯灯判罪,就没有人敢去闯灯了。我想,闯灯判罪,主要不是监狱够不够的问题,而是怎样消除日常生活的恐惧。闯红灯,可谓细小行为,细小行为不当就要判罪,衡平之下,要判罪的行为就数不胜数了,这样的法制和秩序,不算社会之福。

古代刑典繁剧,可以判罪的行为很多。“夏刑大辟二百,膑辟三百,宫辟五百,劓墨各千”,要砍头的行为就有200种,要割生殖器的行为就有500种。这当然也没有造成人口危机,严刑“震慑”之下,人们就不去做会导致砍头和割生殖器的事情了。但这是不是美好社会呢?

暂时地,我并不担心闯红灯入罪会成为现实,但是施杰委员的建议中所体现的刑罚迷信是值得警惕的。检索了一下，施杰委员算是活跃的政协委员，建议设立危险驾驶罪，建议废除劳教制度，建议保护举报人，建议网上举报不必强求实名，建议拆迁补偿要合理等，都属大可称道。但也时有“重刑治理”的主张，例如“传播一张淫秽照片就是犯罪”，例如这次的闯红灯要判罪。

传一张淫秽照片就犯罪，闯红灯就要判罪，当然都算是好心。一是要端正风俗，救治人心；一是要减少事故，因为闯红灯造成了很多交通事故。有人讲“乱世用重典”；有人又讲现在是盛世和谐，但治理也还是要重典：这都是刑罚迷信的体现。

细小之行，重刑以待，一切不合意的事情都要通过让人不敢触犯来办。秩序会不会好，这还难说，重要的是，就算秩序好了起来，生活着的人又是何种心理状态和精神状态？迷信刑罚，与迷信暴力，本质上无所差别，刑罚不过是合法的暴力。以刑罚方式求取秩序，看起来迅速见效，实际上不过是使社会笼罩一层恐惧的阴影。

仇官问题的乡愿见解

有政协委员谈“仇官”现象，认为“最终倒霉的不是官员，而是老百姓”，引起很大争议。

在进一步的阐释中，意思表达得更充分一些：在“仇官”问题上，老百姓即使最终推动了社会进步，但付出的代价会是很巨大的，“这是无数的历史事实证明了的”。因此该委员建议“老百姓要保持清醒，要去考虑一下事情最终的结果，你一时的激动，最终倒霉的还是自己”。

善意地理解，可以说这个见解是“为老百姓好”，同时也为社会好，因为这个见解，既是要避免老百姓倒霉，也是要避免社会付出巨大的代价。不过，这个见解又确实容易让人觉得是在劝人逆来顺受。

“你一时的激动，最终倒霉的还是自己。”个人为免倒霉，或者社会为免“巨大的代价”,就要避免激动。人们会激动起来,大概总是因为觉得有不平。只讲不要激动,而人们为什么感到不平、人们是不是应当为实现公正努力,就都不重要了。

不能不承认,“老百姓即使最终推动了社会进步,但付出的代价会是很巨大的”,这确有无数历史事实证明。不能不承认,在不平之事面前,谁“一时激动”,谁就可能倒霉,这也是有无数的事实证明的。但有时,人们并不在乎倒霉,难以顾及代价,就激动起来,这也有无数历史事实证明。而且,人的激动状态,本身就有多种情况,有可能是头脑失控,也有可能是维护权益,还有可能是坚持真理,这些都能倒霉,但未必都说明激动是不应该的。

怎样解决已经出现的“仇官”现象呢?那位政协委员说,“有权的人要善待没权的人,政府就该积极去调整收入分配,解决民生问题;没权的人也要学会去理解,要明白在目前的实际情况下,追求绝对的公平是不现实的”。

绝对的公平,不只是目前不会有,可以说从来就没有,未来也不会有,唯其如此,我们才说实现公平是永无止境的。但另一方面,实现公平又是绝对的价值理想,而且“实现公平永无止境”,不意味着我们要对明显不公平的现实听之任之。如果人们连“激动”也没有,倒霉和代价是不是就会停止呢?

“有权的善待没权的,没权的理解有权的”,你好我也好,这确实和和美美,只是这样的和美场景如何在“有权的官员”与“没权的民众”之间形成?主权在民,约束权力,这是现代社会的基本共识。官员有权,民众无权,官员善待民众,民众理解官员,这种设计岂是现代社会的思维?

与“仇官最终倒霉的不是官员,而是老百姓”相当的一个说法,就是这些年经常听说的“兴,百姓苦;亡,百姓苦”。作为一种事实描述,这大概是不错的。然而,很多人以此劝人不要在乎兴亡,安心接受现实,这就是问题了。兴亡之事,民众交给专人去办理,但不管办成什么样，也不要生气，因为办得好，你要劳苦，办得不好，你还是要劳苦，但再劳苦，总比你生气了，把事情弄到不可收拾要好，所以忍耐与配合理所应当。这种劝导人们“谨遵天命”的说法，我是不以为然的。

近期对“仇官”问题的谈论其实很不少，可见这个问题确实需要正视。

全国人大代表、人大法律委员会副主任刘锡荣认为，“仇官”和“仇富”是腐败原因造成的，人们“仇的是官商勾结，非法暴富，仇的是这样的‘官’，是这样的‘富’”。中国社科院法学所所长李林对《中国新闻周刊》说，人们表达“对现实社会中分配不公、两极分化、住房等民生问题的不满，在这个基础上要求反腐败、反特权，或者表现为‘仇官’、‘仇富’等”。全国政协常委、中央社会主义学院党组书记叶小文说，“‘仇官’和‘仇富’是历史发展中产生的问题”，差别太大、太夸张，“会把一部分人搞得更‘仇’”。前些时候《人民日报》在《理性看待当前的社会公正问题》的文章中认为，“在一些引起广泛关注的‘炫富’与‘仇富’、‘炫权’与‘仇官’事件中，背后的症结往往也被归结到社会公正问题上”。

这些说法的可取之处，是都不认为“仇官”现象无缘无故，或者只是一种简单的情绪，而是将这一现象与腐败、分配两极分化、“炫权”行为等联系在一起，并将解决问题的方向指到实现社会公正上。当然，怎样实现社会公正、急求社会公正还是徐图社会公正、达到何种水平的社会公正等，可能存在不同的设计，也未必不令人哑然，但至少都没有回避“仇官”现象的本质。

相比较之下，“仇官百姓倒霉论”可谓荒唐。它只讲“利害相权”，劝人不要“仇官”，而放弃对“仇官”的因果探究与是非追问；设计的解决办法则是“你好我好”模式，而不是设想让民众行使主权去约束官员，使官员不得“恶待”民众。这种闻不到现代气息的认识，我想，只能算是乡愿的见解。

官本位是否也赖生产力不发达?

“官本位”这个词,应是社会生活中的基本词汇之一。但一直以来,还很少看到有人去专门研究它到底是怎么回事的。

这两天在《新华文摘》上看到一篇,《“官本位”的成因及其消除对策》,“官本位”本质、形成原因,消除“官本位”的任务、措施等,算是很系统。但读过之后,既不知所云,也未知其可。

文章说,“官本位”的本质是以政治权力为中心,对政治权力的向往、追求以至崇拜的社会心理和社会文化。“官本位”是一种社会心理和社会文化,固然不错,但这是本质吗?“官本位”并非政治学术语,构词上讲,与经济学上的“金本位”相同。当人们讲“金本位”时,指的就是“金本位制”,一种货币制度,“官本位”难道不也是一种制度?

网上有文献表明,1985 年第 2 期《领导科学》刊登的《官本位制及其他》首次使用了“官本位制”,词源上就是得自于“金本位制”,指的是干部人事管理中“不论是经理、厂长还是学者,统统要定一个相当于哪一级的‘官’,如县团级、地师级等等”。

现在常见人讲“破除官本位思想”,基本不见人讲“破除官本位制度”。这种说法,好像“官本位”之所以问题严重,根本原因在于人们头脑里有“官本位”的想法,而不是“官本位”首先作为一种制度形式决定了人的思维或者行为追求。结果,破来破去,“官本位思想”不仅稳固无比,而且为了当官、保官、升官,作假、行贿等传统招数之外,还发展出了拳脚相搏,乃至副职杀正职之类的肉体消灭形式。

《新华文摘》上那篇要“消除官本位”的文章,既然视“官本位”的本质为一种社会心理和社会文化,也就是说归结为“社会的想法”,提出来的消除办法就顺水推舟地开列如次:消除“官本位”的“首要任务”在于加强思想教育,“根本前提”在于大力发展生产力,“基本思路”在于促进社会全面发展；而推进制度创新只是“切实保障”，坚持民主与法治只是“重要途径”，强化权力监督只是“有力措施”，与拓展人的价值实现途径（这被称为“有效方式”）地位类似。

略可安慰的是，文章总算说了要制度创新，要坚持民主与法治，要强化权力监督。但这些毕竟不能与“首要”、“根本”和“基本”相提并论。我甚至想，这些方面被列为“消除官本位”的措施，大概只是因为文章写得很全面、很系统，面面俱到，什么都不落下，于是就把制度建设、民主法治、权力监督都点到了。

无论古今，无分中外，世界上没有任何一个社会，把“一切为了当官，当官就有一切”作为正当的思想加以推广。造福苍生、抚爱百姓、爱民如子、做公仆、为人民服务等，都可谓思想教育，宗旨有高有低，但没有一个是提倡“当官为私”的。但众所周知，这并不能保证官员按照宗旨去做。

大力发展生产力，不仅不是消除“官本位”的根本前提，而且“官本位”有没有，与生产力发达不发达，可以说没有什么关系。谁能说低下的生产力适宜于“官本位”，发达的生产力才能“民本位”？如果情况是这样，那么中国生产力还不发达，岂不就决定了中国必须实行“官本位”？权力不受民众和社会的有效制约，就必然是“官本位”，官位既是报酬，也是奖赏；是高贵的等级，也是衡量身份的尺度；是荣耀的来源，也是利益的保障。

促进社会全面发展，是极为重要的。然而，要说消除“官本位”的基本思路在于促进社会全面发展，无异于说社会没有全面发展之阶段，“官本位”是合理的。这篇“消除官本位”的文章，之所以把发展生产力、促进社会全面发展和拓展人的价值实现途径列为措施，说的都是用这些办法去减少当官的相对收益，这就可以使“社会文化”和“社会心理”不倾向于当官。然而，当官与不当官的相对收益，与这些有什么关系呢？生产力再发达或者再不发达，社会保障再稳固或再不稳固，人的发展途径再多或再少，只要官员权力是不受限制的，一切都是要换算到官位上去衡量的，那么当官的物质利益和社会尊崇都是最高的。

官员成为受民众约束的公共服务人员，并且成为公众监督、问责，乃至撒气的对象，“官本位”自然渐渐消失。

在灾难中思考人的方向

2011 年 3 月 20 日，日本 9 级强震已是第 10 天。

7000 多人死亡，1 万多人失踪，近 40 万人加入避难队伍，50 多万人受灾，福岛核电站半径 30 公里内的居民被疏散，包括东京在内的广大地域内居民生活受到直接影响，远在数千公里之外的中国，也出现了一股碘盐抢购风波。

地震使日本经济遭受重大打击，全球经济也增加了变数，日常生活中一些家电产品价格开始上升。然而，较之于生命遭受的威胁，经济影响已经不是特别重要的了。巨大的灾难面前，世界人民站在一起。

这是日本人民的灾难，日本的灾难，也是世界的灾难，人类的灾难。

地震和海啸，使作为生物种群的人类的生存迅速成为思考的主题。如同卷走十几万条生命的印度洋海啸，如同造成 8 万多人死难的汶川地震，这些令人骇异的灾难，使一切其他价值在生命面前显得无足轻重。

生命才是本质，“生存或死亡”才是本质问题。其他的一切，无论科学技术、文学艺术、人群分属、信仰体系还是社会建制，本身都不是目的。没有生命，这些不会产生；没有生命，这些也失去意义。

没有什么是不朽的，没有什么是永恒的。人类有着共同的命运，人类命运的共同性远远超过人类因各种原因而分成的人群的区别。人类在地球上生活，这是人类的规定情境。而地球不过是太阳系的一员，太阳系居于银河系的一寓，银河系也不过宇宙的一角。这些无不有生有灭。

人类自来就是孤独的。宇宙浩瀚，而人类还没有找到自己的邻居。就算我们的邻居存在，难道有一部分人类可以与邻居结盟而反对人类的另一部分？对个体而言，生命短暂异常。对人类而言，种群的延续也不是永恒。人类与地球上的许多生物有着绝大部分相同的基因，人类之间的基因区别几乎可以忽略不计。人类与人类在一起，人类与地球上的一切共同生活。

全球化不只是一种经济现象，而且正在带来思维的革命。思想家的概念设定，越来越少决然分割，“中国哲学”变成“哲学在中国”，“东方艺术”变成“艺术在东方”。类似地，“中国人”、“日本人”的概念，应当替换为“人类在中国”、“人类在日本”。这不只是思维的变化，也是人类作为生物物种在地理分布上的现实。

人类面临着越来越多的全球性问题。大气污染、洪水泛滥、土地荒漠化、气候变暖、风暴、地震、海啸、生物物种灭绝、疫病、饥饿，以及恐怖主义，都不是国家边境可以阻隔开来的，“全球治理”以地球为思考单位而出现。

一个国家的灾难，本身就是人类灾难的一部分。经济的全球联系使一个国家开始的衰退可能成为世界衰退的起点。今日人类的足迹穿梭往来，利比亚危机时中国需要撤侨数万人，日本强震发生时有超过 2 万中国人在受灾地区生活或旅游。而现代文明的思维更超过“国民海外救助”，这就是为什么说，大规模的人道主义灾难无论发生在何处，都应当受到国际救助。

文明与野蛮、蒙昧的分野，不在力量的强弱，而在于更能体现生命的本质意义。那些能够显示生命意义的价值得以产生、坚持和扩大，就是文明进程，而逆之则谓之倒退。人类的暴虐行为史不绝书，仇恨、战争、屠杀、灭绝，都曾有之，而文明之所以能够得以前进，不是从野蛮中复制野蛮，而是如同在自然灾变面前哀伤并沉思一样，为人类的野蛮而哀伤，并从野蛮中沉思，找到“人”的方向、文明的方向。

人类已经可以飞向天空，并超越大气层，但仍然不能够告别地球生活，也未曾到达地心。人类已经有能力改变物种、复制自身，但仍然未能解密心灵。地震发生在这里或者那里，经纬度偏向这边几度或那边几度，对地球来说有什么不同呢？但受难人群就大不一样了，死难者可以说是替生者而死。人类已经可以利用核能，但仍然未能拥有遏制其破坏性后果的手段。由地震次生的核电站泄漏，使人们知道当我们行动时，有能力深刻地改变世界和自己，却未必具有中止不良后果的能力。

地震在刹那间将“万物之灵长”仿佛逐回普通生物，但相互慰藉与救助仍然足以使幸存者不至于如动物一般在恐慌中独自奔逃。自然必须接受，但生命在灾难面前不是无所作为。人类拥有的一切，一部分是使心灵避免落入荒芜，一部分是使生命避免流落荒野。怀抱理想，使一切生命在相互依存中发展，这就是“人”的方向。

人道先于诚信

有些感人的故事，令人不忍听闻。报纸上报道的浙江温州的“诚信老爹”，就属此类。

“诚信老爹”吴乃宜，生活在温州苍南县偏僻渔村，已经82岁，育有四个儿子。2006年四个儿子倾其所有，并举债80多万元，购买渔船。当年出海打鱼时遭遇“桑美”台风，三个儿子死亡。吴乃宜将三个儿子的保险赔款和打捞上来的渔船变卖，全部用来还债。剩下26万元债务，老人拼命替人织渔网，经常织到晚上12点，但他表示再苦也要还债。

这是新华社的报道。

《钱江晚报》的报道则提供了更多细节：“桑美”台风中，吴乃宜有一个儿子受伤生还，外出打工，每年省下1万多元用于还债。几年来，吴乃宜老人除了还债，还要养育两个孙女，每天喝稀饭，编渔网，一家人没有添置过新衣服，只用一盏15瓦的节能灯，全部家当就是几件看不出颜色的陈旧家具。

八旬老人过着这样的生活，为死去的儿子还债，"诚信"固然感人，生活境况又何其残酷。这个时代，"诚信"确实稀缺，然而，难道我们可以因为稀缺，就可以把一段残酷的生活拿来作"诚信"的感召？

例如孝敬父母，可以算是一种美德，然而，彩衣娱亲的故事是否令人肉麻？卧冰求鱼、割股疗亲之类的教化材料是否令人心寒？八旬老人还在"父还子债"，为此而衣食不保，劳作不休，与其算作"诚信"的素材，不如视为凄凉的晚境。这是个人命运的困顿，难道不也是社会制度的缺失？

严格地说，这个故事的主题，首先不应是"诚信"，而是法律。吴乃宜老人三个儿子死于台风之中，他们的债务处理，与他们的遗产处理相连，而他们遗留的财产，远远不足以偿还债务，吴乃宜老人没有"子债父还"的义务。一个人成立公司，尚且只承担"有限责任"，不使其因经营发生问题而生计无着。一个老人，难道要因为他曾经生养几个孩子，就变成永远不可去除的经济负担？

从社会制度来说，八旬老人，应该终养天年，现代社会应有普遍福利，以保其生活不至于不可维持，即使福利制度不健全，当其子女无法承担赡养责任或者没有子女承担赡养责任时，也应当有社会救济办法，使其不至于劳碌终生。而吴乃宜老人，夫妻都至高龄，还要抚养因儿子死去留下的两个孙女，这个家庭已失去正常的生活条件，生活水平降至难以为继，而我们看到其度日如年的生活，还在赞扬其"子债父还"的行为。老人固然令人钦佩，而我们对老人与孩子的生活又作何感想？"诚信"的赞赏后面，难道没有几许残忍？

吴乃宜老人的故事，与其说是一个"诚信"教育的样本，不如说提出了一系列社会问题：我们怎样保障老人与孩子的基本生活，需要的是怎样的诚信，诚信与道德、法律的关系，以及诚信与人道发生冲突时的取舍。

诚信极为可贵，但人道尤不可丧失。台风夺去了八旬老人的三个儿子，已是人生至痛；而老人在这种巨大的痛苦中担当了巨额债务。八旬老人不再是劳动年纪的人，幼小的孙女有权获得基本的生活。老人可以有“诚信”偿债之愿，而社会又岂能赞美这人道之伤。诚信是需要建立的，但如果我们甚至不能保证老人终养、孩子正常成长，“子债父还”就不过是旧王朝时代的连坐责任以道德的名义复还。

秩序是怎样构造的

南京多所大学禁行自行车，引起学生质疑。这样的大学管理，与社会上大多数人都没有关系，但我们可以从中看到管理者的秩序逻辑。

“世界是平的”？非也。例如社会治理，在世界各地就大为不平，一个在街上挑担卖东西的人，并不是在全世界都有被暴打的危险。

但在同一个社会中，治理的逻辑则基本是平的。例如，在中国，有的城市普通市民乱停车、闯红灯，可能被挑出来示众，而官车乱停乱闯没有示众的机会。南京的大学禁行自行车。但汽车可以自由往来。这里面的逻辑是秩序必须方便于强者。

看看诸大学禁行自行车的理由，无非是大学里骑自行车不安全，自行车停放堵塞了消防通道。这是什么理由？

骑车不安全，是自行车给行人造成不安全，还是汽车往来使骑车者不安全？自行车可以说是除双腿之外最安全的交通工具，论对行人安全的隐患，汽车比自行车大得多。但汽车不禁，自行车要禁，大概只是汽车属于老师和领导，而自行车主要属于学生。以不安全为由禁行自行车，无异于通过清除自行车来保证汽车对道路的占有。

学生停放自行车，堵塞了消防通道？校方原应反躬自问：设置了自行车停放处没有，为防雨天停放不便，设置了自行车棚没有，如果这些有设置，还要问设置处所方便不方便。如此而仍然有乱停放的现象，还要自问校内自行车管理到位没有。禁止自行车在校区内出现，根本不能作为一个管理选项。

中国的大学，大多校园广袤，并非世界上许多大学那般局促。这种类似于“广亩城市”的校园，规划上就未必合乎方便学生活动的尺度，例如南京禁行自行车的大学，有学生上课需步行20分钟的。但就算如此辽阔的校园，仍然不能容纳自行车，校园备极壮观，所为何来？

据闻一些禁行自行车的大学已经出现轮滑代步的现象。轮滑代步，不会比骑自行车更安全。学生采用更不安全的交通方式，校方是否也要禁止？或者，校方应该直接下令，校内只能使用双腿和汽车作为交通工具，由此我们就能看到明确的阶级，步行阶级和汽车阶级。

我们可以看到，大学禁行自行车而不禁行汽车，社会上示众私家车的不文明行为而不示众公车的不文明行为，城市管理中只对挑担小贩严厉而不能对刻薄员工的老板严厉，以及其他诸多秩序管理行为中的共相。权力的社会属性，确实是按照等级分布的，权力不会为难自己，一个人在社会生活中被为难的可能性，跟他与权力的距离有关系。无论作为个人，还是作为社会群体，离权力近，被为难的可能性就低，离权力远，被为难的可能性就高。

这是秩序管理的内在机理。按照这种机理，所谓秩序，就是这样的一种状态：离权力越近，秩序越是一种享受；离权力越远，秩序就越是一种约束。这是秩序本身的秩序，这是秩序隐含的阶梯，包含了从享受到受制的完整谱系，每个人在社会阶层上的位置，定义了自己对秩序的责任与义务，核心在于权力，以及与权力的距离。

这当然也算是一种传统，合乎礼治的理想。官员有等级，贵族有袭爵，民有士农工商，还有堕民、流户、下九流等，各有位置，各有待遇，秩序也可以井然。等级低，对秩序要尽的责任和义务就大；等级高，就享受秩序的好处。中国传统的社会管理和秩序构造，精髓在此。现在，我们看到这仍然是一些地方秩序管理的要义，大学也不例外。

草案就是“临时工”

广西崇左市的一份考察组接待计划被网络热传，4 天行程，除 2 小时座谈，都是游览。崇左市委回应，只是草案，并没有实施。

当然是“没有实施”。接待方案订的是 2011 年 3 月 28 日至 31 日的行程，3 月 24 日前就在网上传开了，时间上也不可能实施啊。

2010 年年底，网曝深圳一家事业单位人均年薪 30 万，被称“史上最牛公务员工资表”，相关单位也对新华社说“只是草案”。崇左此次，又是“草案”。“草案”正如“临时工”，成为卸责抵过的洞窟，反正开除临时工和否决草案，都是容易的。

从崇左方面的回应，人们知道，这次计划本为接待“外省信访系统的朋友”。据介绍，“崇左的信访工作亮点颇多”，这些朋友就产生了来学习考察的意向，而信访工作考察又没有内容具体对接，就由市委办公室做了游览方案。“来一趟不容易，好好玩几天”，这是官方接待的通例。崇左是这样，别的地方也是这样。

崇左信访有特色，外省都要来学习，为何又没有内容具体对接呢？崇左的信访工作到底做得有多好呢？不要奇怪，“工作有特色”的地方，去考察又没有内容具体对接，这也寻常得很。材料出经验，经验引考察，考察变旅游，旅游称工作，工作靠写手，写手造材料……循环往复，以至无穷。这里看到的是“笔杆子”系统的作用。这样，工作就简单了，吃吃喝喝，玩玩乐乐，唱唱跳跳，加上威威赫赫，如此而已。

考察变游览的方案不止是没有实施，崇左市委还表示“方案不会实施”。为什么呢？因为提出了考察意向的一方“没有再和我们联系，这个活动肯定也不会搞了”。对方取消了行程，使得游览方案不能实施了。如果不取消，如果方案未传播于网上，又会如何？

不管考察变游览的方案是否实施，不可放过的是一个市委办公室提出这样的草案，说明了什么？草案也是为了准备通过而做的，不是为了被全盘推翻。草案也是有谱的，而不是无边无际。未被采用的草案、被否决了的草案，考察其实就是游览，这就是草案的边际，就是公务接待的惯常做法。没有实施，或者不会实施，只是这一个；那些已经实施和将要实施的接待，将在游览的轨道上继续。

很多考察团，万里出洋，也不过游玩一通了事。偶有行程与费用表格保密工作不力，被人发到网上，霉运已极。但绝大多数还是一路欢歌，把随带的几箱子正宗茅台喝光了归来。国内游览是低等官员的待遇，心理还不平衡呐。江苏海门审计局接待四川绵竹审计局，两天用10万，还模拟外交行程，称为“答谢之旅”，被网曝后，理直气壮：汶川地震后我们就友好了，我们援助对方，每次去上10人，对方局长都到成都机场迎接。看看，这公务接待，震灾都不能影响相互的尊敬和规格。

清末五大臣考察，遍览诸国，所做之报告，据考证是请百日维新后被通缉在日的梁启超作枪手代劳的。就算是这样，比现在官员考察还是强得多，至少他们还不是只做观览，还要作报告，作报告还知道请维新变法人士，而不是风风光光后表一通“切身体会，感受更深，绝不可失我固步”的决心。

丑闻一旦曝出，追责到人有“临时工”顶缸，查到文件有“草案”退逃。只要不捉到现行，官方总是有办法自辩的。捉到现行，官方也是有办法对官员轻松化解的。不足之处，加强嘛；有点错误，改正嘛。例如，南昌官员录制节目时发飙，这算是现行，官方回应要提高个人涵养。

别的人就不行了，严格管理、严刑峻法，都要体现出来，而且无所谓道理。还是上述南昌官员发飙一事，未控制好气氛并上传视频的主持人被停职扣工资，还“正在调查他属于有意还是无意行为”。这意思是说，录制节目不该使官员发飙，发了飙不该被人知道，所以官员问题小，主持人问题大。我看，还要感谢官方的大度，因为官方原本可以治“诽谤”或“窃密泄密”之罪的。但主持人真的有不使官员发脾气的责任吗？真有保守官员发飙之秘密的义务吗？在负责于官员、媒体和公众对真相的知情权之间，主持人应作何选择？

面对丑闻，面对监督，官方后路很多，官员常被理解，而那些曝出丑闻的人，那些实施监督的人，则务须动机纯洁、行为端正、事实准确，一招不慎，严惩随之。这是社会监督的现状。权贵民贱，权重民轻，欲行监督，务须小心。

“和服事件”的吊诡版本

正是春晴日好，游园踏青之时。武汉大学的樱花日迎客流 20 万人，自是比肩继踵。其实，此时武汉，南湖岸边华中农业大学的桃花也朵朵开放，格外妖娆，只是关注度远不如武大樱花。

先前有武汉《长江日报》报道 4 名女大学生赏华中农业大学的桃花，应属有趣。报道说，4 位同学都是中南财经政法大学国学社成员，为让更多人了解传统之美，特身着汉服而行。结果，“有人以为我们穿的是日本和服，从我们身边走过的时候窃窃私语，投来好奇和不解的目光，甚至有人很愤怒的样子，让我们滚出去”。

这样的新闻，如果发生在武汉大学赏樱中，会是一件传播力很大的事，发生在华中农业大学赏桃花过程中，就波澜不惊了。

武汉大学赏樱曾有“和服事件”。一对母女穿和服在樱花下照相，被数名学生呵斥和轰赶，舆论聚议。华中农业大学桃花游的这个“汉服”新闻，未成事件，也未成风波，但完全可以作为“和服事件”的一个吊诡版本，以一种别开生面的方式，提供新的思考路径。

“滚出去!”这是游春场所里穿着和服和被认为穿着和服的人都遭到了的呵斥。异样穿着与为之愤怒的人，都是极少数，看主流，不应太震惊。但装束会导致被干涉，被言语侮辱，被歧视，这仍然是一个问题。

有人会说一个人着装异于常人是作秀，但客观地说，每个人的穿着打扮，都有展示自己的美学意识、身体特点、个人趣味和身份归属的功能，也就是说，穿着打扮本身就是身体社会化的道具，作秀不是什么问题。

有人会说对他人穿着打扮勃然大怒是作秀。在绝对意义上说，一个人表达自己对某人某事的态度，把内在感受形诸语言、动作等外在符号，使自己的态度为众人所了解，这是表象化，有表演性。但一般来说，如果态度不是做作，我们视为真诚，而不视为表演。

问题在于真诚是否就够了。穿着打扮并不触犯他人的利益，和服是不违法也不违反道德的衣着，这就使呵斥者失去了干涉的依据。干涉者的愤怒，可能发自于真诚的民族情感，但情感的真诚性不足以使对他人正当行为的干涉变得正义。

4 名国学社女生穿着“汉服”被呵斥，表明朴素而真诚的民族情感有喷薄而出的畅意，但可能弄错对象。你痛恨的是“和服”，却把你所不熟悉的“汉服”也痛恨了。喷薄而出的愤怒，激情燃烧的热血，首先就有挥刀乱砍的危险。穿“汉服”的人，原本也是深爱吾国吾民吾文化的，结果被同样深爱这些的人愤然以对。

“愤怒错了”的同学，也许会说，汉服固然好，为何像和服呢，或者我们都爱国，为何你要穿这种我看着像和服的衣服呢？而“汉服”同学则对国人不甚了解自己的传统文化遗憾且忧虑。因为衣服和对衣服的态度，这样一方诿过于对方，一方对对方忧虑，无解。

“汉服”被认作“和服”，呵斥者应该尴尬，被斥者心底无愧，但问题在于，“和服”是不是就该被呵斥，穿和服的人是不是就该有愧。我的看法是，着装应是一个充分自由的行为。如果穿衣的自由要受他人情感的约束，你出门时不仅要研究自己的衣服是否满足了他人的情感，还要研究他人是否同意你满足了其情感；而另一方面，情感强烈的人士还要研究一看就不爽的服装到底是不是真的居心不良，免使大水冲了龙王庙。

你硬要把衣服派上体现社会情感的用场，每个人就都要研究来研究去，而且最保险就是进入制服时代。因为，这时制服派就会出来说，统一制服最有效率，减少为穿衣浪费时间，大家就可以集中精力去强国。于是，你连穿一件衣服的自由也没有了。

从百度文库看社会信息环境

百度公司正面临作家、出版商的联合交涉，要求根本解决百度文库的侵权问题，双方谈判破裂。百度公司在北京市版权局表示对其“予以行政处罚没有法律障碍”后，终于有了致歉态度，并表示删除未授权作品。

这是一场只要明确而坚定地主张，著作权人就将赢得胜果的角力。百度公司对文库构筑的所有免责防线，都只能一触而溃。所谓的“免费共享”，不仅无助于逃避责任，而且可能隐含着更大的损害；网站互联网服务公司主动设置允许用户大量上传他人作品的服务，不能适用于“避风港原则”；每天上传量过大，“无法做得更加细致”，同样不成为理由，因为符合著作权法应是百度文库的生存前提，无法保证合法性的服务本身就不成其为合法服务。

北京市版权局称“多次约谈百度，他们也向版权局提交了相关整改报告，但其并未对已经构成侵权的作品做出富有诚意的措施”。由此可以看出百度公司面对文库问题的态度。

事实上，百度公司对百度文库所作的“免费共享”解释，也是一个并不切实的说法。在文库上线周年的发布会上，百度介绍过去一年里，文库已经占据了70%以上的市场份额。这已经表明百度文库是一个市场行为。此外，不管百度文库的免费是占领市场的权宜之计还是长久行为，它作为百度的一个产品，都是要巩固其搜索市场的地位，由此带来搜索市场上的收益。

文库每天上传十余万件作品，这能够被百度公司引为无法避免侵犯著作权的理由，但百度每天的信息总量又有多少，其他互联网信息企业每天要处理多少信息，那些“不符合法律规定”的信息，不管百度也好，任何别的企业也好，何曾“无法处理”过呢？

中国的互联网服务领域，管理应属极为严格，然而总体而言，较为注重于内容的审核，注重“扫黄打非”意义上的控制，并非包括著作权法在内的完全意义上的依法治理。百度文库之所以能够在不能保证著作权人权益的情况下上线去占领市场，正是因为它了解互联网管理的倾向，并且善加利用，互联网管理也应当反思，只注重“扫黄打非”，过于追求内容的纯正，而放松甚至放纵侵权行为，一方面可能使人们的正常表达和思维创造受到影响，另一方面又导致侵权行为，从而挫伤社会的知识与文化创造。

百度公司不只是其文库存在着侵权行为，而且作为最大的中文搜索引擎，还存在着更加严重的问题。百度搜索的“竞价排名”，是其行之不讳的盈利模式，谁给百度出钱更多，在搜索结果中排名越靠前。这种搜索方式，歪曲了信息世界的真实图景，决定着人们的信息获得。在中国，人们多从企业行为对百度的竞价排名予以合理化解释，然而，任何一家媒体，既是企业，也是公共信息机构，难道你能想象媒体按照广告多少来编排新闻，能够想象索引出版商按照广告排列条目？更加恶劣的是，百度不仅按广告额决定信息编排的权重，一些企业的不利信息可以在付费后不再出现。排序和删除，使百度成为社会记忆的决定者，你先看到什么，你不会看到什么，由百度供给。

门户网站的超级强大，也是互联网在中国的特色现象。几大门户网站本身很少生产信息，却拥有无偿或以极低价格链接任何信息的便利。信息生产的权限管理过严，使大量网站无法生产信息，而另一面，网站又得到方便，无须自行生产信息。由此造成了一种畸形的繁荣和无偿共享态势。管死与放任，同时呈现。

可以说，在互联网信息管理上，除了内容审核的精微，显示了管理超乎寻常的能力，在互联网作为一种新的社会基础架构和平台上，真正的法律治理和繁荣之道，还近乎没有破题。从管理到社会意识中普遍存在的“一切免费”的观念，则造成了近乎于“窃书不谓偷”的畸形互联网伦理。著作权保护、信息公正和真实、基于权利人同意的自由分享，还十分薄弱。管理之失正在造成网络时代社会信息化的一些方向性问题，传统信息管理的弊端未见去除，而是更换平台继续迁延下去。

此次百度文库风波，希望能够成为社会信息环境诸多问题的反思之机。

视死者为麻烦的时代

民政部副部长窦玉沛表示，将加快建立殡葬救助保障制度，“十二五”期末，将向所有居民提供免费的基本殡葬服务。报道称，基本殡葬服务项目包括遗体接运、存放、火化和骨灰寄存。

这就是说，人们为了服从国家对死亡事务的强制管理，不需要付钱了。死当然不是生的目的，却是生命不可逃避的方向。国家对死亡事务的管理，包括死亡确认、户口注销，也包括对尸体尊严的保护，还包括采取一定的形式处理尸体，例如实行火化。

人其实有权以不妨害他人的形式处理自己的遗体，在国家介入死亡事务后，遗体处理需要以被许可的方式进行。人们必须为此而支付费用，实际上是把服从管理变成了一种消费，这是荒唐的。免费提供基本殡葬服务，不是福利，而是国家为其管理事务支付费用。

基本殡葬服务免费提供，方向正确。但“十二五”之后，这些服务是否能够令人满意，可能还是问题。每一环节，在基本服务之外又有付费才给予的“优质服务”，那些不购买“优质服务”的，未必会得到好的对待。

但现在还不是免费服务是否令人满意的问题，而是殡葬费用太高。墓地太贵,这是众所周知的,这一项目将来也不会包括在免费服务包之内。房地产也很贵,现在政府在调控;墓地被称“死后房地产”,民政部并无回应,民政部只回应了“墓穴20年后再收费”,解释的意思,是说购买墓穴后,20年再次收费是合理的。

民政部社会事务司副司长李波说,“我们一直强调,墓穴只是租赁关系,不是产权关系,只有使用权,没有所有权。签订合同时,20年是一个期限,20年到期以后,双方根据协议规定来执行管理费的收费”。这不仅支持了20年后再收费,而且使头次收费的性质变得莫名其妙。

20年后再收费,相当于物业管理费吧。但人们买墓穴,几个平方米花去数十万,均价甚至超过房子,原来买的只是“租赁权”。花的钱比房子多,买到的权益还不如房子。死比活贵,岂非怪事?

墓地为什么贵?有人说是爆炒。这很令人不解。一个人只会用一个墓穴,却可能住几套房子,墓地怎么会成为爆炒的题材?我想,墓穴被爆炒,只有一个原因,就是管理之下,人为造成了紧张,或者给制造紧张预期提供了机会,好像人真的要“死无丧身之地”了。

有人又说,管理不得不从严啊,否则“死人与活人争地”。这又不知从何说起。公共墓园,本身就在省地,火化后集中埋葬,是节约之外再节约,怎么还是“争地”?难道我们这个社会的土地,连一个骨灰盒的位置都提供不出来了?

现在,确实有人连“入土为安”都觉得是一种落后的观念了。有的媒体就说,人们存在着“入土为安”的观念,使草坪葬、树葬、花坛葬、海葬等“绿色殡葬”不能推广。殡葬是一种文化,“入土为安”并非中国特有的观念,包含着人们对生死的理解。敬事生死,无所谓“落后”。“绿色殡葬”很好,但还不能说人只有客观唯物视死者就是“一具臭皮囊,埋了好肥田”才算先进。

清明时节,很多人出行扫墓,又有不少人提倡“绿色扫墓”。扫墓怎样绿色呢?网上祭扫,还有“委托扫墓”。这是为了劝人不出门,以免交通麻烦的。有人要网上扫墓、委托别人代自己去扫墓，自然也可以，然而，身体力行地体验亲情，难道不是更值得肯定？

时代在变化，慎终追远，敬事逝者，现在已经被视为迂腐。死者的安置和对待，正在彻底地客观和唯物，心灵的需要是不必要的了，而且被作为麻烦。死了，烧掉，灰撒掉，或者埋在树下，否则会“与活人争地”。祭扫，不要去墓园了，网上点香或者请人替代，这就避免了交通堵塞，有利于社会还免得自己受累。没有形式主义，一切务实，或者，干脆思念也是多余，毕竟思念是毫无益处，无改于什么，只能使自己的欢乐减少。

我们是如此厌烦和苦恼于死亡、逝者带来的问题，难道这增加了生者的乐趣和善待吗？不能敬事死亡，就不会敬事生命。这个时代正在将唯我主义、实利至上变成信念，并且在死亡事务上得以贯彻，于是殡葬成了商机，死亡成了消费，埋葬成了“与活人争地”，祭扫成了麻烦，心灵、情感与精神成了多余的、无用的。在这样的时代，生者当然也无善待可言。

公车私用的境遇

我们这个社会，和谐还是很容易的。

广州市民区伯看到一名警察用公车接小孩放学，发了句感慨，当事警察嫌他多管闲事，并大爆粗口。区伯拍下车牌后举报，警方和当事警察电话致歉、登门道歉，区伯气消了，据报道当事警察还写了书面检讨。

这是报纸报道的一个事情，可作为和谐的一个小例证。

公车私用，说起来人们大多愤愤不平，但真正见到具体的私用情景，人们并不觉得值得计较。无它，这只是林林总总的“日常腐败”中的一种而已，如果这也要较真，你就一分钟的安逸日子也别过了。

区伯据说向来认真，也不过随口发了句感慨，只是感慨而已。当事警察自然也早将公车私用视为正常，所以连感慨也听不得，从而大爆粗口。这表明像这种小小的“日常腐败”，本是大家都事实上接受了的。

如果细分，这里面其实有两件事情。一件事情是公车私用，一件事情是粗口事件。警方和当事警察向区伯道歉，这是解决两个人之间的言语冲突，这冲突连治安案件也谈不上，道歉就可以了结。但公车私用，这不是当事警察与区伯之间的事情，而是当事警察与社会之间的事情。正如我们看到的，这种事情原本已经平常化了，所以虽然认真说起来私用不对，但处理就不必要了。

道歉和检讨的后面，是公车私用这个公共领域里的事情消失。道歉之后，事情圆满，也就相当于说，一般人去管甚至只是感慨一下公车私用，真的属于多管闲事。

这样的事情，在很多国家都不能如此轻松了结。

2010 年 8 月，韩国人金台镐获总理提名 20 来天，就被迫辞去提名，并反复道歉，原因是被公众质疑腐败。金台镐承认，自己的财产目录没有登记以妻子和岳母名义开设的部分商铺，担任庆南知事期间妻子曾以个人用途使用公车。

2009 年 7 月，德国卫生部长乌拉·施密特的公务车在西班牙失窃，媒体披露她公车私用，当时正临议会选举，丑闻使部长前途尽毁，其所在政党社民党在选战中大受牵连。

1995 年，意大利西西里岛墨西拿市市长朱塞佩·布赞卡与妻子外出旅行，私自使用公务车到游船停泊的港口，后被判 6 个月监禁。

公车私用，是公共资源被权力者不当使用，天然属于社会政治问题。但大概只有这样的事情少见，才会每发现一个都搞得满城风雨。如果这样的事情多到比吃饭还自然，再满城风雨就没有道理了，大家会将它作为正常情况，而且不再可以被当成社会政治问题，当事人不只不怕被发现，而且有底气对发感慨的人恶声恶气。

类似公车私用的“日常腐败”，还包括吃喝招待、高级烟酒、礼品往来、“业务麻将”、歌舞娱乐等。没有人会仅仅因此而下课，印象中唯一的例外是南京江宁区房产局的周久耕局长。他判了罪，不是因为天价烟，而是因为受贿。他倒霉在于惹了众怒，于是会场上抽天价烟的材料被“人肉”出来，又由此而查出了犯罪问题。某种程度上，这属于一种“区别对待”，“重点关照”，谁叫他不许开发商降房价呢？

大量“日常腐败”确实增强了人们的腐败承受力。这些在社会政治生活中司空见惯的腐败行为，在一些国家确实是“零容忍”，而在我们这里已经成了社会这部机器最普通的润滑剂。

为什么公车私用之类的“小腐败”现象，世界上会有不同的待遇呢？很有些人觉得只是我们控制腐败的技术手段还不行。于是有报道说，重庆酉阳甚至给每个官员都配备了不得关机的GPS手机，以了解官员的行踪。广州的公务车，也说要配备GPS的。难道这样就可以将官员或公车的腐败给治好了？

用现代框架看独特

社会治安综合治理，使我国成为“世界上社会治安最好、群众安全感最高的国家之一”，我国已经找到了一条解决社会治安问题的成功之路。

这是《关于加强社会治安综合治理的决定》（简称《决定》）颁布20周年的纪念活动中官方作出的论断。

该《决定》于1991年分别由中共中央、国务院和全国人大常委会发布。上述20周年纪念活动中的论断，包含着一系列结果描述和因果叙述。

“世界上社会治安最好、群众安全感最高的国家之一”，这不是作为一个目标，而是作为一个事实被表述，被视为“已经成为”的结果，这是关于中国治安状况的判断。人们对社会治安或有很多意见，但这个判断说的是横向比较。是否属实，要看世界各国的相应指标。

“我国已经找到了一条解决社会治安问题的成功之路”,这也是作为一个事实被表述的,“世界上社会治安最好的国家之一”,是这个判断得以成立的前提和证明材料。而成功之路的具体所指,就是社会治安综合治理。

在正式的表述中,“社会治安综合治理”被表述为“中国这个世界上人口最多的国家的非凡首创和崭新实践”。这个表述,应可理解为社会治安综合治理是中国的一个特色化实践。首创对应于跟进,若无跟进,首创便属特殊,或称特色。社会治安综合治理,无论作为一个概念,还是作为一项工程,都不为国外使用。

于是,我们可以换一种语言维度来理解问题。既然社会治安综合治理并非国际通行概念,那么“世界上社会治安最好的国家”指的是什么?居民安全感,这应该是一个指标,构成安全感这一指标的,又有哪些因素呢?描述国外社会安全状况时,我们经常看到的概念是犯罪率。

社会治安比较准确的定义,几乎没有。但几乎每个中国人都有何谓社会治安的心理经验,刑事发案率低、治安调解率高、街头没有混混斗殴、夜行没有抢劫强奸、出门没有小偷小摸、社会面上的丑恶现象少等等。我不知在世界通行的概念中,与社会治安对应的概念是哪一个。

社会治安综合治理中,还包括一种治理思维与模式,那就是综合治理。社会治安的概念是中国特色的,综合治理也是中国特色。综合治理就是很多部门都对一件事情负有治理责任,形成“齐抓共管”。换言之,就是一件事情真的成为系统工程,成为多权力部门的事务,于是需要综合机构,综治委、文明委、政法委等都属这种情况。

与社会治安相对应的世界通行概念,应是不太好找;与综合治理相对应的世界通行做法,有没有可能都是疑问。所以,说社会治安综合治理是中国首创,应属确切;而且这是中国特色,独一无二,因为世界上并没有别的国家把这个首创借鉴过去。

继续换一种语言维度来理解，在世界通行的治理框架之下，是怎么解决我们这里所说的社会治安综合治理问题的呢？我想，现代世界通行的治理体系，一定也要解决我们所说的社会治安问题，因为这涉及治理体系的一个基本功能，也就是提供社会秩序。在没有社会治安这个概念的情况下，秩序怎样定义；不通过综合治理，秩序怎么实现？那一定也是有办法的。

在“社会治安综合治理”的思维逻辑与实践框架内，讨论社会治安综合治理，可以有一整套判断标准。在现代世界通行的治理逻辑与治理框架下，社会治安的概念可能被犯罪率、安全感、基本秩序等化解，而综合治理则基本不会成为一种治理的常态。

就达成社会秩序的目的来说，社会治安综合治理的实践与世界通行的治理框架，应该都有效果。我们论断中国是“世界上社会治安最好、群众安全感最高的国家之一”，也表明居民安全感最高的国家不是独一，而是一些。其他的“最好”，采用的就不是社会治安综合治理模式。

在现代世界通行的治理框架下，如何定义社会秩序，如何形成社会秩序，这应该是值得我们深刻认识的问题。转换一下语言和思维，试用现代治理框架去解析社会治安综合治理的本质，看看现代治理框架如何形成社会秩序，思考中国治理方式与现代治理方式的差异，是很有意义的。大体上，很多首创或特色，无论语言、思维、做事的办法等，都可以这样转换一下，算是一种“社会翻译”吧，就可以更好地明白事理。

市场需要道德和信用在场

每天都能有食品安全事件，只是一些得到关注，一些没有得到关注而已。

上海染色馒头得到关注，不仅因为是央视报道，还因为它发生在上海，中国都市化水平最高的城市。

在中国，上海作为现代都市最为资深，现代生活的开展也最为典型，城市管理水平向在最高之列，“市民素质”被认为最高，市民生活也属于精致。正因如此，人们仍然无法避免食用劣质馒头，超市供应着劣质食品，其中的意味才更加丰富。

这就如同海啸发生在孟加拉与发生在日本，意味有所不同。前者使人更多地震骇于生命的大量死亡，后者则使人更多地了解人类安全的限度。无论安全意识、防灾技术、减灾体系，日本都属世界领先，但对地震、海啸造成的生命损失和核泄漏危害，还是束手无策。

对普通市民来说，伪劣品消费弥漫如空气，构成了一种均质化的劣质环境，无论你身在何处，哪怕生活最精致的城市，都无可避免。

从报道中看到，上海劣质馒头添加了甜蜜素、山梨酸钾、染色剂，企业还有回收过期馒头加工贴标再上市的行为。被控制的企业负责人不承认回收馒头加工，但未否认使用添加剂。这是因为回收过期馒头上市，属于违法，而在镜头下才令人恐惧的添加剂，实际上已是现代食品生产的基本工艺。

某种程度上说，现代食品工业使我们的生活发生了改变。我们与其说在享用食品，不如说食品是一种仿真商品。化学添加剂成为食品的基本原料，它模拟了食品的味道、气息、色泽，防腐剂用于增加保存时限，而真正的食品原料可以作为添加或者甚至不添加。例如玉米馒头可以不用玉米，而只要柠檬黄染料，如果精细一些，可能还添加一点散发玉米香的味道，就像柠檬汽水只需要一些柠檬香精。

我们在网络上可以感受到虚拟现实的状态，一定程度上，食品也已经成了虚拟现实的一种。化学添加剂虚拟了天然食物的气息、味道、色泽、口感、形状，甚至比天然食品更好，食品工业可以成为一种化学合成工业。在工业体制下，食品只有维持一定的“虚拟食品”的性质，才能保证货源供应，这从传统的罐头制造业已经开始，防腐剂是罐头制造的前提。

今天，食品或说虚拟食品不仅有比仿真技术更好的科技，也有更加完善的商业体系支持。科技能够提供出“一滴香”、瘦肉精、三聚氰胺等添加物，使任何菜式鲜香馥郁，使劣质肉看起来比真正的肉更好，使毒奶检测起来比真奶还营养。现代市场体系则将每个人的生活纳入其中，自然经济不复存在。哪怕一个农民，今天也不可能自给自足，而只能生产某一种或几种食物，种粮、种菜、养猪等，都已专业化；在城市，人们从菜市场、熟食店、蛋糕店、超市配菜柜台、冷冻食品专柜购买成品或者半成品，厨房正在变成单纯的加热车间，上餐馆的次数增加，使厨房不再重要。

我们被纳入现代市场体系，每个人都不再能够亲手制作他想吃的东西。而且现代生活其实也不需要他这样做，现代市场体系正是通过专业化实现劳动的社会化，从而解决其效率问题。这样的体系，使我们不需要通过亲力亲为去加工食品，而只需要消费食品。学术地说，我们不需要用身体在场的方式获得生活必需品。这就是为什么市场体系需要信用。

我们可以放心地吃东西，基于我们相信，购买的东西在我们没有亲眼看到的情况下制造，但它是清洁的。我们之所以这样相信，是因为我们相信有食品监管制度、基本卫生意识、制造者的道德意识、竞争形成的质量要求，对食品制造起到作用。

然而，生产食品的工人经常如此评价他们的产品：“打死我都不会吃，饿死我都不会吃”，“里面加了色素的”。从粮食、蔬菜、水果到熟食、副食，每种商品的生产者都曾经这样说过，他们吃专门自用的粮食或者蔬菜，馒头工人不吃自己生产的馒头。而我们对食品安全的相信也降到了“眼不见为净”的自我安慰状态，不是安全了，而是没有看到而已，感谢“身体不在场”！

人们仍在呼吁“加强监管”。固然，监管的加强是极为必要的，监管者的玩忽职守与串通尤其需要防范。然而，监管又是有限的。现代商业生产无处不在，你很难设想每个生产处所都存在着一个身体在场的监管者，你不能向每个食品生产点、加工点派出一个监管员，抽查总有脱漏。每个人相互投毒式的食品生产加工仍在进行，商业只需要利润的“现代圣经”已经使人们从道德责任中“解放”出来，或者说解脱出来。不怕违背伦理只怕被人抓住，正在成为一种新的行为模式，极少数情况下才会有人被称为“黑心店主”。

在一个信用崩溃的社会，如何重建基本信用，这才是包括食品安全在内的中国社会秩序的真实问题。监管只是其中的一个方面。监管肯定有不在场的时候，什么东西可以随时在场呢？如果商品流程中只有利润唯一在场是合理的，那么信用社会将永无可能。

社会不是大鱼缸

深圳清理治安高危人群，以备世界大学生运动会，消息称“百日行动”清走8万人，下步且将“继续强化”，清理挤压，新流入者，将滚动筛查，即时列管。

媒体对深圳批评态度高度一致，指责者称之为“人群隔离”、“管理洁癖”、“有罪推定”等，劝导者认为应该“用原汁原味迎接大型节会”，“能被清出的只有垃圾”。

深圳警方回应，依法排查清理治安高危人员是常态工作，排查清理严禁超范围、超标准执法，高危人员是自行离开的，接着将在长效机制上下工夫。

我想，社会上确有治安高危人群，但这是一种统计分布，而非一种人身定性。每一种标准划分的人群，都可以统计其犯罪率，但即使有最高犯罪率的人群，其个人仍然拥有自由居住权利。人身有居住自由，犯罪有法律管理，未犯罪不受限制，都是一些简单道理。

深圳警方曾表示8万治安高危人群“受到震慑离开深圳”，现在强调“自愿离开”。震慑之下的自愿，也算是自愿的一种吧。这样的“自愿”，你懂的。

在许多城市甚至许多国家，警方关注治安高危人员都是通行做法，这一点也为深圳警方所强调，但关注某一人群，与震慑措施弄到某一人群纷纷离开一个城市，这还是差别很大的。深圳还强调了排查清理是“严禁超范围、超标准执法”，不许超范围、超标准，固然是要避免扩大化，但对治安高危人群执法，依据是什么呢，又有什么执法措施？而且，“人们的住店、租房、就业等活动信息，都会通过时时更新的动态管理系统，进入警方的管理视线，旅业、网吧、出租屋等更是管理重点”，这又不止于高危人员，而是社会全面监控了。

“警情数环比、同比双下降”，这是效果，如果愿意，还可以加上“市民支持”吧。只是，今天人们并不认为警情少可以作为社会的首要目标，保障人们的各项权利从而形成动态秩序更加重要，多数人的意见也不能否定少数人的正当权利。

大型活动，“迎接”总是极为“精心”，准备工作往往不只是专司办理，而是规模巨大的社会动员，从整治街道、装饰街面、披红挂绿、菜刀记名、说话含笑到人员管控，无所不至。深圳迎接大运会，震慑清理治安高危人群，只是“迎接”活动中的一个侧影。

如果说传统中国是一盘散沙，那么当代中国则常见“社会总动员”，每遇大事就要“举全社会之力”。现在，中国正在转向正常治理、法治国家，但总动员的搞法还是不时而有。像大运会这样的重大活动，安保责任部门密切关注治安高危人群，自是应当，但将高危人员直接清出，用“执法”手段使之在“震慑”下离开，真的合法吗？

重大活动足以展现一个社会的形象，但形象的自然、真实是首要的。为了好形象，略为收拾也不过分，就像家里来客也不妨有所准备，但超乎寻常的全面雕琢则沦为刻意伪饰，其效果恰如过浓的化妆流于恶俗。超乎寻常的全面雕琢，超出必要的精心准备，展现的与其说是形象，不如说是形象的扭曲，透露的信息意味深长，包括迫人叫好的急切心理、正常生活可以被随意打扰甚至取消、可以想见的对普通人的强大控制等。

这种控制使一个地方、一个社会因重大活动而临时性地变成玻璃鱼缸和全景表演，玻璃板隔出的空间里，精心“养殖”着观赏鱼类或群众演员。鱼缸里的剧目完美到无与伦比，完美到主人被自我感动，而客人甚至不好意思，但另一方面，人们对社会的鱼缸化和舞台化也刻骨惊心。

今天，人们已经看到了很多国外举行的国际盛会，那往往不会让人产生强烈震撼和晕眩感，但能让人感受到生活的如常和真切。那些盛会不是社会的鱼缸化，而是如常生活中的一个特别场景而已，那里可能确实成为舞台，例如抗议者会尾随各国领袖而群集，有时还弄成治安事件，但并不被预先清理。

用适度、正常的方式面对世界，用尊重普通人的方式去治理社会，这还差得远。

“爱狗主义”的观念线索

京哈高速公路上的“救狗事件”，爱狗人士宣告了胜利，但这个胜利与其说建基于文明，不如说是建基于暴力。

几百名爱狗人士围堵一辆运狗车，车主接受爱狗人士的赎狗钱，交出500只狗，这被称为“自愿”。这种“自愿”，与单位里被扣工资的捐款、小学生按老师的布置买保险、形单影只的人在街头被拦路打劫者说“朋友，借点钱花”，性质上差不多。

拦停货车的那个志愿者自信车技高超，足够开着越野车把货车逼停，而不至于发生不测，而且在警局做笔录后不无骄傲地宣告，高速公路上拦合法行驶的车辆，方式有问题，但目的是正当的，效果是好的。这就是说，程序正义突然又不重要了。

对此，多个一向坚持程序正义优先于实体正义的媒体，报道中带着欣赏的语气，竟一点没有觉得异样。我有些奇怪，我们到底坚持不坚持程序正义呢，是不是破坏程序带来坏结果时就坚持，破坏程序带来好结果就不坚持，这种“圣之时也”的程序正义，与“只求结果，不计手段”有何区别？

爱狗人士之所以在京哈高速公路上演出了拦截运狗车的一幕，是因为那些狗将会被运去屠宰。救狗事件，是不吃狗肉的人将自己的生活理念和价值选择强加于人的一次行动。吃不吃狗肉在这个社会其实不必如此严重冲突。吃狗肉的人，并未干涉不吃狗肉的人，不吃狗肉的人，何必要所有人都不吃狗肉。

道理当然有一些，但都是爱狗人士的道理，而非吃狗肉的人的道理。是不是爱狗人士的道理就高级一些呢？我看也不尽然。不吃狗肉的道理，其实并不清晰，里面包括环保主义、动物福利、文化观念等线索。

环保主义的线索，比较复杂，从最弱立场的“洁净环境”，到最强立场的“非人类中心主义”，光谱很长。不吃狗肉者很大的一个理由是，狗是人类的朋友，千百年来跟人类关系密切，而且狗有灵性，这还是人类中心主义；另一个理由，是物种平等，任何动物都有生存权，如果我们不能杀人，那么也就不能杀狗或者别的任何动物。

但是，任何动物都可以说是人类的朋友，包括被武松打死的老虎。被人驯化的动物，千百年来都与人在一起，狗性忠诚可看家，牛性坚韧可犁田，羊性温和能剪毛，都不乏灵性。以此，没有动物可以吃了，何以独独爱狗？

当然，反对吃狗肉的人里面，确有泛爱动物者，实行素食主义，反对吃一切动物。素食主义者里面，还有一些是因为相信轮回报应，可以说是“为己的素食主义”。在不吃狗肉这一点上，仅仅不吃狗肉的人，与泛爱动物者、素食主义者，可以临时结盟。但如果反对吃狗肉的人可以将自己的态度强加于所有人，那么反对吃一切动物者、物种平等主义者、素食主义者，难道不也可以来干涉所有人的生活？那样，我们就没什么可吃的了。

动物福利的线索，比较单纯。动物福利主义者并不绝对反对杀死动物，而强调动物之生有其福利。宠物、观赏动物、野生动物、实验动物、农场（饲养）动物，各有对待，其中实验动物与农场动物可以杀死，但用量须讲必要，杀死的过程不能增加不必要的痛苦。这样，动物福利不足以成为反对吃狗肉的理由，因为那些被吃的狗，基本上属于饲养动物。

文化观念的线索，就更加单纯。世界上对吃狗肉有不同传统，欧美人基本上反感吃狗肉，东方一些国家不反感吃狗肉，无所谓文明与野蛮。这就像欧美人多食肉和奶，中国人多食蔬菜和五谷，不足以推断欧美人更野蛮，而中国人更温雅。中国乡村有大量“土狗”，农民以其看家，也以其为食，并不因此就比反对杀狗的人更凶残。有爱狗人士说不吃狗肉是一种“普世价值”，不过是将欧美人的食物选择“普世化”罢了，而且吃狗肉问题与价值何干？不吃狗肉的人爱心多，吃狗肉的人爱心少，逻辑何在？

有人在呼吁出台动物权利法案、动物福利法案，我是同意的。但除非再立“狗权利法案”，否则要在动物法案里专门保护狗权，就有些难。有人说，不重视动物权利的人，也不能重视人的权利，也许吧，但我们也不好说“重视动物权利的人，就会重视人的权利”，纳粹德国制定了世界上第一部《动物保护法》，这个政权对人的权利又重视在哪里？

爱狗人士且去爱狗，只要不把狗牵到地铁车厢里，没有人干涉；既然如此，爱狗人士又何以要逼人与其同步，难道对狗类没有深厚感情就有失做人的资格？世界的标准掌握在爱狗者手上吗？这个世界，态度、观念和生活方式的选择处处存在，就连宗教信仰都有好多种。吃狗肉或者不吃狗肉，难道像对付地球变暖那样，非立场同一不可？

爱狗行为不讨厌，我甚至乐见其情有所钟，但爱狗人士将其行为强加于人，逼人就范，这是令人厌恶的。爱狗爱成爱狗教、爱狗党、爱狗原教旨主义，就会变成以爱心的名义暴虐他人。存自己的天理，灭他人的人欲，啸聚而行，威风凛凛，“狗卫兵”与上街拦住人剪阴阳头的红卫兵没什么本质区别，同样基于真诚挚爱，同样相信真理在手，但不过是暴民。

民众对法律正义有评价权

西安市中级人民法院判处药家鑫死刑。未知药家鑫是否上诉，而且死刑判决须经过最高法院复核，然而，西安中院的判决，已经使围绕药家鑫案的社会焦虑开始缓解。

药案确曾出现了异样的迹象。这些异相包括法庭向主要由大学生组成的旁听席发出500份量刑问卷、庭审后迟迟未作出判决、庭审当晚央视的对药家鑫心理的理解性剖析、死刑废除论者对药案的免死呼吁等。

尽管这些异样的迹象可能只是巧合，甚至有些可能只是过度的猜测，然而，人们围绕药案的社会焦虑并非没有理由。人们已经多次看到重罪轻治的结果，而每一个重罪轻治的案件后面，都有看似漫不经心的庭内庭外互动过程，专家解析、舆论影响与“独立判决”配合精妙。药案至少从开始看，显示了这种可能。

至少从20世纪90年代的“能人犯罪缓刑风”开始，特殊身份者的犯罪行为被轻判，就得到了某种从实用效果出发的理论支持，对“法律面前人人平等”打开了缺口。拥有一官半职、一技之长或者特殊贡献的人犯罪得到特别照顾，现在已经延伸到“富二代”、“官二代”，赔偿能力已经可以理所当然地赎买正义原则。

正是在这一大背景下，我们可以看到职务行为犯罪的宽刑比例遥遥领先，可以看到具有特殊身份背景的人的生命更加特殊。不是犯罪行为本身，而是运作舆论、专家、权力的能力的差异，可以产生不同的法律后果，领受死刑的人更多的是那些社会地位低下、缺乏社会关注的阶层。

这就是药案激起巨大民意反弹的社会背景。而药家鑫杀死张妙的凶残程度，则是民意共振的事实基础。中国是一个存在死刑的国家，如果药家鑫这样凶残的杀人行为还不足以判处死刑，那么中国的法律将怎样去说服人心，社会又如何来信仰公正？

有些人对民意的警惕，超过了对正义丧失的警惕。一些人似乎认为司法是专业机关的工作，这一专业工作只应该倾听专业人士的意见，而民意的加入会导致“暴民政治”、“民愤杀人”。这样的想法，精英统治的色彩浓厚，说到底不过是“哲人王”的变种。法律根植于人们的是非判断，法治也不只是为着法治理念的自我完美呈现，而是要完成社会的治理，如果多数人乃至绝大多数人对司法失望，“哲人王”的法治理想岂不是空中楼阁？

一个不能自圆其说的现象是，当民众表达某种声音时，专业人士会强调这将影响法官独立作出判决，而与此同时，专业人士自己并不停止表达自己的声音。今天，这种恐惧与厌弃民众的“精英统治”论调，几乎表现在所有的专业领域，而非仅司法过程之中。民众的当然地位就是做“沉默的大多数”，被精英们代表来代表去，而自己一旦发出声音，就会被戴上“乌合之众”、“暴民倾向”、“民粹主义”的帽子。成为公民，原本就需要对公众事务有所关注和表达，并形成公民的共同意见，而人们一旦开始这种表达，又会被说成“没有理性”，不少人对“公民”的呼唤有着叶公好龙的本性。

民主政治的基本原则是多数决定并保护少数，精英政治的基本原则则是树立权力、资本或者智慧的权威。法治的基本原则是实现正义。现在，社会事实上在精英的治理权争夺之中，而公平、正义往往被疏忽，或者被不同的精英各取所需地理解，大众被边缘化，或者是通过权力安排而边缘化，或者是通过资本控制而边缘化，或者是通过知识授权而边缘化。对民意的轻蔑，不仅来自于权力、来自于资本，也来自于知识阶级的智商崇拜。这些因素相互之间或有角力，或有合作，但对大众的态度高度一致，只在“合意”之时才引证大众作自己的支持，而反对将大众作为权利主体、表达主体、理性的拥有者、合法性的来源。

即使再专业的事务，一旦进入公共领域，必然要受到公众的制约，公众是作为决定者而非“受教育者”而参与公共事务，包括核电站是否当建、转基因主粮是不是要推广等，都不能仅仅作为科技问题论证，而必须作为社会政策来交由民意决断，必须通过游说民众而获得支持。司法问题，涉及人们对正义的认识，民众表达意见具有法统上的合理性，法律正义的评价权不为精英独掌，民众对法律正义也有评价权。

药案一审作出死刑判决，合乎民意，也完全合乎法律。民意与法意相去并没有想象中那么遥远。人们将因此而欣慰，不是欣慰于药家鑫被判决死刑，而是欣慰于法律得到施行。“杀死药家鑫有什么用呢，能够使张妙复生吗”，这种提问看似聪明实则愚不可及，因为就是让药家鑫坐牢，张妙也同样不能复生。

药案的判决，将些许恢复人们对法律公正施行的希望，但人们对法律的信仰需要在每一个案件的审判中去树立。只要精英对权力(政治权力、经济权力和知识权力)的垄断性掌握和使用不变，人们对法律正义、社会公正的强烈意见将继续显示。

看紧钱袋靠的是“阳光”而非绩效数据

又有几单天价公款消费撑起舆论热点。上海卢湾区红十字会17个人的万元公务餐；先前闹出天价吊灯的中石化，近期传出的是其广东分公司总经理鲁广余百万元酒单；最新的天价公务车是浙江义乌价值百万的宝马X6警车。

处理呢？有的。卢湾区红十字会的公务餐，按每人150元算，超出部分个人补交，再加通报批评。鲁广余免去现职，降职使用，并补交已消费的13.11万元酒钱。

义乌的百万警车，就谈不上处理了，“这辆车一般在重要场合用于开道带路，或者是接待重要宾客”，就跟中石化天价灯一样没问题，那回中石化说根本不是传言中的1200万元天价灯，那个吊灯只值156万元。这就是中国的公款消费，以及公款消费的处理。

10多年前，公款吃饭还强调四菜一汤，现在要按人均150元吃了，而且吃超了不要紧，不发现就好。

10多年前，公款旅游还是治理国内游山玩水，现在，公款旅游主要治出境游了。国内游当然也没闲着，圈圈会、坝坝会、联谊会、友好单位互相考察，愈见其多，幸好境外情况都不如我们国情特殊，否则圈圈会、坝坝会大概也要搞成国际级。

10多年前，公车配置有标准，现在也有标准。是提高了，还是降低了？不了解。但我知道，配置专车的级别是越来越低了，据说都是违规，但违规也配了，能怎样？

时代在发展，所以公务支出也在发展。普通人的工资在上升，但长期是低于GDP增速的。公款消费的支出，跟GDP增速大概是匹配而且超过的。除了吃喝、出境和车辆，公款支出还有像“公务吊灯”、“公务厕所”、“公务桌子”、“公务大楼”，是不是都有标准？要多少标准才算“制度完善”？

财政部副部长廖晓军曾在全国预算绩效管理工作会议上表示，“我们不仅要让人民知道政府花了多少钱，办了什么事，还要让人民知道政府花钱的效益；不仅要让人民知道花钱的效益，还要让人民满意政府花钱的效果。这样才能真正实现绩效理念，达到我们加强预算绩效管理的目的”。

让人民知道花了多少钱、办了什么事、有何效益、满意政府花钱的效果，说得很全面。然而，实际情况怎样呢？几乎没有一样能“让人民知道”。花钱，大约只有总账，笼统一个数，而且不全，例如预算外部分，你不会知道。办了什么事，呵呵，有些事情你永远不会知道。有何效益，这就更加没有数了，关键是花钱、报账。至于效果，除了那些可以让人送万民伞、立功德碑的事情,有必要告诉你吗?满意政府花钱的效果,要害正在于此,你不满意,所有的都不满意,又能奈何?

绩效管理的会议,专讲绩效管理当然好理解,而且绩效管理也非常必要,但严格说来,这类似于一种公司管理模式,而非公共财政的管理模式。绩效管理讲投入产出,经济有效;阳光财政讲开支应合法合理,符合民意。花钱固然要有绩效,政府自身或者社会机构去评测政府的财政绩效,当然也可以,但公共财政根本来讲需要接受民众及其授权代表的许可与评价。这就像搞科研,固然也会产生SCI(科学引文索引)之类的索引与统计,但学者的能力不是靠SCI衡量,而是靠学术委员会认定。

中国的财政管理,固然绩效评估大有问题,但根本而言,还在于公共性严重不足。这就是为什么义乌的开道警车上百万一辆也算正常,为什么红十字会17个人可以吃万元一顿的公务餐,为什么"让人民不满意"了,事情仍然继续,官还做得下去。中国的公款,还有大量发生在国有企业,那不在公共财政之列,花起来更不眨眼,更无须"让人民知道",这也属于"企业机密",这就是为什么公款豪饮天价酒事发后需要"查内鬼"。若以绩效来看,兴许乱花一气也不无好账可报,但民意却是从来不允许胡花公款的。

安乐死是一个奢侈议题

"助人'安乐死',帮人还是杀人",这是《广州日报》2011年4月26日的新闻。江西龙南县老汉曾庆香因不堪忍受病痛,为节省安葬费用减轻子女负担,自寻"安乐死",找老友钟义纯帮忙,现钟义纯被起诉故意杀人罪。

从报道看,这个"安乐死"案件中,两个老汉的家境都可谓贫困。这应该显示了"安乐死"的安乐性,有着残酷的一面。曾庆香谋求安乐死,是不堪20多年的间歇性精神病折磨。这种病的痛苦程度到底有多大呢？如果不是贫困，他是否还会选择安乐死？曾庆香挖坑后吞下安眠药，钟义纯帮忙“了却心愿”，埋土助死，为此获得 200 元报酬。

这个案件似乎揭示了乡村老人对死亡的一种日常理解，寻死者与助死者都没有把事情摆在“特别重大”的位置。我读到的一些调查报告，显示乡村老人“自行了断”渐趋普遍。这个安乐死案件，也含有相应信息，特殊性只是在“自行了断”中有了他人帮助而已。乡村老人对死亡所抱的轻易态度，以及这种态度何以形成，这应该是比“安乐死”这一特殊的死法更加值得关注的内容。

准确地说，这不是一个“安乐死”案件，而是一个自杀事件。曾庆香选择并实施了自己的死亡，他之所以要钟义纯帮忙，是要使自己得到掩埋。从法律上说，钟义纯填土时，曾庆香是否已经死亡，对判刑能产生重大影响；从社会意义上说，钟义纯填土是完成曾庆香不花钱全尸而葬的委托。死亡是曾庆香实施，这是自杀。自杀与“安乐死”，属于两个不同的概念。钟义纯填土，以两个约定来说，是“料理后事”。只是在法律上，如果那时曾庆香未死，便足以构成故意杀人罪。将这个案件作为安乐死案件，掩盖了案件的真实性质。

“安乐死”是一个具有争议性的问题。无论中外，安乐死是作为生命痛苦而且无力到不能自行实施结束时由他人执行的“人道助死”行为。不治之症、临终状态、不可挽回、巨大痛苦等等，与此相联系。撤离生命保障系统任其死亡（被动安乐死）、根据本人明确意愿仁慈助死（主动自愿安乐死）或者在本人有意愿但无法表达时将其仁慈杀死（主动非自愿安乐死），是基本形式。

在这些讨论中，贫困不作为安乐死的条件，医院、医生是设想中的安乐死地点、实施者，生命伦理才是讨论的主题，在安乐死的生命伦理和社会伦理可以接受的条件下，才会产生“合法化”议题。生命伦理包括生命价值、生命尊严、死亡权利、医学目的、决断他人生命等，社会伦理包括接受安乐死是否造成轻易“处死”他人的多米诺骨牌效应，造成因种种原因而扩大生命剥夺行为的滑坡作用等。经济因素、社会资源消耗因素、病人对亲属造成的情感负累等，都只是作为微弱的理由，不会被轻易论及。

在曾庆香死亡案件中，贫困成了一个重要的因素。这里没有安乐死讨论中的不治之症、临终状态、不可挽回、巨大痛苦，这些医学临床上的指标无一出现，医学、医院、医生都不在此案件中出现。曾庆香和钟义纯是在乡村贫困生活、乡村老人死亡态度这一背景下实施了自杀和帮助料理后事的行为。因而，这一案件被称为“安乐死”案件，甚至不无奢侈的成分。生活现实造成了人们轻视死亡的态度，人生困苦受折磨作为日常状态降低了生命价值的一般意义，这就是曾庆香死亡案件的本质。这与安乐死作为生命权利、生命尊严、生命质量的扩展讨论大为不同，安乐死确实是“优死”话题，是“优生”的延伸，而曾庆香是在“劣生”之下，选择了一种“好死胜赖活”的逃避之路。

安乐死是否在观念上被普遍接受，我没有读到足够材料，但至少在立法上，安乐死只是世界极少数地方的实践，世界主要国家无一认可安乐死的合法性。而对于曾庆香案件来说，与其说是提出了安乐死合法性问题，不如说显示了贫困及社会救济的缺乏冲击了“乐生恶死”的生命本能，现实使主动死亡成为人们的一种选择。中国社会固然也面临是否接受安乐死的问题，但中国社会的紧要问题，是有效解决贫困问题，确立生命至上地位，使人不致因贫困而绝望，不致因“不能创造价值”而被判断为废人；使生命的保障稳妥，生命的价值得到尊崇。在此之前，接受安乐死作为一个议题，可能是奢侈的。

在中国，据称接受安乐死的人比例很高，但这到底是建立在正确理解生命真义的基础上，还是潜在地视安乐死为“消灭废人，减轻负累”的合法形式呢？我想，在一个贫困人口和返贫可能性大量存在的社会，安乐死合法化可能使被迫安乐死成为一些人的归宿。

所谓“暴力慈善”

最新中国慈善榜发布，媒体关注陈光标没有上榜。新的“首善”是谁，反倒不是热点。“陈光标效应”，确实存在。

陈光标落选慈善榜，媒体疑因其近期陷入诈捐门风波，或因其近年越来越升级的高调行为，主办方表示与此无关，只是因为他没有捐赠发票，“最终能否上榜要由能核实到的捐赠数据说话，根据捐赠发票或者政府提供的捐赠证明来逐一核实”。

这样说，是本年度的上榜规则发生了改变吗？同一份榜单，陈光标曾获首善称号；本年度陈光标未能上榜，是往年上榜无需发票，还是往年陈光标能够提供发票呢？另外，这份榜单本年度上榜的慈善家173位，入围条件是年度捐赠100万元以上，“工作人员能核实到的陈光标捐赠额并没有其他人多”。陈光标可核实的捐赠金额100万元都不到吗？你真的核实过了吗？核实的唯一办法就是发票吗？

陈光标是否诈捐，我没有足够材料判断；陈光标高调慈善，我不喜欢，但既然主办方说榜单不管高调低调，那么陈光标为何连百万慈善榜都不入围？

这是对榜单的一点意见。但我对中国当下的慈善概念，有着更多的不解。当下的中国通常所理解的慈善，真的是慈善吗？

慈者仁爱，善者淳良。虽然慈善大多需要一定的形式来表现，其中最为常见的便是捐赠，然而慈善更重要的是以一己之力、社会之功去做关怀人的事情，这里面“用心”、谦和、温润是重要的。

无论在陈光标高调的慈善活动中，在普通人对慈善的理解上，还是在媒体、榜单乃至慈善组织的眼里，捐赠已经成了慈善的全部意义，而“爱心”、“仁慈”等要素，几乎都可以用捐赠数额来标示了。谁捐赠多，就是爱心大；谁捐赠多，就是慈善家；捐赠最多，就是首善。每有大灾情，电视的慈善晚会，必然请人上台举出令人震惊的数额。

这就是说，爱心之有无在于捐赠，爱心之大小在于捐赠多少。赤贫者无爱心，穷人爱心少，而德兰修女那样的人，在中国恐怕连慈善家的称号都可疑。

陈光标更是将高调上升至“暴力慈善”的水平。那确实是暴力性的，但暴力性与慈善在精神上背道而驰。拿着现金掼来掼去，让受助者举着红票子围在捐赠者身边照相，乃至在地震现场也要抱着人照“救出一人”，到底算是慈善、表演慈善、还是侮谩受助者呢？慈善家确实付出了金钱，但慈善行动甚至不是为了体味施舍的快感，当然更不能是表演施舍的手笔。慈善家是以慈善为志业的人，是能够感受受赠者的心理的人。一个人对其志业，会有庄重、崇敬的态度。受赠者不负有配合捐赠者照相的义务，人人举起受捐品去照相更可能使其内心自惭。

我们已习惯于“从效果出发”。然而，我们真的知道效果是什么吗？我们猜想那些受助者需要获得的是捐赠，而非不顶事的尊严与尊重。我们惊叹于慈善家拿出来的钱远非我们可以拿出，他肯捐赠，就不简单。我们猜想接受捐赠者就是接受了爱心的人，他是一个接受者、被动者，一个因接受捐赠而略微低一档的人，一个有义务配合慈善宣传的人。我们认为只要拿出更多的钱来，那么一个人暴力慈善就并无不可，甚至认为展现暴力性还有利于吸引更多的人来行慈善。然而，这些恐怕都只是猜想和误解。

慈善当然也会有多种定义，而且很难有一个定义准确到人人认可。然而，在所有的定义中，慈善大概都与暴力相去甚远。虽然“暴力慈善”并非真正的暴力行为，但显摆式和表演式的做法在精神上符合暴力的特征，它将受助者与金钱一起作为施予者的工具，完成慈善家的形象展示，它具有暴虐的精神气质，金钱在这里成了一种价值尺度，称量慈善的等级甚至人格的等级。

“从效果出发”，确实是当下中国的道德哲学。没有好与坏，是与非，抓到老鼠就是好猫，赚到钱就是真理，肯出钱就是爱心。所以，孝子标准就是给老人钱用，陪老人说话没有什么用，而且费时间；爱情指数也看是否肯送车送钻石，否则爱情没有什么用，而且浪费青春。“心”已经从我们的生活里撤离，而且我们并不觉得有何损失，道德正是我们需要讨伐的词语。

这就是我们当下的道德境况，即使慈善，这纯粹的道德事业，也货币化了、市场化了，出价最高的（这同时也就是有能力出最高的），就是慈善的擎天柱。难道慈善真的是一种可以用货币量化的行为？慈善家真的是一种可以用货币量化的身份？

公民文化权利重于专业氛围

几大国家级公益文化场馆免费开放一段时间后，参观人数激增，而服务质量未同步提升。参观国家博物馆成了体力活，美术界有专业人士认为中国美术馆因参观者太多破坏了艺术氛围，国家图书馆因读者太多取消自习室引起原来常来做作业写论文的大学生不满……

免费开放公益文化场馆，进场人数就一夜激增，表明设置收费或其他门槛曾经在多大程度上抑制了公民文化权利的实现，在多大程度上抑制了公众文化需求的形成。要知道，这些场馆原本大多门可罗雀，而国家举办这些公益事业，初衷却在于增进公民的文化素养、实现公民的文化权利。

公民使用博物馆、美术馆、图书馆等公共文化设施的便利性，一直是衡量社会发展水平的基本指标。国家要对公共文化设施加强投入，公众要形成使用公共文化设施的习惯，所有这些一直为相关管理者着力呼吁。

现实的情况是，公共文化设施因种种门槛而影响了公众使用，因而未能在公众生活中占据重要位置，进而影响了其获得财政支持和社会资助的积极性。而另一方面，相关管理者其实又不无“离世的孤高”,视这些场所远离公众日常生活为正常和必然。

由此形成了双重的吊诡:一重吊诡是公共文化设施既力证应当受到更多的重视,又满足于在公众生活中的边缘化,另一重吊诡是公众远离公共文化设施既被作为一个问题,其实又被视为理所应当。

这就是为什么公共文化设施既要呼吁重视资金投入,批评公众文化素质不够,又在免费开放后无法应对公众的涌入,甚而抱怨公众来得太多。

按理,公共文化设施应当成为公众日常生活的一个去向,它应当撤除不便于公众使用的门槛,忧虑于公众不接近它,欢迎公众踊跃而来。因为文化设施在公众生活中发挥作用,成为公众生活的中心之一,不仅是公众的权利,而且正是文化设施存在的合理性的证明,也是获得国家和社会资金资助的前提。

在免费开放的初期,公众迅速涌入公共文化设施,有一定的井喷因素。然而即使井喷期过后,公众仍然大量前来,以至相关机构应接不暇,这正是公共文化设施之幸运,社会之盛事,国家之所愿,岂有反而忧虑重重的道理?

最好的文物保护是藏之深阁,秘不示人,如果是这样,文物存不存在又有何区别?最纯粹的艺术氛围,乃是艺术家的私人沙龙,但公共美术馆服务于公众而非只是艺术家,如果公众与艺术的距离能够缩短,普通人与艺术家的“知识鸿沟”能够有所填补,那正是公共美术馆的价值所在。公共图书馆是公众的共有资源,谁能说应该为佩挂知识阶级徽章的人们独享或优先享有呢?

据说,还有人责备免费开放后,公共文化场所零门槛进入,“好多人像遛弯似的,还有看热闹的,带孩子玩球的,展馆都快成了聊天晨练的地方了”。我无法否认这种情况的存在,但这种情况占到总参观人数的多少?个别、极少数还是相当一部分的少数?公众与文化设施的距离缩短了,这是一个重大的社会变化,这一变化打破了文化的神秘与独享,即使旦夕之间会产生某些不当情形,但也打开了使人们正常认识和使用文化设施的通道，而且可能使人因浸淫日久而濡染文化气质、素养和精神。

进入文化设施的门槛取消了，收费停止了，人们涌向了文化空间，接触到文化服务，产生了一些新情况，不值得忧虑，更不应当贬低。博物馆不再门可罗雀，这就是人们在走近历史；美术馆不再是专业人士参观，这就是社会审美要求在发育；图书馆不再把大学生写作业做论文看得比农民工去读书更重要，这就是社会阅读在推进。所有这些，都体现了社会的文化进步与文化权利的平等。

“抓比不抓好”罢了

山东省宁津县建立了暗访队，用以发现公务人员政务慵懒问题，据报一年间查处 64 名工作人员，其中辞退 2 人，撤职 1 人，调离岗位 1 人，待岗培训 9 人。

公务机关与公务人员慵懒不力，是一直没能解决的头疼问题。多年来，提倡“改进作风”或者“转变作风”，反对官僚主义、形式主义、办事拖拉、不作为、慵懒等等，正面反面，不知“抓”过多少回，效果只是“抓比不抓好”。

也搞过不少办法。从自查自纠、机关内相互督促，到各种明察暗访、聘请行风监督员，问题解决了没有呢？没有，仍然只是“抓比不抓好”。“抓比不抓好”，意味着“抓”总是可以出经验的，但同时也是解决不了问题的。

山东宁津的“暗访队”，应是更进一步地“抓”，而且算是“真抓”，出发点是解决问题。专设“暗访队”，算是将暗访经常化、制度化、专业化。报道说，这支专业暗访队，选用刚毕业的大学生，以保证激情；这些人还得家在外地，以保证不受熟人影响；配有“暗访仪”，拍录那些慵懒情况；上岗前经过培训，一定时间要实行轮换；暗访队挂名为县纪委下面的“优化发展环境办公室”，这是一个“临时性的常设机构”(奇怪的说法,到底是临时性还是常设性机构)。

这些情况,可以表明这项工作是多么认真严肃,也可以表明做这样一件事情需要多么复杂的准备。认真严肃,是说推出这个做法,是真想把事情做好;准备之复杂,是说做这件事情要下的工夫太大。治理确实有所成效,但问题在于,是不是没有这样一支专业的“暗访队”,庸、懒、散就没得治了呢?

网上有人看了消息,把这个专业暗访队称为“东、西厂”。我不想用如此令人胆寒的说法,但这个专业暗访队属于治一事则设一机构的做法,而且暗访机构成为一种专业设置,确实带有某种特别监控的意味。重要的是,公务原本是办在公民面前,与其专门选人、专设机构来暗行访查,何如径直由民众来监督公务机关?

专设人员去暗访公务机关,眼目总是有限,而且所侦见之事无非表面是否不干事,是否打游戏、聊 QQ、炒股票等等,而民众去到公务机关办事,每日每时发生,不仅可见其是否无所事事,还能感知其办事有无效率、服务还是刁难、及时认真还是推阻拖拉。由民众来监督、报告公务机关在正常公务办理中的不正当情况,比特设暗访队岂不是更正常、更长效、更经济?

报道还说,记者跟随暗访队暗访,“确实未曾见过有明显违规行为的人员”,但记者注意到,“这些公务人员对于纪委的检查模式,已经有所熟悉。像有的人员,看到了夹包的这几名暗访人员,都抬起头会心一笑”。这就是说,哪怕你定期更换暗访人员,暗访这种方式本身已经被人防备,有效性降低。

毫不夸张地说,我们这个社会,竞争已经成为一个基本的原则,而公务领域,却仍然是“计划”至上的。一个机关设立多少个岗位是按计划行事,由此导致人浮于事还说人手不够;公务员队伍能进不能出,无所淘汰,导致冗员充斥而能做事者少;晋升之道取决于上官好恶,导致服务低劣;就连治理政务慵懒都过于强调可控性而不放心让民众广泛参与,于是不得不像古代那样靠钦差和暗访,而任何一个地方的政府都从不承担“民众不满意就得走人”的风险，这更是众所周知的。

为什么庸政懒政难以去除？答案就在公务领域处在高度的“计划”状态。没有竞争风险，没有民众介入，无论什么严厉的治庸治懒措施，只能行之一时，而“平平安安占位子、忙忙碌碌装样子、疲疲沓沓混日子，年年都是老样子”却是常态，暗访队也是一样，仅供写作“抓比不抓好”的经验而已。

官味言行应属儿童不宜

早前有一个13岁的孩子引起关注，这就是来自武汉的“五道杠”少年黄艺博。

“五道杠”是武汉市少先队独有的高级标牌，黄艺博是武汉少先队总队副队长。黄艺博顶有“全国五星雏鹰奖章”、“全国十佳少年”提名奖、“百名中国优秀好少年”、湖北“首届美德少年”、武汉市首届“十大孝星”等诸多荣誉，但引起关注还是几张官样充足的照片和一篇抱负宏大的文章。

照片中的官样，无法用文字描述。文章的宏大抱负，却可以摘录，例句如“坚信中国雄居东方，称霸世界，必将在我们这代实现”，“表达自己为了‘中华民族之复兴，续写汉唐之盛世’的修身齐家、济世安邦之信念、气度、襟怀、理想和抱负”。

众目关注之下，与黄艺博有关的一切相关问题被人们议论，孩子为什么官样充足，家庭教育有没有拔苗助长，学校和教育体制对儿童的评价标准，儿童在中国社会的特异成长环境，武汉市的“五道杠”做法，媒体对孩子多年的报道……尽在讨论之中。

与此同时，黄艺博及其父母的相关信息已暴露无遗。孩子的姓名、成长经历、荣誉、平时表现等，家长发表文章涉嫌抄袭、给孩子摆拍照片去发表并在博客中加注“审阅文件”、“欣然题字”、“看望老人”

之类说明等，均被发掘。网络上也兴起了“五道杠”相关的戏谑之风，文字模拟、图片改作、网购五道杠、截屏“不屑哥”等，蔚然大观。

这是一个以“五道杠少年黄艺博”为媒介的综合性传播事件，而不只是对13岁孩子黄艺博的个人品评。只是，一个13岁的孩子，不期而成为人们关于儿童成长与教育的中国话题诸多意见的触发媒介和表达因由，显然超出其承受能力。

然而，这个13岁孩子之所以成为公众话题的触媒，并且隐私全无，也很难归责于人们不注意对少年儿童的保护。要知道，与黄艺博有关的信息，绝大部分一直存放在网上，其中包括大量作为典型人物的报道，包括黄艺博和家长的主动讲述和上传，包括获得荣誉后展开的宣传，这些用以塑造和传播“天才好少年”的材料，此时被连缀起来，只是解读方向完全逆转。黄艺博成为热点之后，媒体的跟进报道反而是努力挽回那些早已存在的“好材料”形成的坏影响。网络上的戏谑，大多将焦点喜剧化，但也不可谓恶意。只有极少文章表现了对孩子及家长的刻薄。

显而易见，黄艺博之所以为大众注目，不是因为人们觉得他的成长经历可以视为成功，而恰恰相反，是因为人们大多不接受一个孩子表现出如此的老成、有官体、有范儿，并且抒发远超孩子应有的阅历、经验和认知范畴的圣贤理想和国家抱负。“孩子是无辜的”，这不妨碍人们评价孩子的培养是成功还是失败。大多数人从黄艺博表现出来的那些形象、那些被作为“正面材料”而传播的资讯中，产生的不是认可和接受感，而是滑稽、痛心加失败感，因此触发人们对孩子成长的批评。

某种程度上，黄艺博成为人们在当代语境下仍当发出“救救孩子”之呼声的一个典型证据。确实有不同才智偏向的孩子，孩子从小在某一方面表现特异兴趣是常见的，但是对于政治、国家、民族前途的兴趣偏向，是人生与社会全面接触才能真实产生的，对一个刚读初一的学生来说，他所表现出来的这方面兴趣应属外力注入的结果，这种注入既来自于家庭也来自于教育体制。这包括家庭着力培养他的“大词书写”，以及将这种书写主动投向包括《人民日报·海外版》在内的各种媒体刊发，又将这些报道汇编成书；也包括教育体制和社会体制将他纳入自己的评价系统，给以从“好少年”到“十大孝星”这种类似于“终身成就奖”性质的荣誉，并选任为“五道杠”职务。

我们可以看到在体制上，儿童成长已经完全纳入了成人轨道，这不仅包括他们与成人共享着各种大词书写，那些大词书写即使成人也未必能够理解，却成为儿童的语言；还包括他们进入了拟成人化的管理体系，少先队、总队部、同事、审阅文件、欣然题词等等，儿童社会的阶层结构完备有序。

这个社会面临如何让儿童当儿童的问题。在一般社会成员，这个问题其实已在意识层面解决，儿童应当随天性而自然发展，而不是担当家国使命。人们又往往受制于社会整体的环境，于是在孩子身上附加了不少东西，从学业负担、特长培养到幼儿园小红花开始的荣誉争取。但即使如此，黄艺博仍然使人们震撼，人们看到津津乐道的“成功培养”造就了一个怎样的老成少年，而且这种老成被欣赏有加地传播。

什么属于儿童，什么不属于儿童，社会并非没有标准。“续写盛世”、“称霸世界”，不属于儿童；审阅文件、欣然题字不属于儿童。或者这是很好的，但不应该在儿童世界里出现。这就像抽烟喝酒不属于儿童一样，这些东西是不好的，但在成人世界里可以自主。当然可能存在个体差异，但我们不能说因为个体差异，有人早熟早慧，所以未成年人可以喝酒，同样道理，也不能因此而让儿童官味扑鼻。

所谓“儿童不宜”，应当有全面的理解。不是只有坏东西才有儿童不宜，不是所有的好东西都老少咸宜。远超其年龄、阅历和经验世界的好东西，不应在儿童中推行，过早推行的好东西对儿童就是戕害，因为它扑灭天性。举个极端的例子，性爱是好东西，但发生在儿童身上就是色情犯罪。大词书写、圣贤志愿、意识灌输与行为规训，可能也很美好，但超越儿童天性、经历和理解的可能，其实就是强行扭曲育病梅。

精神病诊治首先要回归医学轨道

《人民日报》2011 年 5 月 5 日发表评论，《“精神病收治”不得偏离法治轨道》，对武汉武钢职工徐武因精神病被收治一事表达了诸多质疑。

徐武被收治精神病院 4 年后逃离，在广州被武汉方面追回，引起巨大舆论反响。徐武及其家人坚称徐武没病，而医院、其所属单位与警方则对徐武“继续治疗”。徐武究竟是否有精神病，其病况是否需要强制治疗，成为至关重要的疑点。

徐武有没有精神病，如果有应采取怎样的治疗措施，应是纯粹的精神医学问题。精神病学的发展还难称令人满意，毕竟还是有相对公认的疾病标准。徐武是否有精神病，应可由不同专业诊疗机构得出公认结论。

《人民日报》对警方深度介入徐武事件质疑，徐武既不是犯罪嫌疑人、也不是在逃罪犯，有关方面直接介入不仅于法无据，还会让人疑窦丛生：为何对一个“精神病人”如此关心？这应当与徐武反复上访有关。

在这里，我们可以看到徐武不管是不是真有精神病，他被强行收治，对其所在单位和警方来说，都是有利的，这就可以消除一个“不稳定因素”。武钢、武钢二医院、警方容易在强制收治徐武上达成一致。武钢二医院既是收治者，又是武钢的下属单位，它作出的精神病诊断是医学诊断还是夹杂其他因素？应当质疑。

还有一个要注意的情况。警方在通报追抓徐武的情况时称，徐武与单位发生纠纷后，扬言“搞炸药，到北京天安门炸”，2006 年 12 月 16 日在北京被当地警方查获，从其身上搜出炸药配方、电工刀及制爆原材料等危险物品，武汉警方以涉嫌爆炸罪对其刑事拘留。12月27日，其父亲徐桂斌向警方书面申请，对徐武进行精神病鉴定。12月29日，经武汉市精神病医院鉴定，诊断其为偏执型精神病，建议长期监护治疗。据此，警方对徐武免予刑事责任追究。12月31日，武钢二医院精神病科将其收治入院。治病期间，武钢炼铁厂保留徐武工资和福利待遇。2007年5月，徐武脱离医院监护在天安门广场滋事，伤害北京执法民警，被单位带回继续住院监护治疗。2008年11月，武汉市精神病医院再次对徐武鉴定，诊断结论仍为偏执型精神病，建议继续监护治疗。

如果警方提供的情况属实，那么在精神病诊断之前，徐武处在没有精神病就要接受爆炸罪处罚的境地，而其父提出了精神病鉴定申请，鉴定为精神病后免予刑事追究。这就是说，让徐武患上精神病，在当时也可能是徐武家人的一种选择。这种选择是主动还是被动，仍需分辨，但至少可以表明，“坐牢还是精神病”，可能成了一种现实处境。

徐武与单位有纠纷，何以发展到扬言搞爆炸？他上访何以携带危险物品？值得追问。而当其面临刑罚之时，“被精神病”却可能成为一种次优选择。这就是说，精神病结论对其单位和警方可能是乐见的，对其家人可能也是乐见的。

精神病作为一种医学结论，可以起到免除刑事追究的作用。而精神病学被拿去作非医学之用，无论是被谁拿去，都是医学本身的扭曲。被警方用作“专政工具”或者减轻处罚的手段，被当事人用作逃避刑事追究的手段，都是独立的精神病学的灾难。

我们还不能肯定武汉市精神病医院对徐武的多次诊断是错误的，但其诊断应可由不同专业机构进行验证。使精神病诊断成为纯粹的医学诊断，而不为任何非医学的因素所左右，则是现在极为重要的问题。“精神病”时而作为“法外专政”的工具，时而作为逃避刑责的手段，正在塑造中国精神病学的怪异形象。在“精神病收治的法治轨道"之前，首先要解决的问题是，精神病诊疗要回归纯粹的医学轨道。

生命处境的残酷寓言

把婴儿从亲人身边抢走，制造成"弃婴"，并进入国际收养渠道——《新世纪》周刊对湖南隆回县的"邵氏孤儿"的报道，与其说是揭露，不如说是控诉。

计划生育、"问题婴儿"、社会抚养费、国际收养……这是围绕"邵氏孤儿"的一些关键词。计划生育政策的严格执行，产生了"问题婴儿"的说法。"问题婴儿"必须交纳社会抚养费，多少由计生人员确定。而一些人在孩子被抢后即使交费也见不着孩子，孩子已经作为弃婴交给了福利院，他们改姓"邵"，有些被外国家庭收养。

收养被遗弃或失去亲人的孩子，本是慈善的行为，人道的事业，而"邵氏孤儿"使这样的事业变成了人伦的哀伤、社会的罪恶。那些孩子被从父母的怀抱中抢走，作为逼交社会抚养费的人质，而后竟然如同撕票一般，父母再也见不到他们，他们被送到福利机构，然后又漂洋过海。这样的"收养"，已经堕落成贩卖。

计划生育作为一项基本国策，一度被称为"天下第一难"，因为那是与社会的生育意愿与国民的传统对抗。现在，我们知道，这里面还埋藏着巨大的利益。发放生育许可指标、征收"问题婴儿"罚款（后改为社会抚养费），以及"一票否决"所牵涉的官员前途，都是利益所在。抢婴有利于经济收益，将婴儿变身"邵氏孤儿"送往国外，大概有利于生育统计。总而言之，抢夺婴儿对计生人员就是一件划算的事情。

伤天害理，天打雷劈，这种人伦的诅咒，算得了什么呢，"一票否决"才厉害。而做一件伤天害理的事情，就能既避免被官场否决，又产生经济效益，这是官员们愿意做的。但这样说，可能对相关的官员过于苛刻。抢夺婴儿的事情，固然不是很多，但"天下第一难"的工作，在各地都曾出现大量阴风惨惨的标语，也出现家破人亡的实际惨剧，难道能够归结为做这一工作的人有着特殊的坏德行？应该有制度性的因素，使这些具体工作的人，以及面临“一票否决”的整个官员队伍，走向了一条伤天害理的道路。

人生而平等，生而自由。哪怕生育行为有违政策，那也不是婴儿的过错，为何婴儿会成为“问题婴儿”，并使之不仅不能得到政府的抚育，甚至被剥夺了享受父母之爱的权利？何况隆回县抢夺婴儿的行为也并不管婴儿是否有问题，他们只要“问题婴儿”这个概念能够给抢夺婴儿提供开解就好，他们不是有问题才抢，而是抢谁就是谁有问题。

在被抢婴儿的身后，是父母撕心裂肺的疼痛，是亲人流泪泣血的悲伤，但同时，还是抢婴者笑对“一票否决”的轻松，是收到成千上万元社会抚养费的舒心，如果婴儿进入了国际收养程序，据报可收取的手续费便是3000美元。抢夺婴儿的行为，不会受到任何惩罚，不会受到法律的追究，法律会追究对抢夺婴儿进行反抗的人。可以说抢婴行为完全是在法律纵容、政策鼓励的情况下产生并且不断发生的。

某种程度上，我们这个社会对人的认识，一度进入“人是负担，人是包袱”的陷阱。在这个人人都像是人口学家的社会，控诉人多已经成了一种政治正确，对人的厌弃几乎成了一种信仰。这种社会认知背景下，生命不再宝贵，而生命能够赚钱才宝贵；“中国就是人太多，死一些不要紧”成为一些人的习惯语。正是在这种社会语境下，计划生育无论采取何种办法，几乎都可以得到理解甚至鼓励。

事情已经发生几年了。当这样的事情发生时，有关方面抢夺“问题婴儿”的事情不会被人所知，那些被抢婴儿的父母只能独自饮泣。现在，仅仅是因为计生问题不再像当初那么敏感，情况才有所改变，即使如此，仍然需要媒体基于天良的勇敢，事情才会报道出来。当权力正在实施灭绝人伦的行为时，它所得到的不是抗议，而是平安无事。这样的事情，不自抢夺婴儿始，不自抢夺婴儿终。而那些被抢夺的婴儿，连天然而有的血缘和父母之爱都被割去，这就是说，没有什么是与生俱来不可剥夺的，这实际上是这个社会人的处境的一个寓言般的写照。

管官最严莫如皇帝

刚看到消息说，河南印发了一个文件，“启动更为严厉的安全事故责任追究机制”。

为什么说是“更为严厉”呢？大概是因为“对事故责任一概以‘免职’论处”。具体标准如下，煤矿安全事故死1人以上，矿长、分管副矿长免职；一次死50人以上，或一年两次死30人至49人，所辖市市长、副市长、主要负责人及分管负责人免职。

这个文件叫《关于加强煤矿安全生产工作的补充意见》。这就可见，在这回补充之前，煤矿发生安全事故而死人，可能连免职都是不必要的。

然而，这不是说看了补充规定，就会让人觉得很满意。严厉不严厉，这是有权作出处罚的机关去评价的事情，也许相对于别的事故来，煤矿安全事故的处理确实已经严厉了。但我想，一个社会，似乎只有“严厉处罚”才能够去管理官员，而且严厉的表现只有免职，还是令人遗憾的。

我一直奇怪的是，“礼义廉耻，国之四维”，这还是不是官场的一种讲究？换言之，现在官场是否有政治伦理这个概念，是一个大可怀疑的事情。如果官场是需要政治道德的，是讲政治伦理的，是讲政治良知的，那么官员之在任与去职，原本不只是被处罚的结果，也完全可以是一种自我决定。

当官员治下出现让自己良心不安的事情时，请求辞职应是表示歉意和愧疚的最后形式。这并不代表他因此而免受进一步的追究，而只是他表示自己无法心安。但现在，我们是否看到有一个官员有如此行为呢？没有，只有处罚，免职、撤职、调离，就连辞职，也多是“责令”，或者被安排。

古代中国，事实上也是如此。官员或有因年龄大了，自请告老还乡的，但因为自觉无法心安而主动请辞的，似乎没有。那时也确实是能上能下，皇帝一不高兴，贬谪千里之外，或者削职为民；皇帝一旦高兴，起复为官，或快马招回入军机。无论如何，官员去留，都是重用或者处罚的结果。至于官员自己，只要一门心思努力去“学好文武艺，货与帝王家”就是了。

这与我们常见的现代世界行政体系是有区别的。很多地方，官员很容易辞职，那其实不是处罚，而确实是必须表现出一种政治认知，当某件事情引发民众愤怒，或者官员自觉某件事情无以自我说服时，那就辞职吧。这也算是一种政治责任的态度。

在我们这个社会，当官从政似乎不再是一份需要天良参与的工作，只要服从管理，接受提拔与处罚就行了。出了再大的事情，官员还是要等到正式的处罚，而不会直接辞去职务，就像人在官场，就不再有道德感、愧疚感、羞耻感一般。

有人说，那些动不动官员辞职的地方，实际上是“丢卒保帅”，某个人辞了职，整个权力集团有好处，可以少承担政治风险。我想也是。但问题是如果连卒都不肯丢，或者连卒都没有“自我丢弃”的意识，非得被命令才肯离开，那到底是权力根本没有政治风险，还是权力根本无须在意政治的道德性呢？

“更加严厉”，能够严厉到什么程度？现代社会，能够严厉到剥皮实草的程度不？就是那样，历史上都没能严厉出一个好吏治来。管官最严的，莫过于皇帝，皇帝管出好吏治来了吗？光靠严厉来管理官员，类似于将官员人格降低为听命机器、活动木乃伊，他无须有道义感，做了任何事，都只要“听从处理”，“按程序办”，“服从组织”。这种服从的要求，可能达到官员想辞职而不能的程度，因为没处罚你，你要辞职，那也算是“无组织无纪律”。

人民主权的原理，不是寄托于严厉，而是寄托于权力对民意的服从。这种服从，既包括服从选票，也包括服从人们公认的政治道德标准，这就是为什么候选人总是要面对德行的放大镜，为什么官员要在民意不支持或者自我不能原谅时辞职。

消失的青年

“五四”的时候，照样看到了青年节的寄语，看到了青年节的种种活动，但青年在哪里呢，我感到惶然。

我看到了年轻人，但我不肯定这就是青年。如果青年是一个生理学概念，那么它应当与年轻人同义。只是，青年仅仅是一个生理学概念，或者，主要是一个生理学概念吗？我想，生理学意义上的青年，只是青年之所以被称为青年的一个前提，但青年，尤其以“五四”为节庆之期的青年，主要应是一个社会和政治的概念。

在社会和政治意义上的青年，是与新文化、社会思潮、社会行动力、社会理想与抱负联系在一起的群体，是与初升之阳、朝气蓬勃的意象相连，与国运民瘼同在的人群。“五四”之所以用以标记为青年节，是因为它代表着一场进步运动，这场进步运动发端于新文化的传播与创造，而带来了时代的巨变。一定程度上，它构造了现代中国的文化形态和生活形态，从语言、观念、思维到认知，其后续影响甚至决定了现代中国的整体走向。

这就是青年，新鲜的社会生命，涌动的变革动力。

现在，我们当然能够看到生理学意义的青年，那些 18 岁以上，28 岁以下，或者 35 岁以下，乃至 40 岁以下的人，但他们是散在的个体，每个人在独自面对升学、求职、婚恋、晋升的压力，站在他或者她后面的，是其家庭或者恋人。作为社会人，他是单子一样的存在，被纳入那些并不需要“青年意识”的结构之中。

他是行动者，改变个人命运的行动者，或者个人消费的行动者。

他在改变个人命运的道路上感受艰难与渺小，在作为消费者时体验力量。他不仅在个人的消费过程中被虚拟和恭维为上帝，而且作为最积极的消费群体中的一员而加入时尚。年轻人在消费时才成为群体，他们在夜店、“嗨吧”或者时尚街，由年龄段分划出来的趣味特征，影响着时尚的生产和供应。他们被时尚所细分，年龄段的细分，趣味的细分，兴趣的满足与供给愈加精准，人群也被分割得愈加细微。80后、85后、90后，代际区间在缩短，兴趣划分在细密化。这就是说，哪怕作为消费群体，他们事实上也只能自娱自乐，而不足以影响产销的“大局”。

谋生活动与消费活动，成为社会为年轻人新设的竞技场。对某一个年轻人来说，他作为个体而谋生，同龄人共同的谋生之艰使他的压力感被消解，如果大家都在当房奴，那么做房奴也不是什么痛苦的事。他作为个体而消费，所有的购买行为由个人选择并完成，这给了他一种主宰者的假象。同时，消费也使他产生了群体的归属感，他找到了“志同道合”者，那些爱好同样品牌、佩戴同样符号的人。消费符号的强制注入采取的是潮流方式，潮流的强迫貌似他在主动追赶。消费使他产生了“我的地盘我作主”的幻象，这不仅是成为他作为社会人、政治人、文化人的巧妙替代，而且使他认为谋生压力和消费满足就是人生的完整舞台，更进一步地，使青年作为一个群体在“每个人承担自己的命运”的过程中悄然消失。

从此，不再有青年问题，而只有年轻人问题；不再有理想问题，而只有谋生问题；不再有青年社会，而只有青年消费。他被动地，但有时又很像是主动地把自己宅进了私生活，私生活的趣味小组成为公共生活的代用品。经济问题，也就是投入产出比，收入消费比，谋生之必需与时尚追求的关系，成为生命的核心纠结。

青年消失的另一个证据，是他们被安装在社会机器的不同部位，作为不同的组件。人们不再以“青年”来标志他们的共性，而是以大学生、服务员、装配工、缝纫工、清洁工、文员、律师、明星、网瘾少年、吸毒者等来给予其阶层属性的标记。每个名称后面，都有一张相应的面孔，而所有这些面孔，不会作共性识别，尽管他们都拥有青春。

当然，还有“官二代”、“富二代”，以及“贫二代”、“农民工第二代”等。此时，我们看到社会身份的遗传性，并且激发了愤怒，然而，即使如此，“青年”仍然不是一个观察的视角。社会失去了“青年”的眼光与角度。

另一面，“青年”似乎成了一种特殊的职业，成为专属于“青年团”的一种东西。说到青年时，人们的头脑中可能出现一个共青团干部的影子，一个学生会干部的影子。这确实是青年作为一种社会和政治属性的例证。这大概正是在谋生与消费的强迫性之外，青年之所以消失掉的一个可能的原因。

年轻人正在长大，而青年已经消失。谋生和消费无处不在，而作为社会活力、行动力、创造力、进步力、革新力的群体，青年已经沙粒化了。我知道，很多人以为这正是一种进步，足以消解虚假而狂悖的集体迷狂，但我想，这大概也是犬儒化、庸众化的一个表征。

峨冠博带的滑稽班头

故宫博物院发布了一个声明，对锦旗错字向公众致歉。

声明是组织机构对重大事件、重要问题表明态度或主张的公文。连致歉都用“声明”，可见故宫博物院是一个严肃的单位，也表明致歉的郑重。

但我仍然不能用严肃郑重的态度表达对故宫博物院近期表现的观感。失窃之事，显示故宫博物院安保与临时起意的小偷棋逢对手，而且略处下风。锦旗错字，显示故宫博物院连运用汉字都出口白讹，国家级文化单位，文化如此。说是管理问题，可以，但显得轻飘；博物事业的头牌花旦，武不能与小偷斗法，文不足写锦旗致谢，岂非堂皇事业象征性的污点？

送锦旗的事情，现在说是安保部门所为。安保部门，“捍卫”写成“撼卫”，非其本行，似可理解；但安保部门搞安保是本行，却也只能让小偷得手，去给警察送锦旗。

本行不本行的，其实没有区别。例如安保部门也能在非本行说“撼山易，撼解放军难”；例如写字写正确，这应是故宫博物院作为一个文化单位的本行，安保部门写错了以后还强词夺理，也没见有哪个故宫博物院的本行人士出来说错了。直到几乎全国识字者都来声讨，才来个官式致歉，难道字写错没有，在故宫博物院都要集体研究、组织决定？

故宫博物院安保被小偷一击而破，道歉还是很快的；写了错字，道歉就不爽快了。大概，失窃是硬伤，而且被偷的还不是属于故宫博物院的物品，没个躲处；字错了没有，却可以胡搅的，相关负责人（是前往送锦旗的副院长吗？）说写“捍”成“撼”，就“显得厚重”。字倒是重了，笔画多，意思上也很有力，人却比写错字更加轻起来。错字是水平问题，搅和是人格问题。

故宫博物院这个牌头确实是很厉害的。例如安保，可令大盗却步，不期而失于小偷。例如写错字，可令人踌躇自疑，考求再四，我认识的一个人就说，刚看到还以为那是不是没错，是不是古文字的用法。再例如紧接着写错字而议论风起的建福宫变私人会所，吸引的人士据报都是“顶级”。国家级名器，真是声威煌煌。

建福宫的事情，与安保失守、锦旗错字一样，属于重阵失守。这个民间捐资重建的宫殿，传言成了私人会所，故宫博物院又如锦旗故事一样，绝口否定。现在，证据正不断发掘，入会协议书、会所首开时出席者在微博上的自贴照片，都已曝光。看来，故宫博物院之道歉还在郑重研究之中，要给人转变的时间嘛，呵呵。锦旗的道歉，就是这样。

果然，研究了几天，故宫博物院又发布了消息。这回不是“声明”，而是“说明”，说的情况是“建福宫花园不存在也不可能成为全球顶级富豪私人会所”，而受委托承担花园接待服务的企业擅作主张，扩大服务对象，现已彻底停止这种不当行为。

故宫博物院重申“不存在也不可能成为全球顶级富豪私人会所”，是什么意思呢？是不存在变身私人会所，还是私人会所尚非“全球顶级”？反正实际的情况是下属企业“擅作主张”以后，建福宫里的会所已经开业了。这事情当然非得是“擅作主张”不可，责任不能由故宫博物院来负嘛，就像失窃和错字的责任，都要由安保部门来负一样，那也是“擅作主张”，故宫博物院还是还故宫博物院。

故宫博物院，文化瑰宝也，旅游胜地也，现在正在变成喜剧工厂。一个有着中国顶级文化牌号的喜剧工厂，如同一个峨冠博带的滑稽班头。这曲喜剧，总的来说就是，不出状况，有仪同三司的体统；出了状况，不止是还原肉身，还就地打滚、闹到扎心，先是百般抵赖，躲不过就怪下属部门“擅作主张”，就像蜥蜴急了就断尾而去。

故宫博物院就是一个头牌单位，文化的原点和路标。峨冠博带者，只是滑稽班头——这个社会意象由故宫提供，但也不止适用于故宫博物院和它所在的领域。

张牙舞爪的发展

山西大同“居民遭拆迁公司夜袭”，这是网帖所透露的信息。大同居民“没有遭到夜袭”，这是大同官方的回应。遭到夜袭了还是没有遭到夜袭？官民说法大不相同。

官民说法不一，这在中国，太常见了。而事实的真相如何，好像并不重要。官方有书写正式记录的权力，民间有保留民间记忆的自由。然而，久而久之，民间记忆将变得稀薄，而官方记录将全面覆盖，这是可以预期的。所幸，民间记忆总还是有一些薪火，微弱而不灭，从而给历史上一个又一个大时代保留了细节的证据。这使我们可以相信，未来的人们将能够听到这个时代里包括被拆迁的人们在内的各种被摧折者的哭泣与反抗。

大同到底发生了什么？显然，2011 年 5 月 17 日凌晨，这里进入了“有事状态”。

按照网帖的说法是，“数百人手持管制刀具、铁锹杆、火枪、铁斧强行破门而入，数百户居民的窗户玻璃被砸，家里东西被车拉走，防盗门被拆除……”，此间有流血事件，有居民封堵街道。

按照官方的说法，这里在进行一次本意为“防止白天拆除造成人员冲突”而进行的夜间行动，拆除了已办理完拆迁手续的房屋的门窗。事发突然，引起居民情绪激动，封堵街道，此事“市、区、乡（当局）毫不知情”，而处置之下，“住户情绪逐步平稳”。

真是一个好回应啊。“市、区、乡毫不知情”，拆迁公司负全责；而拆迁公司拆迁有理，只是夜间作业，引发情绪。现在事情又解决了，不值得大惊小怪。

问题是，且不说凌晨拆迁如同鬼魅之行，拆迁公司“白天无法进入楼房的单元门”，显示拆迁对立已达到何种程度。夜间行动为何又能够进入单元门，采取了什么特殊手段吗？只拆了门窗，还是拉走了东西？已办完拆迁手续的人家为何还有东西可拉？数百人手持管制刀具、铁锹杆、火枪、铁斧行动，有没有？为什么要配置这些东西，公安机关对这些舞刀动斧的人采取了何种措施？这到底是一次拆除已办好手续房屋门窗的行动，还是一次威逼打砸全体居民的恐吓和暴力行动？疑问未因官方回应而减少，而是随官方的轻描淡写而增加。

在中国的很多城市乃至乡镇，拆迁都是大张旗鼓的。准确地说，情势已非拆迁可以描述，那分明就是一个改天换地的城市再造。它拔除了城市的历史与私人生活的环境，新的城市景观以气派干云的残酷美包裹着无数的腐败黑幕，更映现着地方主政者“张牙舞爪”的权力。这样的景观使人震撼，一半是因为壮观，一半是因为壮观背后令人胆寒的力量。

大同自不例外。这里同样有着“造城史诗”。媒体近年对大同新任官员在城市再造上的宏大畅想和两极评价，多有报道。"菩萨"或者"疯子"，这不是大同主要官员的性格特质，而是很多地方"有为"官员的共性。市民生活在城市再造中的价值，就定位于拆除，拆除其生活不仅使城市获得了地皮，而且制造了买房群体。在拆除如同下岗一样成为很多人的共同命运以后，拆除的悲剧性也被稀释，而再造的景观在发展语境下获得了赞美。

客观地说，大同乃至现在才进入拆迁大潮的那些地方，只是在追赶先进。中国的先进城市，更早地进入了拆迁大潮，而且那时的"发展"语境更为单一化，从而使得被拆迁的人们的哀苦更少被展示。而吊诡的是，商业逻辑表明"早拆早有利"似乎不仅适用于城市，也适用于老板，同时适用于市民，这就是"先进城市"的再造秘密。现在，追赶先进中拆迁到处开花终于将苦难显现到无以回避，就像当初下岗普遍化将"再就业天地更宽"的抒情撕得粉碎。

我们未曾停止对城市大型再造的赞美，未曾停止对通衢大道的歌颂，如同我们曾经歌赞入云的工厂烟囱。我们对城市的评价标准仍然是"焕然一新"、"大手笔"，而非市民生活如常。而权力体制仍然力量巨大，可以如疯子或者菩萨一般去改变任何人的生活，哪怕成千上万人流离失所也无所在意。这样的权力体制，这样的发展逻辑，无论编织出怎样的苦难图景，都会被轻描淡写地认作"小的代价"，而民众则被当做必须献祭的牺牲，而且牺牲品的身上还被加盖"幸福"的图章。

"电利"就是水利？

国务院常务会议要求"妥善处理三峡蓄水不利影响"。话题的公开本身具有意义。

三峡工程应是中国所有重大工程中论证最细致、决策最民主、讨论最充分的一个，然而，一切人类活动都利弊兼具，重大工程尤其利害巨大。消息称，三峡工程在移民、生态、地质灾害等方面都有亟待解决的问题，对长江中下游航运、灌溉、供水也产生了一定影响。

这些并非总体论断，三峡工程“发挥巨大综合效益”仍被国务院肯定。但一项重大工程，可能有超出人们认识水平、解决问题的能力的影响，有时工程还有其自身逻辑，使人们虽对事项有很好谋划而实施困难。

水利首先是使水为利，解决水之危害。近年来，每年我们都可以听到几回“××与三峡无关”的解释，××包括极端天气、山体滑坡、重大地震、洪旱灾害等。无关，固然可免三峡工程背污，但水利工程是变害为利工程，不是“与灾害无关工程”，尤其那些与水有关的灾害，不是工程非成灾原因就行了，人们要看到水利工程对减少灾害起到了多大作用，这才是水利的意义。现在长江中下游多省大旱，三峡工程在这上面有什么动作呢？

水利在现代还是一个综合概念。像三峡这样的水利枢纽工程，防洪、发电与航运为三大功用，是工程成立之所本。但事实上，一旦建成，人们说到三峡工程，脑海里首先出现的就是发电，这一认知就与三大功用有一定距离。水利的首要之处是使水不致洪涝、干旱，近代以后治水又兼发电之利，现在治水还获得生态环境、文化社会方面的意义。

近几年，三峡工程汛期泄水，旱季蓄洪，与“汛期拦洪，旱时放水”的用水设计大有距离。对此人们已有微词。但这大概正是大坝本身就内在隐含的一个问题。大坝建成，电厂成为三峡工程事实上的管理者，对电厂而言，发电才是首要，故而水库首先是产生稳定电力的来源，而非防洪抗旱与航运。“三峡”从自然的“江峡”变成工程后的“电峡”，由来在此。

作为江峡，三峡是综合性的，它是水的道路，岸边人家的故土，生态乐园，自然演化的局部。作为电峡，三峡是电力的来源，是径流转为电力的渠道。三峡的意义由此被改写。当三峡的电力并入国家电网时，也意味着稳定发电成为三峡工程在经济体系中的角色，如果电力不稳，将使很大范围内生产生活受到影响，这也是三峡工程必以发电而非防洪和航运作为其存在根基的原因。

三峡变成“电峡”，这里面既有运营中不自觉使然的原因，也有三峡工程被纳入制度性的经济安排的原因。人们追求综合水利，但实际上却只有发电得到首位的满足。洪旱问题，航运问题，兼顾而已，能顾则兼顾，不能顾就不兼顾了。某种程度上，发电人操控了沿江地带人们的生活、环境与生存质量。

我们有时能够预见到问题而有时不能，我们有时能够解决问题而有时不能，我们有时技术上能够解决问题但因为更加广泛的因素而不能按解决方案办事。事物的复杂性，往往超出人的控制，但人往往陷入“可控”的想象中。

讨论是重要的，人们总体上的智识与能力有限，但比任何个人还是大得多。任何重大工程或者重大事项，一旦不能讨论，祸福就成了秘密，教训也必然沉重。“三峡的不利影响”这个概念早该公开出现了。

权力美学的视觉秩序

长沙市原市委副书记朱尚同公开检举，该市创建文明城市肆意挥霍，劳民伤财。长沙市文明办向媒体澄清：“和事实有很大差距。”

这样的回应，一点也不奇怪。一个普通人，检举一件官办事务，怎么可能和事实没有“差距”呢？朱尚同虽是前高官，但离退休大概有 20 年以上，在了解一个街道创建文明城市的情况上，跟普通人也没太大不同，只能主要根据观感，而观感一旦不同于官方的意志，那总是“和事实有很大差距”的。

长沙市文明办官员“负责任”地表示，火星街道不是检举所说的一个社区，而是 4 个社区，改造资金不是 2 亿元而是 8000 万元，不是简单的拆而是增加了配套，统一安装防盗护窗是解决火灾逃生隐患问题。

然而，检举提出的问题，例如改造资金是否更应向弱势者及教育、卫生方面投入，统一防盗护窗今后谁来管理和维修，承诺安装后被盗赔偿是否经过市人大议决，是否会沦为空口承诺，取缔“五小”（小餐饮店、小钢铝合金加工店、小废品回收店、小歌厅、小车辆修理店）将何以解决相关人员的生计……这些问题就没有回应了。在官方看来，这是不值一辩，还是无可辩驳？

以今日中国生活的经验，我们毫不奇怪长沙官方会将一个基于观感而非“权威材料”的检举定性为“和事实有很大差距”，毫不怀疑像改进城市观瞻这样的事情不会事先向市民报告和向人大去申请经费，同时，如果有谁认为这样的事情能够做得不怪状百出、不劳民伤财，那就未免有些拿自己当外宾了。外国人可能不了解我们做事的方式，难道我们自己也不了解自己能把事情做到多么荒唐不经么？

我们对秩序是有着很高要求的，这种秩序要求贯穿到方方面面。在文明与美化的名目下，城市的“视觉秩序”整治在许多地方开展。大型的基础性的视觉秩序，由大拆大建、成片开发、高楼聚集、灯光透亮、新区平地起、康庄大道上九天等组成，而无法拆建的地带便是贴瓷砖、刷油漆、统一招牌等修补美化。其实，按照拆建的势头，这些地带说无法拆建也是暂时的，准确地说，它应该叫“待拆建地带”，就像厉以宁教授称穷人应为“待富者”一样。

这里面贯注着权力对视觉上的“文明”与“美”的理解，那就是统一性。文明与美在归口权力管理之后，不再是社会趣味和个人喜好，而是权力的展场；不再是丰富与生动的空间，而是整齐划一的观瞻。在权力管理下，城市景观设计，就如城市的制服设计一样，它存在于官式思维的想象之中，在官方推进的“城市着装”运动中变成现实，大张旗鼓的实施过程伴随着号哭、抗议或者大众的讥笑。

这种视觉秩序的建设，无视公民个人的财产，无视个人的审美偏好，也无视个人的生存权利。公民或者任何社会组织所有的房屋必须披盖“城市美化”的制服，不符合的要除掉；公民对城市景观的审美趣好，被统一到官式设计上来；甚至公民的谋生门道也要堵死，以便统一制式的官方视觉管理不受干扰，所有城市不许流动经商，很多城市对店招进行统一制作，长沙甚至对小餐饮店等“五小”加以取缔。

这种视觉秩序的建设，同时也无视公共生活的自治要求，无视公共财政的拨付制度，无视公共政治的协商精神。城市景观的制式化管理，当然是权力美学的展现，贯彻着彻底的权力意志。权力足够强大，就可以无视城市社会的公共属性，可以将公共财政当成取用自如的钱袋，将公共政治的协商当成多费唇舌。权力是如此强大，以至保证它不仅可以在政治、社会和文化事务中任意作为，而且直接进入审美领域，成为美学的标准制定者与证件发放者。连视觉审美也被权力直接控制、统一配给，这是权力强大的直接证据。

文明被直观地化约为视觉的美化，视觉的美化被直观地化约为千篇一律。秩序井然，标准简单，内在的动力在于对社会加以完整控制的理想。它发放标准，并检查评分；它推动改造，一往无前。这样，我们就看到了惯常所说的形式主义。即便如此，还有一些不够秩序的角落，于是又产生了临时性的角色扮演，例如有的地方要求看到“酷似领导”者，定要礼貌；有的地方应对文明检查，预制问答试卷；有的地方官员上阵，扮演市民与检查者周旋。这样，秩序不止是视觉性的，而且是精神性的，“精神秩序”就粉墨全场了。

权力说要有秩序，于是我们就看到了秩序的表演。为了这无所不在的秩序的大戏，我们的生活变成戏剧，而且为了服务于这戏剧，扭曲生活在所不惜。权力不想看到自然生态，而希望看到农作物的人工培育。葵花朵朵向太阳，这就是视觉秩序和精神秩序的典型意象。

谁更容易被慎之又慎地处死?

最高人民法院发布2010年度工作报告,媒体报道突出其关于死刑的部分,“统一死刑适用标准”,“死刑非必须立即执行的均死缓”等语句得到强调。报道引出各种议论,有的议论还与近期具体案件结合起来,猜测其间有何种迹象。

我以为,最高人民法院发布年度工作报告,不过是正常的信息公开而已。这一报告应在2011年3月已由全国人大会议审议通过,现在只是将通过了的报告定本发布。媒体突出报告中与死刑有关的语句,显示的是媒体对死刑问题的关注,不见得代表最高人民法院对死刑问题有特别的或新的理解。

媒体报道引起各种议论,显示的是媒体设置社会议题的作用。当然,也部分地说明死刑问题在全社会所受到的关注,这个关注可能是潜在的,经过媒体的议题化,潜在的关注得以显性化了。

严格地说,最高人民法院工作报告中对死刑的说法,并无新意。“统一死刑适用标准”,“死刑非必须立即执行的均死缓”,都是正确的废话。不统一死刑适用标准,不是必须立即执行死刑的也判立即执行,那才有新意,但却是严重的问题。

这种正确的废话,在各种官式文书中,屡见不鲜。例如“对触犯党纪国法的行为绝不姑息”、“无论涉及谁都要一查到底”、“办成铁案”、“可杀可不杀的不杀”,等等。这些话都是对的,但又都是不言自明的。如果把“正确的废话”去掉,很多官式文件至少可以节约半数以上的纸张,对低碳生活可作很大的贡献。

但是,“正确的废话”往往又具有某种“现实针对性”。这种现实针对性,意味着现实中很多事情并不合理,使得语言和逻辑上的废话产生现实意义。“统一死刑适用标准”,意味着死刑适用标准尚未统一;“死刑非必须立即执行的均死缓”,意味着有的非必须立即执行的死刑的也立即执行了。这样一想,“正确的废话”简直就是严重问题的替代性表达,使令人胆寒的东西反倒变成令人赞赏的了。

死生事大,生命权有最高位置。所以,我毫不犹豫地赞赏死刑适用标准统一,不必死的不能判死。这就是说,我认同最高人民法院的主张,当然,如上所述,我认同的其实只是“正确的废话”。但就现实针对性而言,我认同的是最高法院去改变死刑适用标准不一、死刑是否立即执行的判决随意化的现象。

死刑问题引人关注,主张上有死刑存废和死刑多少问题,观念上有慎杀与重典问题,现实上有死刑错判问题和罪刑适应问题,国际观感上有体现尊重人权问题……诸多问题混杂,争论时常激化。与具体案件联系,死刑问题又容易情绪纠结。有的人已执行死刑,后来终是冤案,案件能纠正但人死不得复生;有的人撞了人还补上几刀,说免死难息民愤。

死刑是法律、社会、传统、信仰等围绕生命与正义所展开的论题,正反题均存悖论。但总体方向来说,因为生命权的极端重要性,越来越多的人思考废除死刑的问题。国家司法层面则多主张废除死刑条件还不具备,目前判决死刑要慎之又慎。最高法“正确的废话”之所以有现实针对性,在于体现死刑判决慎之又慎的精神。

不过,我以为死刑固然要少判,但还要特别注意到领受死刑的人存在着怎样的社会分布。今天,死刑的适用罪名在减少,适用标准在提高,不受死刑之累的情况在增加。例如,非夺人性命的犯罪一般无死刑,杀人犯罪也可能因积极赔偿而获得受害者亲属“谅解”,媒体关注、辩护力量的分配也高度分层。因而,那些在社会层级中处于弱势位置的人,也许更加容易被“慎之又慎”地严惩。以前我们关注动用权力或关系资源对判决造成的影响,这并未终结,现在,赔偿能力、动员媒体的能力、延聘律师的能力也可以导致不同结果,而且“程序正义”。

死刑要少判,要慎之又慎,都很好。未尽的一点是,“慎之又慎”

的少判中，可能仍然有人在领受不见得公正的严惩。一个罪行，因有媒体关注、有能力赔偿、能请好律师，于是案犯免死，因无媒体关注、无能力赔偿、无法请到好律师，于是被判死刑，是不是一样公正？“正确的废话”，要做到，还是很困难的。

是爱听真话还是叶公好龙？

又是大学的事，但其实跟大学不大学没什么关系，把大学当个普通地名好了。

事情发生在河北工业大学。2011 年 5 月 19 日，河北省长陈全国前往该处调研，与学生共进午餐。事后，一名“有幸”共餐的学生网上发文称：17 日接到省长来校且将与学生进餐的通知，18 日中午集体接受培训，19 日上午接通知 11 时食堂集合等候。食堂有“共餐”专区，安排好的人才能坐，免费打饭，等待中饭凉了扔掉免费再打。当天，饭菜质量上升，价格低了不少，食堂还摆上了不卖的糕点。可是，学校宣传部说，“没有安排”。

我之所以说在这件事里面大学只应看作是个普通的地点，有两个考虑。一个考虑，这种事情，今天可以说到处发生，调研、检查之类，几乎无不如此；另一个考虑，无数的事实表明，今日，包括大学在内的任何单位，行为规律一致，办事逻辑一致，宜一体看待。

如果你觉得大学应该干净一些，那表明你对大学高看一眼，并有所要求。但你一定会失望，大学也是不能同意的。当然，大学并不反对你误认为它干净一些，因为这总算是好名声，但大学绝不能接受你以干净一些的标准来要求它，老师会说教书也就是个普通的职业，大学会说学校也就是个普通的单位，于是坚持标准、守卫底线什么的，就免谈了。

这也适用于任何别的单位或别的职业。

很多人都知道“波将金村庄”——一个俄罗斯典故。波将金是 18

世纪俄罗斯凯瑟琳女皇的首席大臣，某年女皇外出巡视，每到一地，波将金都提前去安排一番，将女皇一路所经过的村庄装点一新。我正在读一本叫《世界：一部历史》的书，书里面说，公元10世纪前后，拜占庭帝国统治者喜欢制造激情场面，有的官员的工作就是贿赂穷人在街头夹道欢迎帝王的出行队伍。7世纪初，我国的隋炀帝接待各国使节，喜欢在树上缠丝绸，“示中国富强”。前不久在一本杂志上读到一个官员的回忆，20世纪50年代，他在湖北随州农村下派工作，亲见“省委书记要来”时的情景：当地提前半年就赶修道路，教读扫盲，拆并村庄。

这些故事的共性就是造作假象，欺蒙耳目。虽然欺蒙的对象有所不同，但不欲使真实情况为人所知却是一样的。另外却种情形发生的权力环境，也是相似的。因此，就具体每一件事来说，我们固然可以责难相关的单位或者人物，但总体而言，一种情形演变成风气，不是责难个别单位或者个别人可以解决的。

现在，这个社会还是困扰于“真话”问题，呼吁说真话和听真话，又呼吁不能光是听人说还要实地看。然而，说真话难，难听到真话；见实情难，难见到实情，而且困难至极。说和听之间，看和被看之间，以弄虚作假为互动基质，交相愚惑，岂是单方面造成？

不妨再深思一下。一个正常的社会，原本真话实情会处处显现，既闻诸闾巷街头，也见诸报章网络，更响诸代议机关；而弄虚作假行为，则不仅道德上要被谴责，整体的社会机制作用之下甚至不敢轻启心思。但实际上，真话实情却仿佛完全操之于人，随随便便就可以被掩盖起来，而且造作之人心无愧怍，得逞后施施然得色。

弄虚作假行为当然要谴责，否则这个社会就连对弄虚作假作出道德反应的意愿都失去了。然而，更加重要的是，这个社会是否具备清除弄虚作假的能力。一方面使真话实情之路逼仄到仿佛完全仰仗“汇报”和“调研”，而且大家都不免去弄虚作假，另一方面又好像很爱听真话见实情，并感慨真话实情难以获得，这算不算叶公好龙呢？

底层的生活现实与心理现实

“为省钱剖腹自医”的重庆农妇吴远碧于 2011 年 6 月 2 日去世了，离她剖腹自医 26 天。她是在医院去世的，这大概可以告慰于我们这个文明的时代。

吴远碧能够死在医院，是因为媒体报道。在媒体报道后，“重庆市有关方面要求医院方面挽救其生命”。医院是现代文明的建制，这是治病的处所，使人恢复健康；这也是死亡的处所，“因病医治无效”是讣告的基本用语。吴远碧以剖腹自医的惊人之举，换取了“因病医治无效”的结局。

吴远碧的离世时间，精确到分：6 月 2 日 21:48。这样的精确度，表明生命得到了重视，精确地表述一个时间，几乎总是意指事态的重大。对吴远碧这样的底层生命来说，这似乎也是可以欣慰的吧。

“贫贱夫妻百事哀”。吴远碧与她的丈夫曹云辉的生活就是这样的。曹云辉 1986 年从部队转业，1989 年带着家人到重庆做工，租住的 16 平方米房子阴暗潮湿，生活曾经安定，但“好日子”没过多久，吴远碧就病了，积蓄荡尽，而手术需要近 5 万元钱。医生说，如果不及时手术，腹水会导致腹部爆裂。而吴远碧腹水超过 25 千克。

吴远碧剖腹自医，就是在腹部爆裂和巨大的疼痛和危险之间作出的“选择”吧。贫穷，当然是这一“选择”的绝对前提。尽管报道说，吴远碧没有读多少书，而且脾气倔，但是没有人不知道重病应在医院治疗，尤其是没有人不害怕疼痛，何况是拿着菜刀对着自己的腹部剖划三刀。这个“选择”不是愚昧或者脾气所致。

吴远碧曾经找过信访部门，结果是，户籍所在地政府部门认为，她的病不在“大病救助”之列。除了病，这个家庭还有为一些生活琐事时常吵嘴、大女儿离家出走几个月、曹云辉还酗酒等诸多小问题。

我不厌其烦地引用这些材料，是觉得吴远碧一家的处境，在底层人中并非没有一定的代表性。他们没有受到过良好的教育，居住在阴暗潮湿的地方，收入微薄，无病是福，他们每个人的优点和缺点都自然呈现，家庭的和美与争吵同时呈现，而不像“中产阶层”以上的家庭，显得阳光灿烂而温文有礼。

现在有一种理论说，“可怜之人必有可恨之处”，将可怜解释为由可恨所造成。这使人们看到可怜之人时便想到他们是咎由自取。就是剖腹自医的惨烈，不也可以归结为他们自己没有办理新农村合作医疗或城乡医疗保险么？社区干部这样说：农民工进城不容易融入社区和城市生活，收入少、脾气大、爱争吵、纠纷多；习惯不好，乱扔垃圾；文化水平低，认识问题的能力不高；很多福利也享受不上；还有就是超生。

我们可以看到吴远碧这样的底层人，处在怎样的困苦之境。剖腹自医的惊人之举，表明他们的生活现实可能超出人们的想象。

而底层的心理现实又怎样呢？吴远碧用菜刀划向肚子时，并非没有恐惧，但在难以想象的决断与几乎无法生活而且“腹部将会爆裂”的前景之间，她犹豫而终于选择了破开自己的腹部，她甚至忍住了疼痛而没有叫喊。他们十多年没有到社区反映困难。他们信访而没有结果。这不是历练，而是磨蚀，将人磨到“不找市长找市场”，去出售劳动，去购买医疗，购买不起，就用菜刀自行手术。与所有人一样，他们过着自己的日子，因为除了独自去面对自己的处境，也不能得到什么帮助。他们已经习惯自己承担一切，这或许也是他们没有去办理新农合或城乡医保的原因。

“如果这一次能根治这个病，吴远碧自己剖的这几刀就没有白挨，也算因祸得福”，邻居中有人这样说。这与一部台湾电影中穷人因遭遇“洋车祸”失去双腿，却欣慰于家人终于吃到了苹果，儿子终于有机会坐小车一样。这是底层的一种心理逻辑。在底层，痛苦转译为欣慰是真实的，但这是令人彻骨的心寒还是“可恨”呢？

是否要装 1 亿人？

“北京又要修规划”，新华社《瞭望》周刊的报道说。这篇报道传递了 2011 年 5 月间名为“北京市人口与产业发展规律及规划对策问题研究”的信息。

先前，人民日报社的《中国经济周刊》刊发的《北京到底该装多少人？》一文，已经透露了“北京又要修规划”的信息。

《中国新闻周刊》的报道中，还有“知情人士”向记者透露：目前《北京城市总体规划》还没有开始修编，“才过了几年，没有这么短时间再修编的”。这篇报道用的就是“嘉宾”讨论的方式，将修编规划正式提出。

我想，《中国新闻周刊》的报道，即是人们俗称的“造势”。北京市 2011 年“两会”上有代表提出修编规划，北京市当局也有意修编规划，于是杂志以邀请专家讨论的方式，把这个问题推出来，“知情人士”的话，一是用于安稳大家，毕竟“还没有开始”；二是表明规划过于短命，修编可能面临困难。

到了《瞭望》周刊报道时，修编规划就成了正式的“专家座谈会”，而且北京市规划委员会有关负责人也开始解释：“总体规划到 2020 年实现的两大最主要指标——人口总量和人均 GDP 已经突破，所以这将是一次大修编。”这就可见事情是紧锣密鼓、进展迅速的。

但《瞭望》周刊显然不是为北京修编规划造势的，记者在报道中表达的是对城市规划“短命”或“被短命”现象的质疑。2004 年规划，规划至 2020 年，又要修编，这才几年？报道还指出，一些地方频繁更改规划，做大人口规模，是在与中央政府进行用地指标的博弈。

《瞭望》记者说，地方政府地卖完了，不够用了，这才是构成重修总体规划的理由。根据《城市用地分类与规划建设用地标准》，规划人口与用地指标有着对应关系，于是做大人口规模成为地方政府修编规划时倾力而为之事。

原来如此。难怪在《北京到底该装多少人?》里面,专家们的意见是,到2030年北京应该装3000万人。北京现有常住人口1961万人,扩大到装3000万人,北京的建设用地规模要上升一半不止了。

北京能装多少人,应该装多少人,如果装,又该怎样装,是像现在这样装,还是像巴黎、伦敦、东京和纽约等国际大都市那样装?这些问题,我们自然是说不好,只是觉得现象上看,1900多万人口的北京,已经成了摊大饼的典型,“睡城”林立的中枢,“首堵”之城,基础设施脆弱得经不起一场雨或者一场雪。仅从人口密度来说,东京人口密度为每平方公里5736人,比北京多5倍不止。这就是说,即使装3000万人,北京也未必要增加建设用地。

北京要装多少人,还已经成为一个事关公民权利的问题。一个人想居住在哪里,这是迁徙自由,不应受到强行限制,也不应该通过歧视等方式去事实上限制。中国处处存在着对迁徙自由的限制性条件,岂止是北京。

然而,迁徙自由是一回事,为什么会有那么多的人要住到北京去,则是另一回事。就迁徙限制来说,北京在中国应属限制最多的地方之一。而按照“宜居性”来说,北京的优势又在哪里?这里环境更好吗?空气更清新吗?生活更舒适吗?没有,一样也没有。这里甚至没有水,它缺水缺到需要从同样缺水的河北、山西调集,而“南水北调”更是保障这个巨型城市基本必需的重大建设。然而,这个城市仍然会有人争相奔赴。而且现在,这个缺水的城市将要规划装进3000万人。这真是一个人间奇迹。

人们争相奔走北京,不过只为这里有更多的机会而已,无论做贸易、做金融、做研究、做文化,只有北京才拥有更多的机会。这么说吧,在中国,无论你要做任何事情,你需要到北京去,在这里你才能够称“中国第一”,也只有在这里,你才更容易做成“中国第一”。

这里不只是权力中心,政治的中心,而且是经济中心、文化中心、科研中心、交通中心、金融中心、贸易中心……或者说，因为北京是政治中心，于是它也成了其他所有的中心。它是权力型社会作用于城市的特征，它是城市中的特殊类型。一切指令和评价，由此发出；一切资源，向此集中，就连自然资源和物产也向这里调集，包括煤和水，包括白菜和粮食。这在多大程度上是“市场配置资源”的结果？在多大程度上仅仅是因为“首都需要”？

在这样的“配置方式”下，北京岂止要装 3000 万人，就是装 1 亿人，我看都不足以满足人们住到北京去的热情。

城市应能够自由居住，居民应能够自由迁徙，但城市必须服从于自然约束，资源不应跟随权力全部集中。北京能够装多少人，北京应该装多少人，请看看北京在正常社会条件下能够生存得了多少人再说吧。

全员打工化社会

一个不起眼的社会细节，可能透露社会的重大征象。

在云南昆明，沙朗中学的数学教师李尧被人掌掴，打到耳膜穿孔。打人者不是校外人，而是学校的校长杨宗武。这件事情，可以让人看到学校的荒芜和师道的沦落。

报道说，2011 年 6 月 1 日，李尧跟着杨校长，以及沙朗乡的杨书记一起在餐馆吃饭，席间杨书记问数学教学骨干李尧能不能一年内改变学校数学不太好的状况，李尧表示，学校考核制度不好，大家只想多拿工资，没什么兴趣搞教研。杨校长拂袖而去，杨书记追出门去，两人发生吵闹，李尧出来，正想问发生何事，就被杨校长一掌扇中。

杨校长的妻子表示，“当时的冲突并不是针对李尧”。冲突针对什么，这不是太值得关心的事情。沙朗中学校长、沙朗乡党委书记，这两人发生争执，有什么深远意义和深厚背景，应该也能够解读出相应的社会意味来,但离现在的话题有些远。

乡学校的校长和乡党委的书记起了争执,我们能够理解校长作为权力弱势一方的心情。如果要发生掌掴事件的话,书记显然不是合适的掌掴对象。在这个社会,这也是容易理解的社会规则。于是,正好有一个下属出现,这可能就正好是转泄怒火与怨气的渠道。“冲突并不是针对李尧”,但掌掴要由李尧要承受,这是合乎这个社会的社会逻辑的。

学校作为教育机构,向来不是权力的绝对舞台。虽说教育内容也可能是权力意志的体现,但教育的组织方式还是多少要有一些“教师自治”的特点的,并不是按照“权大真理多”的官场模式来运行。在中国,无论传统上的塾师教学,还是近代以来的学堂教育,教师都并不被认为应该绝对听命于聘用者。历史上,甚至草莽英雄和赳赳武夫,都不免礼待教师,或者延聘西席。古今中外,教育变成权力的跑马场,未曾有也。

而现在,我们时常可以听到对教育的批评,大学有“行政化”、“官场化”的问题,中小学则无论公立还是私立,都有“校长就是老板”的抱怨。大学的行政化或官场化,虽然也发生江西九江学院那样副院长杀死院长的事件,但大至行权与争权,也还多是暗战般剑影无形。中小学的情况就朴素得多了,校长吆五喝六、骂街斗狠,乃至大打出手,都不少见。奴隶主或者管家似的学校管理下,教师成为一般的“打工阶层”。

就教育的本质而言,这种“校长老板化”和“教师打工化”的状况,可以说学校已死,在教育的名目下,站立的实际上是一个个企业或者权力机器。教师的主体性丧失,校长的绝对权力产生,“考核”之下,教育已不足以完成教师个人的载道理想,而变成讲一节课、升一个学拿多少钱的代课职业。

现代社会要求所有的职业都能够“体面劳动”,并给予劳动者以人格尊严。传统上,哪怕社会存在职业等级观念,教师也只在极端年代才会变成“臭老九”，正当情形则是自孔子确立起教育的价值以后，教师就被认为属于即使贫穷也仍然拥有体面、尊严，足堪为个人价值提供坚实立基之地的职业。

然而，在现实中，我们看到的是一种背反现象。不是所有的职业都成就为“体面劳动”和体现人格尊严，而是连教师都下降到简单的“打工者”。打工过程就是赚钱的过程，这是单一的目的。赚到钱然后作为消费者去消费，你才能体会“体面”和“尊严”，但这可能也不是真正的体面和尊严，而是一种变态的呼喝心态，所谓的“上帝”感觉，“老子是来消费的”，往往意味着“老子是来快活的”，服务者在此低人一等。

所有的职场，都变身为委曲存身的场所，甚至权力场也是。“服从管理”、“接受号令”才是律条，劳动不再是实现人的价值的途径，而是体面与尊严被绞杀的方式，职业荣誉与职业道德同时消失。用怎样的办法，才能弄出这样一种社会状态，实在是一个中国特色的谜。资本的力量吗？权力的力量吗？有哪个拜金或者拜权的社会曾经使所有职业全部“打工化”而不再成为人的价值的实现途径呢？

诗歌市场化终于实现

湖北秭归被授予了“中国诗歌之乡”的称号，授牌的是中国诗歌学会。中国诗歌学会的牌子还能授得出去，真是可喜可贺的事情。

很多人说，现在文学已经死亡，文学性无处不在。诗，文学的皇冠，一般认为，在大众层面，比文学死得更是彻底。然而，中国诗歌学会总算开辟了一块“诗性”的行为艺术天地，那就是授牌“中国诗歌之乡”。

这个牌牌已经授过多次了。网上可见，浙江新昌、安徽宿松、河南荥阳、湖南益阳都已获得了中国诗歌学会“中国诗歌之乡”的牌子。中国诗歌学会还授出过“中国诗人之乡”、“中国乡村诗歌之乡”、“中国诗书之乡”等牌子，“中国诗歌创作”的牌子也授了很多次。

授牌当然要有理由的。秭归被授牌，这里是屈原故里。海宁被授“诗人之乡”，因为出过徐志摩。新昌呢，因为光唐代就有450多位诗人在这里写诗，包括李白写了《梦游天姥吟留别》。荥阳嘛，《诗经》的《郑风》、《小雅》等诸多篇幅描述了荥阳的风土人情。益阳，则是因为出版有《散文诗》杂志。综上，一个地方出过诗人、被诗人写过、有诗人住过、有诗人归葬等，都可以成为“中国诗歌之乡”。

由此，“中国诗歌之乡”的牌子，可以一直发下去。这也是一个提示，其实全国任何一个县级以上地方，只要热情高，都能够授一个“中国诗歌之乡”或者别的与诗有关的牌子，中国诗歌学会独家认定和制作。

这与其说是一个文化活动，不如说是中国诗歌学会的生意门道。

我看到资料说，2004年4月28日，中国诗歌学会举行新闻发布会，向社会宣告，为响应和贯彻中央关于文化“三下乡”的号召，向广大群众传递诗歌，丰富和提高人民群众生活质量，树立诗人良好的社会形象，决定主办“中国诗歌万里行”大型文化工程。这个宏大的诗歌工程，是要“以市场化、产品化、产业化、集约化的形式”，实施“壹拾百千万”工程：打造1个品牌、创建10个基地、走进100个城市、扶持1000个诗社、联系10000名作者。为此，将“启动企业招标、冠名和实施中国诗歌万里行‘形象大使’等一系列举措，为中国诗歌事业的繁荣和振兴，探索出一条健康发展的新路”。

授予这样那样的牌子，大概是“中国诗歌万里行”的成果。很多牌子，就是在万里行的过程中发出去的。“三下乡”、“万里行”的时代，诗歌终于前所未有地实现了“市场化、产品化、产业化、集约化”。

秭归县表示，要在获得“中国诗歌之乡”称号后，适时“打造中国首个‘诗人县’，让秭归成为全国、乃至全世界诗人朝圣之地”。竞争很激烈啊，“中国诗歌之乡”太多了，而且“诗人”怎样打造？“大跃进”时代有写诗比赛，小靳庄也有过赛诗会，难道诗和诗人像铁锹锄头可以批量生产？

授牌活动是中国诗歌学会与授牌地方的双赢。诗歌学会得以利用“国家级社会组织”和“诗歌”的招牌，获牌地方得以利用诗歌牌牌以彰显文化和发展产业。这也类似于中世纪教会发行“赎罪券”，“钱袋一响，灵魂飞升”变信仰为一种罪恶，市场化、产业化的诗牌发放使诗在公众心里死得更快，而且死而不得超生，成为笑柄的代称。

曾记得，“全国牙防组”认可了不少产品，中国诗歌学会的授牌活动，与之有何不同？当然，据说“全国牙防组”是个“山寨”机构，中国诗歌学会却是正牌的社会组织，如果说，正牌的，做授牌认可的生意就可以，岂不是赎罪券好不好要看是不是正牌的教会在卖？

“媒体联合国”概念

新华社社长李从军于 2011 年 6 月 1 日在《华尔街日报》发表了“构建世界传媒新秩序”的文章。据新华网表示，这篇文章“引起国际舆论关注”，文章所提出的“媒体联合国”概念，被一些西方媒体人士认为是“新理念”，一些发展中国家媒体人士感到“鼓舞人心”。

从新华网读到了这篇文章的中文版，应该说，文章颇具“国际风格”，语言上、观念上、行文上，都不是我们熟悉的“新华体”、“中国特色”。

曾任驻法大使的吴健民说过，一些赴法访团讲话，开口就是“在这个春暖花开的季节，我来到美丽的巴黎，巴黎人民有着光荣的革命传统……”，然后介绍自己来自“投资的热土”，正在贯彻“三个代表”等，来客立马走人。

李从军这篇文章，简洁明快，单刀直入，讲国际舆论传播不均衡，信息主要从西方流向东方、从北方流向南方、从发达国家流向发展中国家，人类共同体需要更加文明的信息传播规则和秩序，变革“游戏规则”，更加公平、更多共赢、更大包容、更强责任，除了在联合国框架内更加积极地协商和解决国际传播涉及的问题，还要研究和探索建立一种非政府性的全球媒体交流协商机制（“媒体联合国”）。

不谈文章内容如何，单是这种写法，就应该推广到当代汉语里面来。在中国，从官方到民间，从媒体到办公室，大量的文章包括新华社自己的文章，可不是这样的写法。我们总不能说，外国媒体和外国人不言之有物行不通，中国媒体和中国人空洞无物也行。

再来说内容。“增强发展中国家媒体在国际舆论场上的表达权、话语权、传播权”，当然是文章的主旨，发展中国家的表达权、话语权、传播权不够，或者说体现不充分，这也是人所共知。造成这种状况，原因可能多种多样，其中可能有“信息政治”问题，包括双重标准、区别对待、不公正眼光、歧视性表达、观念差异、信息霸权等，也可能有传播发展史、传播能力差距、文化扩散力和影响力、全球政治经济社会中不同的权重等因素。有意识的歪曲、无意识的误解以及各方面原因导致的客观传播差异，都可能起作用。

在这里面，执著于某一方面因素，未必有助于改变现实。例如，将传播领域视为一个“妖魔化”的战场，那么就只好去进行针锋相对的斗争，那就谈不上协商新秩序。将传播领域视为纯粹的误解或跨文化障碍，可能会忽视传播能力本身的差距，而将传播领域视为单纯的技术能力问题，则可能使人缺乏传播理念、文化价值方面的自省。

传播世界属于人类全体成员，而非世界上的某一部分人。1980年联合国教科文组织大会就注意到世界新闻传播不均衡、不平等状况，提出建立国际新闻传播新秩序。那个大会上发布的《多种声音，一个世界》是一份重要文献。这份报告当年就有中文版出版，它对传播的国际不平等的关注，对传播作为一项人权和民主事业的坚持，都令人印象深刻。而其中关于七十年代中国农村“村村挂高音喇叭、家家有小广播”，解读为信息传播的重大进步，则属于误读，那是无所谓交流的声音强制，农民甚至无法选择关掉家里挂的广播。然而，这也正可以说明，不同社会、政治和文化背景的人们，对一个事实的理解可能有巨大的差异，没有深度的沟通难免各说各话。

“媒体联合国”当然是一个有价值的想法。但正如联合国的存在，并非能够在真正意义上实现“国家一律平等”的理想，“大国一致”原则仍然主导了世界的秩序，并且正在受到越来越多的冲击。“媒体联合国”是否足以消除信息传播在国家、种族、语言、信仰、文化、民族、性别等各方面的不均衡，仍然是一个问题。而“媒体联合国”的会员资格如何分配，如何运行，以及更加根本的，在一个媒体越来越重要的时代，“媒体联合国”是否成为媒体甚至一些大媒体统治世界的方式，这种统治是否合理，可能也要面临质疑。

话语权问题，在一定意义上讲，实际上是“话语权焦虑”。这既是世界传播现实所造成的一种紧张关系，也可能是被急于有成的传播目标所夸大了的一种心情。而扭转话语权失衡，可能还需要想清楚很多问题，例如话语权到底是话语的权利还是话语的权力，例如话语权是否等于媒体权，是不是谁有媒体谁就有话语权，例如话语权与硬实力（如军事、经济、政治等）是否有同比配置的关系，例如话语权是一种命令权、灌输权还是一种说服力，例如话语权的核心到底是媒体能力还是传播中体现的价值、观念的影响力。

世界传媒秩序、信息主权、信息边疆、话语权、信息鸿沟等，这些概念内在地具有分属性地看待世界的视角，不同于人类共同体、普遍价值、交流融合等概念的整全性思维。世界正在因信息而变小，而信息的堑壕也在被挖掘，信息的街垒也在被构筑。在这样的状况下，怎样避免“媒体联合国”在某些地方变成一种“喊话”的策略而非真诚的努力，也是值得探讨的。

一个干旱消费者的零思

我不知道，眼下该写旱还是涝才算是适宜的题目。久旱多时的长江中下游地区，现在已有多地急转进入洪涝之中了。江西湖南，已有一部分地区暴雨成灾，但另一些地方旱情只是有所缓解。江苏湖北，旱情缓解的幅度还很有限，但也可能旱涝逆转。而大区域的南方来说，贵州和浙江已因洪水而有人丧命。

天时不利，这是显然的。风调雨顺，天时无违，是古老的理想，但其实乃是人类所体悟的大地生理。人类生长在大地上，大地的生理决定了人的生理。

当然，随着近代城市的兴起，居住在城市的人们已经很大程度上摆脱了“大地”。我们让大地不再生长庄稼，而是生长房子，然后把人高密度地塞进去，剩下的土地便用沥青水泥覆盖起来。在这人造世界里，我们不再有干旱，不再有洪灾，而只需要关心停水或者不停水，渍水或者不渍水。

城市，不只是一个地理结点，而且是一种文明形态，和一种人类制度。

在地理结点的意义上，一座城市可以标记其经纬度，可以在地图上拥有一个小圆圈，但任何一个乡村也可以用经纬度来标记，如果愿意也可以把它在地图上用小圆圈画出来。

作为一种文明形态，城市与乡村就大为不同了，所谓现代城市，其实只有一种基本的类型，那就是工商业城市。工商业城市集聚了大量人口，也集聚了大量资源，使人与资源高度密致化并且相互结合，从而成就了效率、机会和财富增长，更进一步地发展了所谓“城市生活方式”。

我们只需要关心自来水管，只需要关心道路是否渍水，而不必关心干旱或者洪灾。这是城市文明的产物，也是城市生活方式的内容。自来水化与道路无渍水，本质上来说，不是一种人生福利（虽然看起来很像），而是一种效率要求，因为唯其如此，城市才能得以运转，工厂得以准点开工，商场得以准点开门，而工人、职员和顾客、生意伙伴才能得以正点到达位置，风雨无阻地参与到财富增长的过程之中。

作为一种制度，城市定义了工业化时代以来的一切标准。应该不应该、可行不可行、值得不值得、好或者不好……都在城市标准之下判断。自然，也按照城市的需要来安排。城市之所以没有干旱，不是因为自然不发生干旱，而是因为哪怕干旱，城市自来水管中仍然能够保证流淌着“水厂”的产品，而且水源不劳城市居民去关心。城市之所以没有洪灾，不是因为自然不发生洪灾，而是因为哪怕发生了洪灾，城市周围必然有地方蓄洪、泄洪，如果必要，村庄也可以成为蓄洪区和行洪道。

我现在是生活在城市中，因为不再生活在出生时的乡村，于是也得以不知道干旱是何时发生的。我是从母亲那里听到乡下发生干旱的，那时媒体上并没有干旱的报道，就连“领导亲赴一线”的好消息都没有。我听到母亲说乡下没有办法整田备耕，养鱼的人家也不能下苗。然后，几乎又过了约一个月，媒体上终于开始说干旱了。

这时，人们才知道干旱已经很严重。媒体关注干旱，表示的是干旱已经发展到哪怕城市也需要关注它的程度，这不是农业和农民意义上的干旱，而是城市视角下的干旱，它需要足够严重才成为新闻。要么干旱造成的视觉效果足够惊人，要么干旱严重到开始令城市担忧其饮水来源，要么干旱足以去显示人们的同情心而不属过分。

我在城市，我的生活并未受到干旱的影响，我甚至没有感觉到干旱，也不会细数已有多少天没有下雨，除非空气中浮尘开始多起来，哪怕是永远不下雨又有什么关系呢？自来水管仍在出水，行道树仍然旺盛，花儿照样开放，公园的池塘里鱼儿照样欢游，着衣指数正常预报。城中不知季节变换，而且不知洪旱虫灾，而乡村才会“天人合一”地关心物候、水文以及气象，但这，我们叫它“靠天吃饭”，不叫它“天人合一”。

在连天的大旱中，追根溯源的话题被展开了，人工工程是否是一个原因，生态破坏将需要多长时间修复，农村水利为何年久失修，粮食价格是否将会波动，千古诗文中的美景是否一去不回，南水有多少能够北调，等等。

我还注意到"抢水"的新闻。各地都在抢抽"过境客水"。水本来就是流而不居的,而现在,流而不居便是"客水",客水而任其流过,就是浪费,水被赋予了"停留"的属性。还有地方发生了抢水冲突,村民"甚至围攻基层干部"。不止流在江河里的水被重新认识,天上的云也得以重新安排,各地都在人工增雨,有的省份增雨弹供应不足,那些云团或者原本不会在本地降雨,或者不会在本地降雨太多,现在,"过境客云"也必须留下。云行之处,增雨弹随之,这是大气环流人工化。

江西传来的消息说,鄱阳湖水利枢纽工程将要兴建,筑起水坝,以使汛时江水不要倒灌,旱时湖水不要外流。这是在人工工程"截断巫山云雨"之后,又要"截断鄱阳水流"了。鄱阳湖的草原景象触目惊心,截断水流应可使流域得到治理吧。截断,正是长期以来的水利思路。现在不会有都江堰那样的分流工程了,将水截断留用,使流动的水成为一种静态备用品,才是现代做法。如果水系、流域都这样截断,我们将看到一条怎样的长江呢?那就是旱时的枯滩,汛时的洪道,除此别无它用了。

我没有体验到干旱,也没有感受到干旱,我只是看到干旱的报道。每天在城市里忙忙碌碌,加入到"效率"生活之中,干旱发生在这片大地,但没有影响到自来水管,而干旱的真实存在,至少要到几十公里以外才能看到,而我没有到达那里。我看到的只是报道,说到底也差不多是一个干旱新闻和干旱景观的消费者,虽然也有一些思考,有一些同情,但毕竟只是一个消费者而已。

高考作文在倒退

高考作文议论多,这是免不了的。

"钱多,人傻,速来",这据说是一个经典的短信(以前说是电报文)。高考作文,差不多就是"分多,题傻"。分多,不说了。题傻,因为这确属常有的现象，而且，所有人都学过语文，都多少觉得自己能作文，所以也能够自陈一下自己对命题的“高见”。人上一百，形形色色，就可以使任何一篇作文题目都被定性为傻题目。

2011 年，网上有所谓“哪个省作文题最坑爹”的调查，据称荣获冠军的是湖南题目“谢谢大家，你们来了”。按我的意思，这个题目还不能说最傻，最傻题目应该是“中国崛起的特点”、“中国的崛起”和“谈中国的发展”。金鸡百花奖常出双黄蛋，我觉得这三个题目不分高下，那就产个三黄蛋好了。

这三个题目，可以做博士论文，也可以做政治报告。但做高考作文，你让学生说什么好？写崛起建议、发展对策，写得了吗？那么大概只好壮怀激烈，抒一下壮志豪情。这是考作文呢，还是测试性格和爱好呢？有的人就是没那么大胸怀，也没那么壮阔的情感，是不是就要投降？

我曾说，高考作文曾经差不多就是假把式人生哲理的集中营。我想，像“国家崛起”和“国家发展”这样的题目，简直比假把式人生哲理还要坑人。假把式人生哲理，毕竟还可以照猫画虎，毕竟学生平时的作文训练就要积累不少这类“名言”或者“典故”，而“中国崛起”这类题目，能够动用的积累，大概就是一些口号和宣讲材料了。

把这三个“最傻作文题”特加提出，是因为这型号的题目一出就是三个，似乎成为一种倾向，而且总共考到 9 个省（自治区），其中包括“新课标全国卷”，考了 7 个省（自治区）。新课标的题目，新在何处？我都觉得是 1977 年湖南高考作文“心里有话向党说”的换型回归了。

假把式的人生哲理作文题，仍然很多。时间在流逝、我的时间、回到原点、这世界需要你、一切都会过去或都不过去……不胜列举，但其中最令人不可忍受的，还是“拒绝平庸”。题目还给了一些提示：“不避平凡，不可平庸，为人不可平庸，平庸便无创造，无发展，无上进。处世不可平庸，因此，要有原则，有鉴识，有坚守。”

光这几句提示，我看就是东扯西拉，强作解人。平凡与平庸，出题的人恐怕都区分不了。平庸无创造、无发展、无上进，平凡不也大多类似？“处世不可平庸”，什么意思，以及为什么？又为什么就“因此，要有原则，有鉴识、有坚守”，这里面有因果关系？最重要的是，命题者凭什么要强加一个观点给所有人，如果有人不拒绝平庸，是不是作文就零分了？

如果在作文题里面挑好的，我选湖北题“旧书”、北京题“对世乒赛的看法”。这两个题目写起来需要些真经历或真想法，难借用也不需要借用“作文宝典”之类秘籍里面的写法套路和经典素材，也没有观念上的限制。

作文不是要把人考倒，而是要把人的写作能力表现出来，能让语言成为真实表达自我的工具，这种表达既包括表达经历和情感，也包括表达观念和审美趣味。有助于测试写作能力、实现表达真实的题目，就是好题目。如果题目能够给写作者发挥鉴识能力和个性倾向预留余地，那就更好。评判作文，毫无疑问是表达能力为先，表达了什么次之。这就是我为什么将至为壮阔的抒情题目列为最差、将假把式人生哲理视为坏题，而把“旧书”、“对世乒赛的看法”之类似乎没有什么意义的题目视为好题目。

在假把戏人生哲理之外，近年还出现了让人凌空蹈虚滥抒情的命题，这是高考作文命题一个不好的倾向，一个令人遗憾的倒退。

程序正义并非目的

邢事诉讼法据报将要“大修”，离上次大修已过 15 年，这次有望排除刑讯逼供证据。

报道说，过去 15 年，佘祥林案、赵作海案、躲猫猫事件等背后的刑讯逼供、有罪推定和监管漏洞，暴露出刑事诉讼法中急需完善的地方。人大常委会已将大修刑诉法列入今年（2012 年）计划，法工委已正式启动调研。而有专家建议，上策是取“米兰达警告”，确认犯罪嫌疑人和被告人的沉默权；中策是接轨《公民权利和政治权利国际公约》，使受刑事指控者不被强迫自证其罪；下策是废除“如实供述”要求，放弃“坦白从宽，抗拒从严”政策。

以此修改，则刑案诉讼在程序上的完善将达到新的水平，人们应当欢迎这一变化。从此，屈打成招可能减少，但有罪而未究可能增加。

程序完善后面，法律理念的基点将有所改变。刑法是什么、功能何在、国家的法律定义、社会对法律的理解等，都需有所不同。法律是有权阶级的意志、统治的工具、惩罚坏人的手段，还是权利和安全的保障？

“宁可错罚三千，不可错放一个”，这是无视程序正义的胡作非为。它的反面是什么？是“宁可错放一个，不可错罚三千”吗，你可能觉得合理；但如果是“宁可错放三千，不可错罚一个”呢，你是否还会觉得合理？而实际上，错罚与放过的数量关系往往并不像三千对一这样简单，人们总是面临一个个具体的案件。

我们可能看到，一个罪行在“推理的逻辑上成立”，但在“法律的逻辑”上不能确定。审判不靠合理推断，而要建立证据的锁链。不能构成证据链，就无法锁定犯罪人。这样，审判有时将冲突于人们历久形成的对法律的传统认识，冲突于这个社会的法律文化，冲突于某种难言理性的情绪，于是产生新的心理郁积乃至社会事件。

我们可能看到，修改后的程序没有得到实际的遵守，于是人们更加失去法律的信仰。我们也可能看到，修改后的程序得到实际的执行，侦查、起诉和审判环节都因无精力、无能力、无时间去执著于惩罚犯罪，而是倾向于更多地开释嫌疑，毕竟错误的开释只是“办案不力”，而错误的拘押则后果更严重。或许，短时间乃至相当一段时间，社会安全可能面临更大的压力，普通人的安全感降低。

错罚与错放，都不是理想状态。然而，现实的法律过程，每每无法根绝错罚或者错放。若无程序正义，则错罚与错放就会大量发生。

程序正义并不完美，但为达目的不计手段那就是罪恶。只是，法律不能满足于程序正义，而是要通过程序正义实现实体正义。

人们希望良好的秩序，而不是暴力的秩序或者自由的混乱。暴力的秩序令人厌恶，自由的混乱也可能令人怀念“铁腕”。秩序并非只是法律问题。法律的公正能够让人值得信赖，这是一个方面；另一个方面是社会公正能够得到保证，这就是消除不平和犯罪的土壤。要实现法律的程序正义，社会就应当继续前进，让人树立法律公正和社会公正的信心。如果法律现实让人失望，社会现实让人痛心切齿，那么社会就只能在暴力的秩序或者自由的混乱中旋转，程序正义可能成为特权的逃罪通道，社会则成为仇恨和暴力的温床。

还有一个重要的问题，是程序正义将提供底线的平等、形式的平等，然而，每个人在司法过程中启动程序的能力是不一样的，每个人在运用程序的个人能力、社会能力和经济能力等方面是有差别的。一个穷小子得到的程序正义，与一个亿万富翁或权力人物得到的程序正义不能等量齐观。不是每个人都请得起庞大的辩护团，程序正义下的匆匆定罪与全力脱罪将不时出现，这也是我们在程序正义之后必须继续解决的问题。

这个社会的法治从来未臻理想，法治理想本身却照耀着社会前行的方向。

无损败家法

曾听闻一则古代笑话说，有大户人家养一个传宗接代的宝货，专爱听往地上摔碗和朝河里扔钱的声音，不听则哭，闻之则喜，家人以哭换笑，未几穷馁。这样的故事，应属农业时代。现在，资本运作，多有“无损败家”。

早前中广新闻播报，成都拆除大慈寺历史文化街区仿古建筑。这片建筑上万平方米，耗资 4000 万元，建成 3 年，几乎未使用过。拆掉后，政府说“没有损失”。这就是“无损败家”的一个例子。

现在一些地方“种房子”，人们盖楼不住，专供拆掉，以候补偿，见拆心喜，不拆落寞，略似“无损败家”，但有风险，一怕城管拆违队，二怕拆迁不给钱。

成都发生的政府“败家行为”，就没有任何风险，还真能赚钱。据说，那片地被两家著名的地产公司联合买下，成交金额超过20亿元。土地国有，属于“存量资产”，卖出即为盘活，20亿元到手，4000万元建筑白费，赚账很大。

这样的事情，近来听到很多。十几年的高楼，一炸了之，“政府不亏”；耗资几亿修瀑布，“政府不花钱”。如此等等，要说劳民伤财，那是不行的。资本就是这么神奇。

我当然相信当地政府确实没有亏本。没有亏本，只是因为你权力在握，资源尽收，而非你生财有道。而且，既然建筑只是要拆和炸，那钱为何不早投它用？又称那建筑看着不爽，于是要拆，敢问规划、设计并建设，谁曾当家，问责几何？成都锦江区那4000万元，每户发1000元，够发4万家，白建白拆，这不是败家又是什么？

那仿古建筑2008年建成，应在川震前后。川震举国震恸，重建举国支援，国家政策倾斜；而成都前有政府豪华建筑群落成进驻，被媒体声讨，压力之下据说是卖给了企业，不知是否落实；现在又有仿古建筑建后闲置被拆掉。川震阵阵，银钱声声，可谓盛景。

今日中国，败家子现象，官方有之，国企有之，大致而言，都属“没有损失”，也只有它们才有“无损败家”的条件，权力与资本结合就成。权力可资败家，资本保其无损，两下一运作，败家甚至比“发展”有功。败家也败出特色，我们有世界独一无二的“无损败家法”。

记者有毒，添加剂无害

国务院食品安全办和卫生部共同主办“科学认识食品添加剂”的

座谈会。座谈就座谈，科学就科学呗，卫生部新闻宣传中心主任毛群安还要发表一通“建立记者黑名单”的言论。

报道中，毛群安这段话原话是，为了打击或者遏制一些极个别媒体有意误导公众，传播一些错误的信息，要加强传播的监控，“如果出现一个很大的误导公众的信息，我们把这个情况要向新闻媒体宣传，对极个别的媒体记者，也将建立黑名单”。

这大概是毛群安所说的“正在打造一个健康的媒体报道平台”里面的一个硬措施。

看，卫生部的官员，就是这么专业，搞起媒体平台，都不离“健康”二字，区分媒体平台下的健康和有病。但“建立记者黑名单”，这是健康还是有病呢？卫生部职责中，有一项是管理媒体吗？卫生部新闻宣传中心，有一项职责是识别“有意误导”并驱逐“极个别媒体记者”吗？

新闻宣传中心是卫生部的媒体联络机构、公共关系总管。倘是一家公司，这种不知自己是谁，直接向媒体和公众舆论宣战的公关总管，恐怕立即就要卷铺盖了。但卫生部是一个政府部门，新闻宣传与公共关系，跟那些真正要接近公众、俯就于社会的机构是不一样的，所以毛群安说不定还会被认为“为卫生部赢得了形势”，何况我们还不知道“建立记者黑名单”到底是毛群安的神来之笔，还是卫生部的深谋远虑。

卫生部可建立的黑名单太多了。例如收取天价医疗费的医院，例如跟医药代表串通的医生，例如制售不合格药品的厂家，例如疫苗管理混乱的单位……这些，卫生部建了黑名单没有？食品安全，大家知道卫生部也是重要的监管部门，现在食品安全状况如何，不言自明，卫生部可有设立生产或销售企业的黑名单的计划？

至于食品添加剂，我们经常听专家或者卫生部、疾控中心之类的机构解释，正规的都对人体无害。一锅水加一滴就可以变浓汤的添加剂，叫“一滴香”，这是无害的。任何一种肉，加一点进去就成牛肉的，叫“牛肉精”，这也是无害的。我们不知道每天吃上百种“无害”的添加剂，综合起来会不会有害于身体。

但卫生部正告我们，无论什么添加剂，只要是“正规生产企业的合格产品”，就无害了。似乎有害无害，关键在于有没有盖章。按卫生部的说法，台湾爆发、大陆也查获的食品塑化剂，用过几十年，原本“正规”，所以几十年都是无害的了。

卫生部的“科学认识”，甚至化有害为无害。还是以塑化剂为例，现在发现这原本正规的添加剂，其实有害。但卫生部开导说，“无害”——只要吃得不多就可以了。这样说，就连氰化钾都无害，重在控制剂量。

正规的添加剂，随便吃，无害；非法的添加剂，乃至有毒的添加剂，少食，无害。所以这就与种种医疗、药品、疫苗等乱相一样，不需要有黑名单。

记者和媒体却是容易有害的。毛群安提醒了媒体和记者，不要由于疏忽和不够严谨，而给经济社会发展、国家的食品工业造成负面的影响。“一些极个别媒体”（可见问题大，连极个别都是“一些”了）有意误导公众，“极个别”的记者则到了不能不以“黑名单”来加以约束其有害性的地步。

明白了吗？大家要像卫生部那样，“科学认识食品添加剂”，看到添加剂的威力，不要吃惊，不要怀疑，要相信“无害”；而不这样“科学认识”，就有害了，经济社会发展和食品工业都受影响，极个别记者则是毒素，必须用黑名单来隔离。

记者可能有毒，添加剂总之无害，这就是我们的食品安全理念和“健康的媒体报道平台”的准则。大家谨记之。

是地域摩擦还是阶层摩擦？

新闻说，权威媒体刊文评论了近期接连发生的本地人与外来人员摩擦事件，以此印证“协调社会关系”的重要性。

我并未了解评论文章所说的近期“一些地方接连发生了本地人与外来务工人员的摩擦事件”指的是哪些事件。又因为并不清楚所指事件是哪些，所以，也无从判断那些事件是否可归结为“本地人与外来务工人员的摩擦”。

一般来说，外来人员在工作或居住地的权益保护，确实是突出问题。政府提供的公共服务，如何逐渐平等地向外来人员开放，已经不只是一个基于同情和平等观念的良心课题，而且随着外来人员的增加、“第二代农民工”的出现，而成为愈加紧迫的社会现实课题。

在城市，外来人员参与经济发展，居于社会边缘，难以享受发展成果，管理中遭遇区别对待，生活中面临漠视或歧视。与此相应，可能确实产生了类似于国外某些社会“跨国移民”才会出现的特殊问题。协调社会关系、打破社会偏见、融合社会人群、提供均等的公共服务，应属建设性步骤。

不过，具体的摩擦事件该如何定性，则未必是简单的。例如，房东与租户之间可能发生摩擦，这种情况大多涉及本地人与外地人，但摩擦的性质是什么？是本地人与外地人之间的地域性冲突，还是房东与租户之间的阶层性冲突，或者是双方在契约关系中发生的矛盾，应该细加分辨。

早前，媒体报道了广东省潮州市潮安县古巷镇的冲突事件。2011 年 6 月 1 日，该镇枫一华意陶瓷厂四川籍外来工人熊某夫妇在儿子熊某江陪同下，到厂里讨要拖欠工资，与老板苏某钿发生争执，此时，正在厂里办事的苏某浩也与熊某江发生争执，并打伤熊某江父亲。熊某江立即报警，并追赶准备离开现场的苏某浩，苏某浩和随后赶到的陈某荣又将熊某江脚手砍伤。事件导致熊某及其老乡聚集古巷镇政府、潮州市政府请愿，至 6 月 5 日四川籍工人上街，打砸车辆和商铺。

这一冲突事件，可能曾发展到“外来人员殴打当地人、当地人殴打不会讲本地话的外地人”的状况。然而，这是不是一个地域摩擦事件呢？我想，至少它原本不是一个地域摩擦事件，而且也不应发展为一个地域摩擦事件，直至最后，虽然貌似发生了地域摩擦，但本质上仍然不是地域摩擦事件。

工人讨要被欠工资，与老板发生争执，这是劳资之争。在劳资之争中，讨要工资的人被打伤，这仍属劳资冲突。发生劳资冲突后，受伤的工人这一方报警，而后聚集老乡向政府请愿，这并非外地人向本地政府施压，而是一群工人向政府要求保障权利，这些工人与受伤者有老乡关系，可能只是这种关系更加容易相互帮助。

这些工人后来在街上打砸车辆和商铺，可见事件已经升级。在请愿和升级之间的时段里，讨薪事件的处理进展是，老板苏某钿于4日上午投案自首，5日凌晨抓获另两名主犯苏某浩、陈某荣。事件升级与案嫌落网有没有关系，费人猜测。即使案件处理一直在紧锣密鼓之中，工人对追抓案嫌有担忧于是施加压力，也未必为多虑，只是手段激烈，应须反对。然而，我们仍然要反省工人是否有正常释放其压力的途径。

我想，这个看似“本地人与外地人摩擦”的事件，实际上是一个劳资事件，其中牵涉政府对劳资事件的处理。这不是地域摩擦，而是阶层摩擦。老板有资本，因而能够拥有各种关系，拖欠工钱、拥有打手，一定程度上可能也受到当地行政管理部门的变相支持，而工人处于劣势。这里，老板是本地人，而工人是外地人。在另外的情况下，也可能老板是外地人，而与之产生争执的是本地人，例如出身本地的工人，或者世代本地的拆迁户，这样的时候，老板一样占据优势。阶层性的优势或劣势，而非地域性的因素，可能是摩擦的本质。

我非常希望外来人员获得公正的对待，但我想分析社会摩擦要准确，把阶层摩擦归结为地域摩擦，可能会掩盖真实的问题。

高尔夫应当成为权贵符号吗?

截至2011年,禁建高尔夫球场7年,新建高尔夫球场400多家。有报道说,目前中国有近600家高尔夫球场,其中仅170家左右为2004年严厉禁建高尔夫球场之前建设。

显然,高尔夫球场建设的禁令,成了失败的专项管理。当然,我们仍能说,有没有禁令是不一样的。没有禁令,也许现在高尔夫球场就不只是近600个,而是1000多个。然而,严禁之下,高尔夫球场增加了2倍不止,又岂止是一个专项管理的失败?

这些违禁建成的高尔夫球场,难道会铲除不成?那将带来资本与权力、中央与地方之间何等剧烈的博弈,将有多少地方政府陷入失信于资本的境地?对违规高尔夫球场"先调查、后清理、再规范",无非"下不为例"。许多违规行为最终都是"违规者得利,守规者吃亏",历年来,行政信度与效力不断丧失,原因正在于此。

我更有兴趣探究的是,高尔夫这一运动项目与禁建高尔夫球场之间的内在关系。我们为什么没有要求禁建足球场,没有要求禁建网球场,禁建乒乓球馆……而对高尔夫球场却有着反复的禁建令呢?重要的原因,当然是占用土地。一个球场少则占地近2000亩(1亩约为0.0667公顷,下同),多则占地近5000亩,土地占用远超其他运动项目。

然而,仅此应该还不足以说明全部的原因。政策基于民众的响应,如果高尔夫球被认为是一项普通的运动,与社会大众需要相适合,那么土地占用就只是一个怎么规划的问题。例如,日本的土地资源更为严峻,但却有2400个高尔夫球场,占国土总面积的0.8%。据说超过实际需要三分之一,但即使去掉这个数,高尔夫球场仍将有1600个。

在中国,高尔夫球的"社会形象"显然不是普通的体育运动,它被视为一种“贵族运动”，是一项极少数人的娱乐。在社会语义学意义上，高尔夫具有“高档消费”和“腐败活动”的双重含义。商业意识形态上的“高档消费”，社会意识形态上的“腐败活动”，这就是高尔夫球、高尔夫球场、高尔夫俱乐部的社会定义。由此，禁建高尔夫球场，深层地被赋予了约束富豪奢华消费和官员腐败行为的意义。

“高尔夫是一种高尚运动，非一般人可以涉足”，这一意识定位的形成，可以说原因复杂。其中，部分的原因是参与这项运动确需支付很高费用。到达球场所需时间和交通工具，球场兴建、养护与服务造成了成本。部分的原因也在于这项运动的“推广”策略。它从不被作为一项平民运动而推广，甚至不作为平民未来生活的一种可能景象，而是用富豪、精英、权力人物与西方顶级运动来形塑其印象。奢华级的商业定位与权贵级的社会定位相互倚靠，意在唤起高尔夫作为高档社交消费的满足感。

重申的球场禁建令在某种程度上内在地契合了这种商业策略的需要。禁建令实际上为“贵族运动”作了背书，同时给予了球场短缺的预期。它制造了消费上的“贵族”符号，成为富豪与权力人物才得以参与的精英休闲。高门槛的身份感，违规逾制的刺激性，使高尔夫运动成为权贵资本主义的符号化表征，权力精英与商业帝王的俱乐部娱乐。高尔夫运动里有着消费主义层面的梦幻化与社会意识形态层面的妖魔化产生的奇特组合，“羡慕嫉妒恨”的奇妙纠结，禁制与违禁、消费等级与贵族符号编织的“特权感”。

然而，高尔夫运动到底是一种怎样的运动，它应当发展成为一种普通的健身娱乐，还是应该附载政治和商业意识形态含义？如果高尔夫只是一项运动，那么有运动爱好者，市场就有人提供相应的服务，消费价格受成本制约，场地服务将有自然的满足。至于土地的占用，未必不可以通过规划合理化，例如利用自然坡地、荒地而非农地。

禁制失败，往往需要更深入地探讨原因。违规成本过低固然需要治理，但也应该看看禁制是否败于现实的需要。高尔夫球场违规建设，与高尔夫高档化、高尔夫球场禁制化之间，可能存在着奇妙但并非不可解释的互动关系。

是出走还是逃离、驱逐？

贵州桐梓发生氯气超排事故，放倒周边学生、居民百余名。2011年6月24日，涉事企业遵宝钛业有限公司公开道歉。

在环保事件中，这只是很不起眼的一个，所以关注者不会多。血铅超标、化工厂泄漏，尾矿坝坍塌、废水排放、土壤污染、大气污染等，听闻越来越多，有时居民惊恐而逃，有时市场抢水一空，一个发生在桐梓的氯气超排事故，只是“放倒”一些偏僻之地的人们而未有死亡，当然难以成为传播的亮点。

事故的发生地，实在是偏远之地中的偏远。贵州省桐梓县楚米镇元田村，这就是遵宝钛业有限公司的万吨海绵钛项目所在地。根据资料，这个项目总投资10亿元，建成投产后年销售收入10亿～20亿元，利税2亿～4亿元。真是一笔可观的利润，只是，我们不知道除了带来氯气超排这样的环境事故，它还能为原住民回报什么。按照一般的规律，这样的大型项目并不会使原住民得享利益，而带给他们的后果则不只是单纯的环保事故了。

2011年6月20日的《三联生活周刊》载有《出走的乡村》的一篇报道。广西贺州市黄田镇东水村的牛车地村组，紧邻着平桂钛白粉厂。在这里，村民们已经习惯了身染癌症而死亡，夫妻癌、父子癌、母女癌、兄弟癌，一家几口同时患癌死亡也不稀奇；水源污染、土地污染、废气污染、废渣污染、噪声污染，逼使村民从村庄出走。

实在地说，这不是出走，而是逃离。村民被迫逃离了故乡，世代所有的山川水土已不再能承载基本的生存。

平桂钛白粉厂是国有企业，网上可以查知，它隶属于平桂飞碟公司，这家公司是出口生产基地、拥有“重合同守信用”和“消费者信得过”等企业称号。这可以证明工商制度下，对一个企业的衡量采用着怎样的标准，企业内部是产值和利润，它通过税收与政府产生关联，银行借贷因而评定信贷等级，因为产品需要出售而必须“消费者信得过”。这就是一个企业的社会关系的总和。

企业位于何处，它与当地人、当地环境的关系，并不重要。所以，哈尔滨药厂一边大做广告，一边在企业所在地污染环境，制造出居民出门必戴口罩的“工厂化民俗”，是可以的。像平桂钛白粉厂这样，使周边居民“要么患癌，要么逃离”，也是可以的。

企业在驻在地不是还有产生就业和社会服务的功能么？是的，应该是这样，但也未必。例如平桂钛白粉厂，就没有招收过牛车地的村民做工人。刚开始或许村民曾因工厂生活区的设立而得以做些小生意，后来工厂生活区就全部迁走了。工人每天坐车上班，上完班回城，据说不是怕污染，而是要改善居住条件和文化生活。

工厂征收土地，每亩出价 80 元。废水毒死了鱼虾和水牛，“按价赔偿”。污染的土壤不再能生长庄稼，也可以作价补偿。当然，都得经历上访、谈判等过程。至于村民中不断出现的癌症，甚至无法直观地确定与企业污染的关系，只能自认倒霉。若要形成村民患癌是否与环境污染有关的证据链，至少需要几十万元的经费，没有人会拿出来。而村民如果与工厂有所冲突，警察会迅速到场排除。环保部门的监测，证明企业排放均符合标准。因此，村民的离开甚至比逃离更加无奈，他们是被工厂、权力联手逐出了故土。

这里，我们看到了工商制度与村社生活之间的剥夺关系。围绕着工厂，产生了一系列衡量指标，产值、利润、税收、信贷等级、市场信誉等，而工厂与环境、工厂与所在地居民之间的关系，是完全可以忽视的。

很多工厂在乡村中建设起来，而且历史地看，所有的工厂都是建立在乡村社会的背景之上的。在工厂化的过程中，村社的土地被征用，世代的资源被低价收购，矿藏因“国有属性”不会使村民得益，工厂为村社带来了污染和疾病，村民可能离开世代所居的土地，外来者占据了村民的世代家园。“要么忍受，要么滚蛋”，这不是逐客令，而是后来者驱逐原土地的主人。

绿色环保、生态文明已经越来越成为当代的“全球意识形态”，这可以说是进步，但环境是不是问题的全部呢？像广西平桂钛白粉厂、贵州桐梓万吨海绵钛项目，环境危害固然是突出的问题，但即使建成“花园企业”、“零排放工厂”，仍然存在原住民的生存问题，这就像我们把一个破败的街道建成高尚社区，并不代表解决了原有居民的相关问题；这就像我们在美洲的历史中看到“文明发展”后面印第安人的悲剧。

人民必须不怕麻烦

不是非得有重大事件，才能看到权力的属性。日常生活里面的小麻烦，例如一个重复的身份证号码给人带来的困扰，可能更能让人了解管制的深度。

《新京报》报道，高女士在北京办理驾照，因身份证与内蒙古郑女士重号，遭到拒绝，车管所建议双方协商更换号码。报道中还另有一些事例，说明这种情况虽不普遍，但并非个别情况。

身份证法规定一人一号，不得重复；驾照管理规定要求一个身份证号办理一本驾照，不能多办。前者保证身份证号码的唯一性，后者是建立在身份证号码唯一性基础上的相关管理。与驾照管理类似，银行卡、社保等必须以身份证验证；现在，还有越来越多的验证项目将要与身份证挂钩，例如手机实名、上网实名，购买机票、火车票等。

人并非天生就有身份证号码，身份证号码纯粹是为了社会管理的方便而人为设置的个人辨识标志。前面所说的应用，已经可以看到身份证正成为最基础的个人识别符号，以此为基础，针对个人的全部社会管理都可能“集约生成”。既然如此，身份证重号为何要通过重号者"双方协商"来解决呢?

身份证号码由公安机关编列,这个号码无须个人同意,不经个人选择,也不是个人可以拒绝的。发生重号,是公安机关的疏失。生成10多亿个号码,发生极少量的重号,应是可以理解,但重号给居民带来各种麻烦,公安机关责无旁贷应当予以解决,并对居民致歉,一定情况下,不排除对居民因重号所造成的损失予以补偿或赔偿。

现在的处理不是这样。身份证重号后,公安机关的车辆管理部门拒绝发放驾驶证照,建议重号双方协商改号。重号居民则因为身份证号码联系诸多事务都不愿更改。公安机关表示变更身份证号码无需费用、办理快捷,然而重新办理相关证件,跑多个部门,周折和费用需居民个人承担。有一位被重号的先生想变更号码,但名下银行账号、房产证、护照、驾照、各种保险、孩子上学登记等都要一应更改,"成本太大了,不仅是钱的问题"。

身份证重号中,居民毫无过错,却承担了很多后果,导致生活中麻烦不断,这有正常的救济渠道吗?难道只有忍受不便甚至权利的丧失(例如获得驾照的权利),或者自己费尽周折去自己解决问题?错编身份证的权力部门为何变成了局外人、旁观者?居民可以通过行政途径要求公安机关改正错误,或者通过司法途径要求公安机关赔偿损失吗?

从正当的责任机制来说,居民身份证重号,必须由公安机关负责改正。从社会现实来说,公安机关去改正错误,因其所具有的法律效力,协调各种证照的更正,要比居民个人去办理容易得多。然而,公安机关却只承诺免费快捷地变更号码,不消除错号所引至的相关后果,这岂是负责任的行为?

权力部门对居民施加了管理,这种管理对居民是强制性的。当管理的错误发生之后,权力部门却听任其存在,即使明显损害了居民的权利,也放任后果而不去积极消除。它制造了管理的铜墙铁壁,显示权力对社会进行的管理,精髓不在于"服务"而在于自我便利,它不对管理中的错误抱有歉疚，也没有提供途径让人们迫使其承担责任，人们只能接受权力的错误对自己造成的损失。

类似身份证重号这样的小事情，生活中还有不少。管理可以大刀阔斧，人民必须不怕麻烦，事情摊在谁头上，谁自认倒霉好了。

治理“神人”仍需谨遵法治

又一个神医被揭露了。南京的“健康教母”马悦凌，以生泥鳅治疗“渐冻人”（肌萎缩性侧索硬化症）的事迹被指为诈骗，媒体和网络对其“不生病的智慧”从奉为神异迅速转向为深揭猛批，那些曾经求助于马悦凌的人们则成了愚昧的活证据，相关部门据报也对马悦凌发起了调查。

这些都是程序性的，一次，又一次，遍遍上演，情节不会也不需要新的关目；所有的角色都会循环出现，不会也不需要新的变化。主角，依然是一技惊传；信众，依然是趋之若鹜，而后被指为“愚氓”；舆论，从“生泥鳅竟也能唬人”中批判国民的愚昧，并指责有关部门监管软弱；有关部门，感叹民众科学素质低下，又紧急行动，能挂上一条算一条地执法严处，同时表示主角的行为是“擦边球”。

这样的剧情，使我至为疑惑。这些神乎其技的主角，得以在法网致密的条件下游刃有余，到底是有关部门执法不严，还是真的如有关部门所说，其行为打了“擦边球”？如果说在舆论压力形成之前，有关部门或有疏忽和懈怠，那么在舆论压力之下，“擦边球”是不太好作为不严厉监管的托辞的，但有关部门为何往往仍然不能对神乎其技的主角“痛下杀手”呢？我想，“擦边球”可能是确实的，这些神乎其技的人，游走在各种管理办法的边缘，使严厉的监管难以施展。

今天，人们大多接受“依法治国”的理念，并不主张可以无所不用其极或者无明确法律依据的办法去清除一种不为所喜的现象。法治的基本精神，是公民行为非经明确禁止，则可以为之，而公共权力的行为非经明确授权，则不可为之。公民行为必然有其限制，但限制须由明确的法规设定，而且查处须经严格的程序。

由此，则所谓“擦边球”，其实是明显不合理的，但在法规中无明文禁止，或者在监管办法中没有明确程序对应的行为。以“健康教母”马悦凌的行为来说，固然与医学和健康的一般认知有巨大差异，可以定性为非科学乃至伪科学，但有哪个法律和法规曾经规定非科学和伪科学的认知和行为必须由权力部门来纠正呢？而马悦凌的行为是否涉及诈骗，是否涉及非法行医，则是一个法律认定问题，这需要严格依法认定，并允许其自我辩护。

我并非为马悦凌之类神乎其技的人张目，只是觉得我们对一些社会边缘现象需要有更加切实的认知。社会应依法治理，而非依照科学或者一时纷起的意见，权力尤其需要提防其扩大边界，而非一味加强其对社会的监管权，未经明确法律授权、未经严格依法的程序，权力不可以自行其是。如果一种行为没有确凿的法律禁止，因我们厌恶其存在，就要求权力对之惩罚，那么，我们又何以保护得了人们的正当权益？

法制是一种最不坏的制度，并非没有缺点。依法治理，既包括依法禁止、依法限制、依法允许、依法鼓励，也包括依法容忍。某些社会边缘现象，可能就在应当“依法容忍”之列。例如，美国的人民圣殿教、日本的奥姆真理教等等，在其行为触犯法律之前，是被容忍的。而星象家、巫医等等，在一些社会也并不被取缔。灵修、通灵之类的现象，世界上在所多有。而医学框架之外的各种“非主流治疗”也难以禁绝，即使中医、中药和针灸，在世界上一些地方也被视为与医学格格不入。

我并不以为对马悦凌之类神乎其技的人，唯有容忍并不置一词，听任其流播不尽。一个开放的社会，既要严格依法，避免权力无所不能地干预人们的行为，从而容忍一些边缘行为，同时也应有多种舆论，去相互辩难，从而使神乎其技的东西被舆论所揭穿。

至于被神乎其技的人所掳获的人，我并不以为可以用“愚昧”来一语论定，尤其不能以之推言“这个愚昧的民族”。我想，被掳获者大多面临了个人生理、心理或者其他方面的困境，所求者无非无解之下的一种可能有解，他们可能是在科学、社会等“解决之道”关闭后才被掳获，他们的第一选择大多并非神技巫术。这种现象在世界各国，从“最先进”的国度，到“最落后”的部落，无不有之。

神人在一个人出现，又一个个暴露。只看到趋之若鹜的人们，未必不是片面，因为更多的人并未如此。见神人而不予辩难乃至不许辩难，才是一个社会的不正常。而对其“擦边球”行为，要求权力痛加监管，则未始不是一种有悖法治精神的要求。

不稳定因素谁制造？

在一个法制不彰的社会，人人都可能成为弱者，而且因为变成弱者，被视为社会的威胁。贵州六盘水市前副市长、政协副主席田万昌，是一个最新的例证。

报道说，这名前任官员，已成为六盘水官员眼中的“不稳定因素”，原因是他带着妻女进京上访，他上访的原因是女儿 2009 年 1 月在贵阳被强奸一案不能得到解决，案件不能得到解决的原因则在于被指认的强奸者是贵州省政协常委周世立，周又是拥有 8 家企业的青利集团的董事长，光矿石资源就有 4 亿吨。

有人从中读出资本和政治光环的凶猛。不过，现在的信息，毕竟只是“一面之词”。被强奸、指认案犯、立案后调查无果、上访成“不稳定因素”，都是田万昌方面的信息，所以我们暂时还不能确认周世立就有强奸行为。

据报田万昌“主抓六盘水公检法工作多年”，其妻则“在地方国安系统工作多年”，应该对执法之规则与潜规则都有透彻的了解。又据称，其女儿收集了充分的证据才去报案，而且录音材料还显示周世立向当地政要行贿。所以，田万昌举家上访，应是怀疑调查的认真程度，他们应是相信真去调查就应有结果。

然而，按照“正规途径”，“调查无果”是由不得田万昌接受不接受的。贵阳警方可以说，事情仍在调查，所以田万昌应该做耐心且无限期的等待；或者可能说，经调查没有获得足够证据，办理结果也已经通知了田万昌，这样，田万昌就应当不再怀疑。

我想，田万昌“主抓六盘水公检法工作多年”期间，定然面对过同样的情况，只是现在，这样的情况落到了自己的头上。作为一个父亲、一个人，田万昌无法接受女儿被强奸而不能得到处理；但作为一个公民，如果他不接受“调查无果”，就会成为“不稳定因素”，一旦有维权的行动，就要承受“危害稳定”的后果。

作为父亲的田万昌，与作为公民的田万昌，有着巨大的冲突。作为父亲，他必然要追究女儿被强奸的真相，使正义得以昭还。作为公民，他却不能被允许“不稳定”。事实上田万昌还有一重身份，那就是官员。作为官员的田万昌，将会被要求“带头维护稳定”。田万昌夫妇都曾是“维稳干部”，大概也了解“调查无果”会在哪些情况下产生，但如果他不肯接受“调查无果”，那么，要么他权力大到能够扭转体制的结论，要么他就要被曾经所在的体制视为对头，由此，他的命运将与普通公民没有本质区别。

田万昌在女儿被强奸而正义不得昭显之时，能够拒绝“官性”的挟制，从而将自己陷于普通公民成为“不稳定因素”的同样境地，这是人性的急速上升。“人性”、“公民性”、“官性”之中，每个人首先是人，保有人的情感，要求人的权益。“公民性”则在不同的社会有不同的特性，它或为保障人的权益而存在，或被异化为无尽的遵命义务。至于“官性”，任何社会基本上体现为科层结构下的服从，只是程度有轻有重而已。

现实的悲剧在于，“维稳”已经成为制度的首要任务，同时被确定为公民的首要义务，所以当一个人以人的身份主张权利时，“公民义务"就要强加于他,这种义务不仅要求他放弃作为公民的许多权利,也压倒了他作为人的那些应有权利。

必须承认,人一旦开始上访,一旦开始表示异议,一旦表示不接受某种安排,他也确实就是"不稳定因素",因为相对于秩序的安排,不归顺就是一种破坏。这就是说,一个人主张自己作为人的权利,或者写在法律上的公民的权利,他就成了麻烦制造者。只是,"不稳定因素"的制造机理是什么呢?

田万昌的经历值得深思的,与其说是官员上访仍然如此艰难,感慨对方"活动能力太强",不如说是一个官员在怎样的情况下会被毫不犹疑地抛出得利群体。这显示法制不彰的体制的硬度,以及其围网的精密,谁触犯谁倒霉,哪怕你看上去权倾一时,哪怕你确曾有汗马之劳。这一点我们既能从普通上访人员的遭遇中得见,也可以从湖北政法委厅官夫人被"维稳"的故事中得见,还可以从田万昌的经历再次得见。

何不揽镜自照?

民政部于2011年7月8日公布《中国慈善事业发展指导纲要(2011—2015年)》(简称《纲要》),向社会征求意见。新闻媒体关注民政部将在慈善行业全行业推行信息公开制度。

近期红十字会被"郭美美事件"缠身,虽经公安机关说明"郭美美与红十字会无直接关系",仍然未能赢得公众信任,郭美美与红十字会有无"间接关系",以及有怎样的"间接关系",悬念重重。

民政部此时发布《纲要》,该部特聘专家杨团在回答它是否与"郭美美事件"和红十字会危机有关时,认为"有所针对",且肯定信息公开并接受社会监督是每个慈善组织必须遵守的原则,坦言"我们做得并不好"。今后五年,第一步要使慈善组织和每一个慈善项目都公开信息,第二步要公开慈善效率和效益,并引入第三方评估。

慈善信息公开性不足，社会监督欠缺，一直是慈善信誉的大问题。近期红十字会面临巨大质疑，不过是众多有明确官方背景的慈善组织长期面临信任危机的一个例证。民间慈善组织或慈善家的行为，也因不透明引发风波，典型事例如陈光标，“暴力慈善”固然是争议点，是否如其所称捐出了13亿元也是疑点。民政部规划今后五年推进慈善信息公开和慈善活动监管，自然会受到欢迎。

今天，信息公开作为一个概念，几成公共生活的时尚，没有哪个地方、哪个组织、哪个权力部门，不是念之顺嘴，无须草稿。而实际上，不公开、迟公开、半遮半掩、故布疑云等现象还是极为常见的。

2011年中海油钻井平台泄漏原油事故，始发于6月4日，公开在一月之后，公开时报告泄漏已基本得到控制。这使人不禁要设想，中海油、国家海洋局等相关方面有没有一边控制泄漏一边控制信息，我们更不能不推测：假若泄漏不能控制那么信息会不会继续隐瞒？

又有新闻称，尽管国务院反复要求中央各部门在2011年6月底前公开本级“三公经费”，但唯有科技部在6月30日前晒出“三公经费”账本，大限之后一周公开的也仅有中国工程院、国家文物局、教育部、新华社等几家，近百家中央部门没有行动。与此同时，北京律师李劲松向若干中央部门发函要求公开“三公经费”等信息，而收到的回复中竟还有多个部门表示该数据不属于公开范畴。舆论认为，这是“缺乏问责机制”所致。

基于这些情况，再来看民政部推行慈善组织信息公开一事，能让人信心几许？国务院明确要求各部门公开“三公经费”，民政部没有公布，至少是在截至规定日期之后近10天过去仍没有公布。民政部能如此对待国务院，慈善组织难道就不能以同一方式对待民政部？

当然，民政部是政府部门，对国务院的要求拖拉不办，似乎也只好批评督促，反正人大也不会就此质询，而慈善组织乃社会组织，民政部可是权力在手，若硬要其公开，那是有强硬手段的。只是即便如此，一个自身就不能完成信息公开要求的权力，又何以让被它管理的社会组织心悦诚服?“其身不正,虽令不从”,民政部绳人以信息公开,又何不对照信息公开要求而律已?

与民政部情况相同的,还有诸多部门。“三公经费”公开,一例而已。权力面对社会,也有其下属。权力部门自身不去公开,又何以约束别人公开信息?而且,公开“三公经费”,也是执行政令,中央部门不执行政令,又何以要求地方和社会接受管理?从上至下,权力部门整天对社会这这那那的,请问又何不揽镜自照?

自己身上歪歪扭扭,却能把社会治理得有条有理,天下这样的事有没有呢?

特殊的事件描述学

2011 年 7 月 11 日,江西省赣县发生企业挖掘机碾死村民事件。这一回总算干脆了,碾死不再被说成死者自己“不慎”丢命。

记忆犹新的是,半年前河南省正阳县的“李莉命案”,当地村民多认为李莉被水利施工人员故意碾压而死,电视台播出的手机视频中可见现场当地公安、水利工作人员未积极施救,而最终调查称,被碾压而死的李莉,是“不慎从河坡上滑下”而意外死亡,因为她正好“倒在正在施工的挖掘机上盘后部”。

“不慎滑倒”而死,自然没有人可以负责。故而这一条被碾死的生命,在水利部门一次性赔偿 60 万元后了结,有几个官员受到了“通报批评”的查处。

2011 年 5 月中旬河南还宣判了一起碾死村民案件,4 名被告人分别被处以 3 年至 12 年徒刑,受害人家属获赔 11 万余元。这起案件,是许昌县周店村一村民因征地款问题而试图阻止施工机械时被碾死,案件被定罪为故意伤害,被追究的为该村党支书等 4 人,受害人家属认为应定罪为故意杀人。

这起案件,因公路拓宽工程而起,最终却似乎变成了村民内部纠纷而死人。村民之间，大概碾死是不必叫做“意外滑倒死亡”的吧。

江西省赣县的碾死事件，是工业小区一企业施工时发生，报道称企业未与当地村民达成协议，强行施工，前往阻止的一个村民被碾压致死。这是一个坦率的说法。当然，我们还没有得知细节，碾死是怎样发生的，是倒车碾死，还是前行碾死，是意外碾压还是故意碾压，是故意碾死还是意外碾死，所以，也不能推测处理结果会是怎样。

其实还有不少惨烈的事件，因为词语的运用而转化为不惨烈。例如被碾是意外滑倒所致，拆迁中的自焚最后往往成了“风力作用”、“意外引燃”，从屋顶跳下则多是“不慎摔落”。总之，我们虽然经常看到惨烈的事件，但描述基本上会朝向使人大感安慰的方向发展。

惨烈事件的不时发生，又可见这片土地不是以消灭惨烈事件，而是以消灭惨烈描述的方式，来应对可能的心惊肉跳反应。这也可见，这片土地并非不了解悲欣和是非，只是需要一种特殊的“事件描述学”。这种“事件描述学”，是由“惨烈遮盖学”、“欢乐夸张学”、将悲剧转变为凯歌的“悲剧转换学”以及因身份派定而分配素材的“故事编撰学”组成。某种程度上，这就是我们这个社会的“社会修辞学”。

穿过这“社会修辞学”，我们才有可能还原社会生活的真实图景。否则，我们所得到的社会图景就是种种有意曲饰的东西。这可以说是当代生活给未来预设的“考据学”命题，从而以特殊的方式为未来的知识生产提供了可靠的保证。这样的“社会修辞学”甚至开创了特殊的“知识考古学”远景，例如像河南正阳的“李莉命案”，即使已经定论为“不慎滑倒而死”，从而减弱了碾压而死的惨烈，现在也已经只能搜索到不多的网页记录，时间再久一些，说不定所有网页都会悄然无迹，那样事件就相当于没有过了。

我们是信息公开的，而在特有的“事件描述学”、“社会修辞学”之下，我们未必了解到真实。辅之以“搜索控制”和“页面消失”，我们也不再成为历史的存在，而只在飞速而逝的现在里。

公众狂欢关法官何事?

云南李昌奎案件,消息颇不明朗。2011 年 7 月 13 日,《法制日报》表示案件审查仍未结束,同日《新快报》的报道则有云南高院副院长田成有的访谈,表示“不能以公众狂欢方式判李昌奎死刑”,意似虽经审查而死缓判决仍将坚持。

李昌奎案件引起举国关注,值得深思。若属依法判决而不为民众理解,应对法律适用情况作出解释,以昭信服;若属法律本身未合于民意,则法律也可以修正,但既有案件仍需依法而判;若属法律执行与民意冲突,则应解释或纠正执法的问题。

“不能以公众狂欢方式判李昌奎死刑”这种说法,贺卫方教授说说可以,而田成有这样的大法官,这样说就令人遗憾。我当然不以为法官应该“以公众狂欢方式判刑”,而是觉得法官的任务在于执行法律,而不是考虑公众是否狂欢。

公众是狂欢、狂悲还是若无其事,或者默然接受,这是公众的事情。对一个判决,公众怎样表现是自由的,旁观者怎样看待也是自由的,法官需要的是依法作出判决,而不是迎合或者逆反公众可能的表现。猜度公众有何表现,再去作出一个判决,无论顺之逆之,都非法官之所应为。

田成友又表示“这个案子 10 年后肯定是一个标杆、一个典型”。这更是一个奇怪的说法。法官办案,唯求负责于法律,负责于案件涉及的各方,以使法律得到公正的施行。一个案件,10 年是不是标杆、是不是典型,一般来说,这是 10 年后自然显现的效果,一种“后验”的证明。一个法官何以能在下判决之时,就相信自己办了一件 10 年后可成标杆和典型的案件。如果确有这种自信,是不是法官在判案时就追求着一种历史地位?以追求历史标杆和典型的心理去判决一宗案件,对于法官,不可谓正当。

近些年，司法与民众的关系，时见某种紧张。从总体上来说，建设法治国家，既是国家的目标，也是法律人和民众的理想。然而，法治国家何所指，国家、法律人和民众的理解未必一致。法律人有坚定的法治理想，无疑属于法治建设之福。在中国，法律人的法治理想大抵有着现实的师法，那就是英美司法制度及其体现的整套理念。而民众对法治的理解，可能较多地理解为全社会在法律面前的公正和平等。

现实的情况是，法律人与国家意志之间存在着某种张力，同时也对民众深怀戒备，以为他们不理性、肤浅，有着暴民特征。法律人还有可能美化了其所师法的法治摹本，例如很多人对辛普森案件非常赞赏，并作为司法保障个人权利的典型，但几乎没有人说到，辛普森的支付能力有几个人能拥有？没有支付能力的人能否像有支付能力的人那样保障权利？

法律人在获得从课堂到法院的掌控权后，迈向其法治理想的步骤开始激进；而与此同时，民众对法律公正和平等的主张也正在变得急迫起来。死刑废除之议，废死刑主张的不断尝试及民众反弹，典型地表明了法律人与民众在法治理解上的差异。国家、法律人、民众，三者间关系复杂。国家意志、精英理想与底层思潮各呈异象，这不只是法治图景中才得以见之的。在几乎任何社会议题上，这种三面纠缠的景象都在表现出来。

救命伦理与不救的经济学

一位老人在公交车上突发昏迷，距离最近医院一站路，人们催促司机送医，司机因“担不起责任”坚持等 120 救护车来处理，120 救护车在半小时左右到达，老人已死亡。事后，公交公司表示司机按规定办事，市民对是否应该送医也意见不一。

这是南京 2011 年 7 月 15 日发生的事。“又是南京的事”！2007

年,南京人彭宇送一名倒地受伤老太太到医院就诊,彭称好意助人,老太太却称被彭宇撞倒,法院因彭宇送人上医院并垫付医药费“与情理相悖”,判决其承担赔偿责任。“做不做好事”?如果说此前这是“多一事还是少一事”的问题,此后就变成一个严肃的法律问题了。

此前,有人倒在街头,无人相救,无人闻问,还会被社会舆论抨击。现在,抨击没有了,而只有“争议”。争议,就是救与不救都可以说出一番道理。不救的道理,就是如果被反咬一口,怎么办呢?你百口莫辩,而法院将会认为你救人“悖于情理”。

“多一事不如少一事”,是在生命伦理与自己少一点麻烦之间进行选择,即使很多人弃前取后,毕竟使人叹息,而法院宣布“救人悖于情理”,就是为日常生活中的生命伦理钉了最后一颗棺材钉。从此,不救便成为“争议”的题目,而不是抨击的对象了。

这样的事情,并不是只有南京才会发生的。判决在南京,震荡在全国。彭宇是否真的没有撞人,不是根本,人们的设想是“如果彭宇确实是救人,而我是彭宇”。从此我们就能够看到街头老人倒地,无人相救,救人前先照相存证,以及国人围观、外国人上前的故事。南京判决并不能真正使不救变得正当,但确实使不救得到了一个口实,它一方面提示人们人际关系的黑暗,另一方面警示人们救生行为存在着法律的风险。

老人在公交车上昏迷,公交车司机停车、报警,等待“110”、“120”处理,这是合乎规定的,有时,甚至可能是科学的,例如有的病人也许不宜于随意搬动。不过,在本例中,老人在公交车上,公交车直接开到医院,并不发生中途搬动等情况,以最快速度送医,比半小时等待120救护车显然会有效得多。司机合乎规定的行为,不导致任何现实的责任,只是人们一起看着一位老人从昏迷到死亡的全过程,而无所措置而已。这是一个伦理冲突的现场,等候120救护车到来的过程,成了一个有医不送而静候死亡的过程。

司机将车开往医院,可能有哪些“担不起的责任”呢?看似没有,但我想那些被反咬一口的救人者，一定也曾经以为不存在什么责任。虽然被反咬一口的情况也是少的，但作为“不可预知的风险”，它是现实的。这正如在其他场合下，“不做事没有错误，做事总是可能发生错误”，于是人们不是去做事，而是都去避免做事。在任何需要施救的场合，“多一事”还是“少一事”的考虑，可能瞬间决定了人们的行为，而如果“多一事”寓含着风险，如果规定能给人“少一事”以解释，那么静待死亡就容易成为现实选择。

死者的儿子也是公交车司机，他表示，“如果是我父亲在我开的车上发病，我肯定直接开到医院去，而不是停下来等着120救护车”。“我父亲在我车上”，当然如此，重要的是“别人的父亲在我的车上”，“我的父亲在别人的车上”，又会如何？从亲子伦理，我们可以看到一种顺乎自然的处理，然而，无论从公交车规定、社会状况以及法律判决来说，这种“顺乎自然”的生命伦理败下阵来。规则要求人们“不要惹麻烦”，人们内心在考虑“不要惹麻烦”，法律判决甚至在主张“做好人有悖于情理”。顺乎自然的生命伦理，就是这样被绞杀的。

救人合乎伦理学，不救人符合经济学（没有麻烦，不费时间、精力，没有被反诉和赔偿的风险等），两相比较，我们可以看到，我们生活在一个生命伦理也黯然失色的“经济理性”的国度。

毒蝎子也在“做蛋糕”

深圳待改造民宅深夜上万毒蝎子来袭，居民惊恐万分。开发商表示“这种行为太卑劣”，而且自己与居民一样，“都是受害者”。

居民被人家中放蝎子，受害无疑。被放蝎子的有上百家，都没有跟开发商签订补偿协议，因为价格很不合理。有目击者表示，放蝎子的人是“从开发商在附近设立的拆迁办公室走过来”的。

开发商为何也是受害者呢？据称，因为与居民谈判取得了突破，完全没有必要做这种激化矛盾的事情。开发商还指示了破案的方向，表示可能有三：其他开发商搅局抢项目、居民为高额补偿自导自演、报私仇。

官方当然要兼听，但主要还应看证据，但据说出事地带没有安装监控，暂时无法确定谁放蝎子。这样，案子就难办了。

我当然不能说深圳待改造民宅的毒蝎子来袭，就是开发商所为；也不能说那些毒蝎子就绝对不是居民自导自演。具体的事情，说话必须有十足的根据。但人们很容易发现，居民与开发商发生纠纷，不明身份的人朝居民使出明手暗招，这是经常会发生的。作为个案，我不能说深圳毒蝎子是谁放的，但作为现象，这类事情总是使居民震恐而开发商获益。

与此相类似，工人与企业主的纠纷，一个开门面的人没有满足黑老大的索求，往往都是如此。这些不明身份的人，有时大白天打人就跑，有时趁黑夜血洗一方。有时，人们与官方机构办事，也会有不明身份的人闯入，打了就走，扬长而去。不明身份的人到底是谁，你要问与居民发生纠纷的那些人，答案一定是“不知道”，而且多半也会告诉你，他们也在找，他们也受了害。

这些同类事件，似乎是说，在这个社会，如果你是强者那就真是神帮鬼助，如果你是弱者那就连“不明身份的人”都要给你颜色。“路见不平有人踩”，在今天已经成了“路见弱者有人欺”。“不明身份的人”有古道热肠，但出手的方向已经逆转，不再扶弱锄强，而是锄弱扶强。

不过，也有一些案子被侦破了，一些“不明身份的人”被拿获了，结果几乎无例外地表明，所谓“不明身份的人”，原本是被强人们雇佣的流氓或打手，而且将雇佣而来的流氓或打手包装成“不明身份”，也正是强人的威慑力的体现。

近来正有“做蛋糕”与“分蛋糕”之争。这一争论，原本早几年就有过了，基尼系数啊、分配差距啊，表明情况严重，才有政治层面从“效率优先，兼顾公平”到“更加注重社会公平”的转变。近来争论突然再度趋热，似乎双方都认为“有特别的针对性”。

像拆迁、打工、社会保障之类事情，都是可用做蛋糕和分蛋糕来看的。例如拆迁，就是一个把蛋糕做大的过程。而补偿原住地居民，就是分蛋糕的一个方面。如果觉得主要应帮助做大蛋糕，那么快拆快建快卖，补偿越少越好，强拆、逼拆、手续减免、配套减免、房价高企都好得很。如果觉得主要应考虑分蛋糕，当然就另有做法了。用毒蝎子逼走居民，符合“做大蛋糕”的原则的。

难以想象，在基尼系数已经上升到危险水平的情况下，一个曾经以“公民社会”为号召的地方，为何会以做蛋糕而不是分蛋糕为重点。做蛋糕、分蛋糕，没有必要因人废言，只需问民意何在。当然，分蛋糕，怎样的分法，大抵还是各不相同的，即使要分到公平，通过怎样的办法、达到哪些公平，也仍有方案之别。但如果认为“做蛋糕才重要，分蛋糕不重要”，那么强拆、豪夺、售卖伪劣、零福利等等怪状就不需要改变了。

有人会说，强调做蛋糕也不是允许无所不用其极，还是要讲法治。但重要的是，如果做蛋糕成为首选，那么对努力做大蛋糕的行为，就会有从立法、司法到行政的更多“倾斜”，而那些分不到蛋糕的人们则会继续被认为“活该”。

禁不住的《盲井》

新华社《新华视点》2011 年 7 月 26 日报道“伪造矿难杀人骗取赔偿金产业链”。

报道称，四川省雷波县有新型犯罪行为，犯罪分子输送智障人员到一些矿井，然后制造矿难，将智障人员杀死，犯罪分子领取赔偿金。近 5 年，该县已查获此类案件逾 20 起，抓获犯罪嫌疑人 23 人，仍有 31 名犯罪嫌疑人在逃。这一罪恶产业链包括买卖容留智障人员、培训上岗、制造事故索要赔偿三个环节。

这样的罪恶产业链，不知是否仅仅四川雷波县有之；但说是“新型犯罪”，我以为未必确当。新华社报道开篇就援引了影片《盲井》：“购买一名智障人员，将其带到矿上打工，然后伺机杀害伪造成矿难，再找人冒充其家属，向矿主索要巨额赔偿金，这是电影《盲井》里的情节。然而，近年来各地却发生了数十起类似的‘杀人骗赔’案件，犯罪嫌疑人主要来自四川省雷波县。”

是的，我们确曾在故事片《盲井》里看到了骗人下井、杀人领赔的情节，只是在那部影片里，被骗下井遭受杀害的不是智障人员，而是一般打工者。需要说明的是，新华社记者援引的这部影片，虽然拍摄于2003年，并且在国外多个电影节连连获奖，甚至被法国《电影》杂志评为当年全球十佳影片第二名，却“一直没有获得（中国）内地公映的机会”。新华社记者援引的，是一部名副其实的“禁片”。

我当然不知道为什么这部影片没有获得公映的机会，但知道这部影片揭示了社会生活中沉重黑暗的一角，这是否就是它未能公映的原因，费人猜测。这部影片根据作家刘庆邦的小说《神木》拍摄，据《百度百科》载，刘庆邦曾当过矿工、宣传干事、《中国煤炭报》记者，获得过鲁迅文学奖和北京市首届德艺双馨奖。刘庆邦不仅生活阅历丰富，而且获得政府的嘉奖，他写的矿山故事，应属生活基础扎实，拍成影片，却不能上映，这有点奇怪。

当然不能说，如果《盲井》得到公映，就能够避免雷波县的“盲井故事”出现。但我想，现在这样的事情已经不是故事，而是成产业链的犯罪，以至于新华社要加以报道，并援引电影《盲井》的情节，但这部影片却一直未能获得公映的机会，是不是有些滑稽呢？

说到《盲井》，又想到《盲山》，同是导演李杨的作品，讲述女大学生被拐卖到山区给人当老婆并被解救的故事。这部影片倒是获得了公映的机会，但又产生了“国内公映版”和“海外公映版”两个版本，区别在于，前者女大学生被警察解救，她的孩子则不得不留在了山村；后者警察被围无法带走女大学生，女大学生最后将菜刀砸向她的“丈夫”。可以问的是，这“一片两版”是否必要？是导演的原构想就是两个版本，还是导演为了国内公映而推出了修改版本？

伪造矿难杀人骗赔产业链、拐卖人口犯罪等等，是社会生活中的真实，哪怕阴暗，也必须面对。小说《神木》、电影《盲井》《盲山》等等，是直面社会现实的艺术创作。我们知道，在十八、十九世纪的欧洲，二十世纪初的日本，都曾出现过相当普遍的社会阴暗现象，也产生了为数众多的文学艺术作品，“批判现实主义”蔚然大观。现在看，或许这是前现代社会向现代社会转型所出现的场景，批判现实主义就以带着愤怒、理想和人文情怀的笔触直面社会转型过程中的阴暗。

一个转型中的社会，固然有凯歌行进，从而就有了“歌颂现实主义”，但必然也有阴暗现实，却不能或不准产生“批判现实主义”，这难道算是正常？当文艺以敏锐的感受，觉察到“制造矿难杀人骗赔”的现实时，它可能被禁止了，而阴暗并不因为你不愿看到它而停止演进，于是现在我们看到这种“新型犯罪”被报道出来，并援引一部因不曾公映所以相当于不存在的电影。让一部直面现实的电影“一直没有获得公映的机会”，这是必需的吗？禁制所担心的到底是什么呢？

水浒反腐十八招

梁山泊能有反腐经验？山东省梁山县总结了“水浒反腐十八招”，作为县廉政教育基地的突出内容。

《水浒传》讲“官逼民反”的故事，当然要讲官场罪恶，免不了讲腐败横生，所以“徇私枉法、欺下瞒上、贪赃枉法、卖官鬻爵、吏治腐败”，用水浒来展现腐败形迹，大概是没有问题的。不过，这也就是小说，不等于史实。

“只反贪官不反皇帝”的造反，大概也确实包含反腐的情节，但一方面大多虚构，另一方面暴力横陈。造反与反腐，毕竟是两回事。从报道看，所谓“十八招”中，有除贪保廉、劫富济贫、除暴安良、威武不屈、抱打不平、勇追贿银、伸张正义、倡树正义、勇于抗争、以身作则等，大多算是造反事迹，不能算是反腐招式。

说老实话，看到“水浒反腐十八招”这样的字样，我虽然没有一下子想到“降龙十八掌”，但还是想到这是搞笑文章或者春晚小品的题目。网民议论纷纷，称为“反腐娱乐化”，大概跟我的观感一致。

而在梁山县，却另有理解。专家称《水浒传》不只是文学巨著，更是廉政教材；县纪委书记认为“十八招”虽不管用，但可以告诫领导干部保持清廉的作风。又有官员表示“从古典文学名著中汲取智慧，更深刻地认识消极腐败的危险”，要“学习精神内涵，做好警示教育”，“以史为鉴，对现代领导干部能起到很好的警示作用”。

这些大言炎炎的话，我看是一句也不着调。《水浒传》最多算是腐败控诉吧，怎么能叫廉政教材？官员保持清廉，何待于水浒故事来告诫和警示？就算“以史为鉴”，也轮不着水浒故事来充当史书。

“水浒反腐十八招”登堂入室，不过是廉政文化、廉政教育花样百出，直至搞到等而下之、全不着调的例证之一。近年来，廉政教育实在是形式丰富得很，廉政段子、廉政短信、廉政书画展、廉政诗文赛、培养廉内助、落马贪官含泪报告、廉政红色旅游、廉政台历、廉政操等等，无所不备。我虽不敢说这绝无效果，但敢问有哪个贪官会因此而幡然出首，反倒是站在台上大做廉政报告的人不断败露落网。

以史为鉴，大概是廉政文化、廉政建设里面最为严肃的一种形式了。但即使是这种形式，也不过是收集些风操过人的历史模范，以及劣迹昭彰的历史败类，对官员起一点听之啧啧的现场反应而已，一出大门必然行之藐藐。所谓“历史经验”，原本不是来自王朝时代，便是来自战争时期，与今日今时相去甚远，何况即使王朝时代，也没有哪个能提供总体性的廉政示范，而“战时廉政”其实又大多不过是极度匮乏下的军事管制效应。

我并不以为廉政教育没有意义，只是如同任何一种教育一样，都不能像书蠹那样专往霉迹斑斑的史籍里寻材料，不能专往特殊时期如战争年代、草创年代里找灵感。廉政教育也需要放开眼界，主要不是让人对某个清官树一下拇指，或者对某个贪官吐一口浓痰，而是让人了解防腐反腐的可用之法，知道当代世界在防腐反腐上已有哪些进展。

现在，透明国际经常会发布廉洁指数和行贿指数，衡量世界各国、各地区的廉洁水平，那些总是名列前茅的国家和地区，怎样有效地遏制腐败和贿赂，有哪些经验，为什么不向人介绍一二，以广见闻，而专要往已由历史证明为失败的古代去找材料，乃至到《水浒传》里面去找乐子？

廉政文化与廉政制度，不是分离的。一定的廉政制度，推行一定的廉政文化；一定的廉政文化，寄望一定的廉政制度。廉政文化朝现代廉洁政治的方向走，廉政制度朝现代治理的路径走，这才是反腐之道，奈何不堪到“水浒反腐十八招”？

正当的目的也不要利用孩子

一名9岁男孩的“父母离婚日记”在网上出现。热评、转载、报道，迅速放大了事态。山东省沂水县纪委表示已接到举报，将对事件进行调查。

孩子的日记时间跨度近一年，日记中显示，爸爸有外遇，胁迫妈妈离婚，使用家庭暴力，还逼迫孩子撒谎。日记中反复流露对父母离婚的担忧，对家庭暴力的恐惧，对母亲的爱和同情，以及对父亲的恨。

日记的真实性，以及日记所记述的内容的真实性，一时都还有待证实，但从网上照片看，日记的笔迹、墨水、日期的连续性、内容的条理性，以及语言风格，都使人倾向于认为这是一本真实的日记，而且日记的内容应是孩子真实的所见所感，至于孩子的所见所感是否契合于事实，当然还可以存疑。

如果日记是真实的，我们可以这样推测内容的真实性。首先，孩子往往是不撒谎的；其次，孩子直接看到了家庭生活的细节和场景。虽然，孩子毕竟是孩子，未必有足够的能力对事情进行全面了解和认知，但无论如何，我们可以认定，仅仅离婚就足以伤害孩子的心灵，而家庭暴力更是对孩子造成了深深的恐惧。

这一家庭事件，包含了离婚、家暴、第三者插足等家庭主题；在男主角被认定为官员后，还涉及官员行为规范问题。

在家庭主题层面，哪怕单纯的离婚事件，家庭解体也会对所有家庭成员造成阴影；导因于第三者插足的离婚事件，比普通的婚姻失败有更高的痛苦指数；而家庭暴力，本身又是一种罪恶。以上三者叠加，给事件相关人尤其是孩子有可能造成难以消除的影响。

不过，如果过于强调这种伤害，也可能潜存一种区别对待的危险，使我们对单亲家庭的孩子抱有某种程度的“不正常”预期，进而加以特别的对待，就像他们不能免于“心理（或性格）残疾”。而这也未必是允当的。

在官员行为规范层面，“父母离婚日记”中以第三者插足问题相关度最高。离婚并不有违官员行为规范，家庭暴力这种严重侵害人身的行为如今也往往只被好言劝止，而第三者插足则为官员行为规范明确禁止。因而，这一情节一旦可以证实，这一公开事件中的涉事官员必须也必然得到处罚。

值得注意的是“父母离婚日记”在网上出现的时间。根据报道，“父母离婚日记”在网上出现次日，沂水县纪委回应记者说，“一周之前已经接到了关于这个事情的举报信”。孩子的日记由谁发到网上，发布日记与举报之间有没有关联？发布日记使事件公开化，这是与举报相应的步骤吗？

对一个官员来说，如果存在婚外情，对一个普通人来说，如果制造家庭暴力，毫无疑问都应该受到处罚和谴责。就此，事件的公开化并不过分。然而，事件的公开化由一个孩子的日记引发，我并不认为合适。尽管日记在某种程度上起到了证据的作用，增大了控诉的力度，但谁有权公开一个未成年孩子的日记？

如果日记是由孩子自己公开，我们也许无话可说，只是会考虑他是否有足够理性去判断自己在做一件什么事情。如果日记是经过孩子的同意由他人公开，我们会担心孩子的“同意”是否经过了诱导。如果日记是未经孩子而公开，我们会认为这涉嫌一种利用，尽管这种利用可以解释为“揭穿真相”。

在家庭生活中，这个孩子已经受到了伤害。让这种伤害直接暴露在公众面前，很可能是一种新的伤害。对于这个孩子而言，家庭生活或许既是伤心又是隐私，而公开日记满足了公众了解一个官员私生活的愿望，又是否无视了孩子的隐私？孩子必须要参加到这样一场公共事件中来吗？我们能确定这不会加剧孩子所受的伤害吗？即使孩子也同意这么做，我们能够肯定一个未成年人有能力作出负责任的决定吗？当孩子长大成人，他将怎样看待自己的日记加入到了这样一个公共事件？

以今日社会生活所见，我们并不肯定，一个官员的婚外情如果不变成众人所注目的舆论焦点话题，是否能够引起调查并受到惩处。这也许能减弱我们对公布孩子的日记的责问，然而，我们难道会赞成“目的正当手段可以不计”？在利用孩子的日记之外，难道就没有办法使这件事情受到及时处理？讨伐家庭暴力，谴责婚外情，处理相关官员，都很好，但这一切，请不要扯进孩子。

GDP质量排序再证地区发展差距必须缩小

《中国科学发展报告》三度出版，中国GDP质量排序首次发布。项目主持人称，“应当不断追求理性高效、少用资源、少牺牲环境，综合降低自然成本、生产成本、社会成本、制度成本前提下‘品质好的GDP’”。有学者说，“排名会改变中国以往以GDP为导向的政绩考核体系，对提升我国经济增长质量具有较强的现实意义”。

发展“品质好的 GDP”,“提升经济增长质量”,都是很好的事情。近些年,随着中国 GDP 的世界排名不断上升,GDP 焦虑至少在国家层面已经不再是重大问题,而另一方面,发展中的资源环境问题、分配差距问题、社会和谐问题不断被人认识,使得“GDP 不代表什么”成为谈论热烈的话题,在社会舆论上取代了“GDP 至上”的地位。

典型的说法是,GDP 反映不出经济发展与社会进步是否协调、城市与农村是否协调,反映不出经济结构和产业结构是否合理,反映不出非经济因素对经济发展的影响,不能表示经济福利,反映不出环境质量,等等。而 GDP 是衡量经济状况的最佳指标、反映一个国家的经济表现以及一国的国力与财富,这一意义不仅在大众传播中很少提及,而且与“GDP 崇拜”相对而产生的,是 GDP 在某种程度上已经开始了舆论上的“污名化”过程。

因此,虽然项目主持人表示,发布报告主要目的在于“让公众科学地认识 GDP,既不盲目崇拜 GDP,也不盲目抛弃 GDP”,但是就人们的一般认识来说,更加倾向于认识它对避免 GDP 崇拜的意义。这一方面可以说明 GDP 崇拜在地方决策层面并未得到解决,另一方面也显示了社会认识与地方决策之间的差异。

我们确实看到,尽管社会议论中越来越普遍地对 GDP 嬉笑怒骂,甚至谑称为“鸡的屁”,但诸多地方的决策者仍然视 GDP 增长为至关重要的数据,在发展滞后的中西部地区,谋求 GDP 迅速增长更被视为首要问题,而且这不仅是地方决策者的至高关切,也是关心本地发展的人们的极度关注。

一直以来,人们将 GDP 崇拜与政绩考核的失当、政绩观的偏差联系起来,认为地方官员出于政绩的需要而产生了大干快上的冲动。这当然不可谓凿空之论,然而,并没有说出问题的全部。地方政府对 GDP 的追求,很大的原因也在于实现“地方竞争”中的有利态势,为地方“做大蛋糕”服务。

中国科学院的 GDP 质量排名显示,“直辖市(除重庆外)和 GDP

强省均位列前10名”。这已经表明，GDP质量与GDP数量、尤其是人均GDP指标之间的根本联系。项目主持人还解读说，“东北三省GDP质量排序处于较好位置，说明近年老工业基地振兴取得较大进步；但中部省份GDP质量排序处于一般位置，须投入更大努力；西部省份GDP质量排序位置比较落后，发展空间仍然很大”。

这就可以看出，一个地方没有可观的GDP数量，也将有很大的可能性在GDP质量排名中落后；而那些拥有庞大的GDP数量的地方，也会在GDP质量排名中靠前。GDP数量尤其是人均GDP指标的东、中、西部排列，对应了GDP质量的排序。因此，质量排名的发布，至少对中西部地区而言或许有着与东部地区不同的启示，中西部地区未必不会因此而更加强调先把GDP总量做大。

GDP质量排序，固然可以理解为反映了经济发展的质量高低，也可能被理解为“规模不够，样样落后”，因为没有数量，于是也谈不上质量。GDP质量排序与数量、人均量排序的高度相关性，反映了国家内部巨大的地区间差距。这样的差距，既是数量上的，人均量上的，也是质量上的。落后地区无论以何种指标排序，都将排在后面。因此，怎样解决地区间差异，并非简单呼吁注重发展质量才是根本的解决办法。

事实上，尽管发展质量确实是一个不可不解决的问题，但在地区发展差距很大程度上存在国家战略安排、目前落后地区经济增速加快而发达地区增速放缓不同的背景下，极力强调“讲求质量”，可能被落后地区视为“不公平的约束”。某种程度上，这类似于世界气候大会上的分歧，发达国家的强烈减排要求，被不发达国家视为“绿色门槛”、“不公平”，因为不发达国家认为国际经济秩序由发达国家主导，而发达国家在发展过程中并未承担任何气候义务而且人均排放仍然远远超出了不发达国家。

增长方式的转变无疑是重要的，GDP质量无疑是重要的，但是尤其重要的是正视地区发展的巨大不平衡。对中国来说，社会稳定与和谐中一个重要的方面，在于不同发展程度区域之间和谐。发达地区曾经有过粗放发展的阶段，现在也并未完全走出来，及时调整是十分必要的，但同时还应当有现实方案，使落后地区实现有质量的增长，而不是使 GDP 质量变成一个压垮其发展愿望的重负。共同富裕的道路，可以分先富后富，但“一步先，步步先，一步落后，步步受制”，无论按什么排序，落后者无以翻身，而且新的排序指标，成为其难以望及的门槛，这将是国家发展中的巨大隐患。

“皇军”、“八路”、“花姑娘”

安徽省黄山市谭家桥镇的“红色旅游”，变成了乐不可支的“皇军抢花姑娘”。游客扮“皇军”，扮汉奸，扮“花姑娘”，自然也不能不扮“八路”，“皇军抢花姑娘”，“八路解救花姑娘”。

分明是以“花姑娘”之抢与救为中心展开的角色扮演游戏嘛，镇里说的却是“让游客了解历史”，真不知能了解什么历史。能了解历史上有“皇军”，有“八路”，有“花姑娘”，而且笑盈盈地争来争去？惨烈浴血的历史就这样演化成闹剧。

“正剧”也是有的，例如黑龙江省方正县的“日本开拓团民亡者名录”碑（因激起民愤，后被拆除），端的是庄重肃穆，一派诚心正意，供日本人来凭吊与缅怀。“日本开拓团”，侵略政策下的殖民先锋，取名开拓，意似中国的领土为无主荒原。这个碑，也是要“牢记历史”。

中国的历史似乎就是这样好商量，浴血拼争变成取乐的材料，殖民者会得到庄重的纪念，而死者无言。反抗的死者，与殖民统治下的冤魂，一样地不算数了。

谭家桥镇的“抢花姑娘”游戏，方正县的“开拓团”纪念碑，都不会说是为了经营兴旺，都说是要记住历史，然而大家确知，这是“项目”。项目，当然就要服从项目管理，历史——如果需要——是可以甚至是必须丢到一边去的。旅游要放松，“抢花姑娘”与“救花姑娘”是个乐子，否则人气何如？

在项目经营的思维下，历史要重新审视，而历史的“历史性”就不必要了，需要的是“历史元素”，就像一些盛大的官式仪仗，也不在于传递中国的精神，而只要一些“中国红”、“中国结”、“中国旗袍”、“中国美女”之类的“中国元素”一般。

所以，侵略反侵略是可以放弃的，而“抢花姑娘”、“皇军”、“八路”这些“历史元素”是不可少的；殖民被殖民是可以忽略的，但“××团”、“中国养父母”这些“历史元素”是有用的，抗联烈士的陵园就任其荒芜吧，这可经营不出什么来，至于被殖民侵略所伤害的普通民众，那就更无须记得了。

这只是项目经营的极端情况。更多的项目，经营起来显得正常得多。任何一个地方的山水，都编出了神神怪怪的故事，讲给旅游者听；任何一个僻远景点，都不免有迎娶花姑娘的民俗游乐，以使旅游者心情愉快，这是非物质遗产的妙处。西门庆故里能争得不可开交，孙悟空故里也讲得头头是道。在观光经营中无处不有角色扮演，无处不有吸引“外来消费”或“外来投资”的苦心。俗不可耐、取媚邀宠，发展到极致，就是至痛的历史变成“皇军抢花姑娘”、“八路救花姑娘”，受欺凌的被殖民史化作以纪念殖民者为中心的诚敬。

有谁是在蓄意地败坏历史呢？所有的民俗都被开发成旅游项目，这不是在蓄意地摧毁文化，而且还要说是在保护非物质遗产。“花姑娘游戏”与“××碑”，也不是在蓄意扭曲历史。蓄意是有的，但只是开发项目；而破坏什么的蓄意，确实是没有。准确地说，文化和历史还没有资格被蓄意抛弃，只有项目经营才能使人足够上心地倾力而为。文化和历史都是无意地被抛弃的，无意到不会觉得有扭曲、抛弃和颠倒。

捉住游客或者投资就是胜利，除此，一切都不往心里去。这就是时代的流向，不要说你今天才知道，看到“花姑娘游戏”和“××碑”才了解。

假如科学真能算命

武汉有一家医院推出了全新的体检项目——“网瘾基因检测”。网友描述，检查人员用类似牙刷形状的海绵刷在口腔内轻轻擦拭几下，便能拿到一份自己基因密码的检测报告，就能知道是否有网瘾倾向。网瘾基因检测，做起来着实是简单。

新华社调查说，医学上根本没有“网瘾基因”这一说，所谓“网瘾基因检测”不过是一个以偏概全的“商业噱头”。推出此项检测的机构负责人表示，的确为某公司提供了咨询和检测平台，但所谓“网瘾基因”是该公司的一种宣传方式，以达到吸引一部分人来咨询的目的。并且，“网瘾基因”在医学上说不通。

问题至此有了答案，基因检测网瘾并无依据。称这种检测为“跳大神”、“科学算命”，似乎也相当合适。在中国，新鲜的科学概念进入社会生活，大概总是跟命运或者长生不老结合在一起的。1932 年底，上海有药厂称造出了“长生防老新药”——“含电人参胶”，能“补充电气于体内”，供给“人生命原动力之活电子”；对此，鲁迅曾讽刺说，“现在连人参都‘科学化地’含起电气来了”。那是“电气时代”的故事。二十年前，街头的“电脑算命”；十来年前，比比皆是的“纳米产品”，以及现在看到的“网瘾基因”，仍是这路子。

然而，如果网瘾基因检测就是一个“科学商业化”例证，那就简单了，我们只需像对待“含电人参”、“纳米水杯”一样，笑而置之。问题是，“网瘾基因检测”比这要复杂得多。

“网瘾基因检测”之所以能够作为宣传噱头，一在于“网瘾”现在被相当多的人认为是实在的、严重的、普遍的、值得每个人至少是每个家长忧虑的，二在于“基因检测”这一概念在社会理解上能够产生的科学、可靠等意义。可以说，网瘾和基因检测，是这一检测中诉诸社会接受心理学的两个同等重要的名号。前者指向社会认为急需解决的问题，后者指向解决问题的手段。

网瘾怎样界定，网瘾是否有我们这个社会所说的那么普遍，作为社会问题是否有那么严重，这是首先要质疑的。我认识的一位学者说过：国内的网瘾研究与报告，基本上定格了网瘾的洪水猛兽形象，在英文学术刊物中，华人作者或以中国为对象的网瘾研究也很明显，这是中国在网瘾研究领域达到了国际领先水平，还是中国受到的网瘾毒害更深？一份关于中美大学生网瘾问题的对比研究显示，应用同样的测量标准，受调查的中国大学生有14%重度网络成瘾，64%轻度上瘾，22%无瘾，而受调查美国大学生的相应比例则分别是4%，23%，73%。

网瘾作为一种严重的社会性恐慌，值得怀疑，但基因检测却往往并非“跳大神”和“科学算命”。真正值得深思的，不在于基因检测网瘾不靠谱，而在于基因检测很多疾病和行为倾向可能靠谱。不靠谱，我们不相信就是了；关键是如果靠谱，我们怎么办？

“网瘾基因检测”尽管只是噱头，网瘾形成涉及心理学、社会学、行为学等方面，但基因检测确可看出儿童执著、好动或自闭等先天特质，某些特质确可使人更具上瘾倾向。现在，基因检测已被用于确诊某些与遗传基因相关的疾病，预测一个人患某些疾病的概率，还被用来发现儿童的先天潜质。在网络上检索“基因检测”，可见国内有很多家公司在大做生意，检测儿童天赋。

通过基因检测来预测人在疾病或者发展上的未来，虽然不是可靠的，至少也不能说是无依据的。某些疾病的发病率与特定的基因缺陷高度相关，某些人确实有在某一方面成功的“天赋”，某些暴力行为也可能有基因基础。在人类科学认知没有达到基因水平以前，这些“先天注定”的东西不被认识。现在，人类似乎有可能通过及早检测，使一个人的行为倾向与发展前景处在可预知状态。接下来，又有“干预”的问题，乐观地说，基因缺陷可以通过基因干预而校正，从而降低患病或行为偏向的概率，甚至可以通过基因干预使某个人具备某种"天赋"。这里,人类似乎变成了自己的上帝。

暂且不讨论人是否有资格担任上帝的职务这个宗教性的问题,完全从社会学或者伦理学的角度来说,靠谱的基因检测、基因干预将会带来怎样的问题呢?如上所述,基因检测可及早发现一个人生理、心理和社会意义上不好的倾向,并通过基因干预而进行纠正。

但是,一个人若具有那些只能发现而尚且无法纠正的基因缺陷,怎么办?例如一个人知道自己罹患癌症的概率高于正常人一百倍,他的心理状态如何,他在社会生活中是否将丧失很多机会,甚至保险公司是否会拒绝提供服务或者要求比普通人高得多的保险费?一个被检测出"犯罪基因"的人,是否要被特加看管,使他时时遭到戒备?即使任何基因缺陷都已经拥有干预的办法,干预失误或失败的那些"基因废品"怎么办?另外,就算所有的干预都能保证成功,那么所有人都要求变得基因完美,人的"基因型号"是否趋向雷同?最极端的想法,是否可能出现"基因独裁",使类似于"纳粹优生学"的社会控制变得可能?

这些,当然不是科学的想法。乐观主义会确信,科学必将进步,而人类总能找到合宜的适应科学的方式。但无论如何,科学可能真的能够直接进入个人和人类的生命过程了。制造科学噱头"跳大神"的情况可以不值一"晒",问题是如果科学真的可以算命,我们将怎样面对?

情绪稳定的"良民"

一个与不幸事件关系最为紧密的状态,是"情绪稳定"。谁的情绪稳定呢?谁遭受不幸,谁"情绪稳定"。如果不幸至身亡,就由家属继续"情绪稳定"。

这是从什么时候、什么事情开始,我不记得。经常是这样,风起于青萍之末,你无所察觉,你觉察到的,总是那些形迹明显的东西,当一个东西被觉察到时，它的来历或去向已不可考。

例如，我不记得麦乳精作为一种高级营养品什么时候不再在生活里出现，“红桃 K”什么时候不再被送来送去。从哪一天、哪件事开始，“情绪稳定”开始成为不幸事件中必须交代的事项，也是一样。不过，我大致记得，情绪稳定与不幸事件的联系，在 10 年前还没有建立起来，至少是没有紧密地建立起来。

是的，现在这是一种紧密联系。当我们看到不幸事件，就会应之如响地感到，权威方面将要发布“情绪稳定”的消息，而另一方面，则是这样的消息也必然出现，使我们就像听到“两只鞋子都摔到了地板上”一样，心里踏实。而有不幸事件，不出现“情绪稳定”的通告，就好比相声中的那个人，听到了一只鞋落地的声音，而期待中的第二声没有出现，于是悬然失眠。我不知道“情绪稳定”成为一种必备告示，是不约而同，还是有某种规定，例如“必须稳定受害人及家属的情绪”或“事件通报必须告知受害者及家属的情绪状态”。

不幸事件与“情绪稳定”当然是有先有后的，但这里没有因果关系。我们不能说因为发生了不幸事件，所以相关人等就情绪稳定了。如果那样，为了情绪稳定，岂不是要去制造不幸事件？不是这样的，这个社会确实是需要“情绪稳定”，而不幸事件影响这种稳定，所以每当有了不幸事件就需要“情绪稳定”，表示没有什么乱子，同时表白善后周至。

换句话说，不幸事件一旦发生，不幸者或其家属如果情绪不稳定，不仅表示可能产生新的麻烦（这大概可以叫做“次生灾害”），而且意味着善后工作没有做扎实。于是，不幸事件之后，不幸者或其家属，虽欲情绪不稳定也不可以了。

确保“情绪稳定”的方法会有哪些呢？我未曾知道任何不幸事件的善后，所以也说不出来，料想也无非是苦口婆心、赔偿、心理辅导、精神抚慰等等。不过，这几年我读报道，知道不幸事件发生以后，每个受害者家属都能够得到一个“工作组”的帮助。例如 2005 年广东兴宁矿难、2009 年黑龙江鹤岗矿难，动用的工作组都超过了 100 个；2010 年山西王家岭矿难，为“情绪稳定”而直接投入的工作人员超过 1000 人。前不久的温州动车追尾事故，报道称负责安抚和后勤工作的工作组有 57 个。“情绪稳定”中有多少不为人知的故事啊！

我们不知道，“情绪稳定”的宣告，是否真实地指称了稳定的情绪状态。例如，湖南省湘乡市育才中学发生踩踏事件，8 死 26 伤，官方称“受伤学生情绪比较稳定”，“在校学生情绪稳定”。而此后有报道说，校园气氛压抑，一些教室鸦雀无声，学生或低头看书，或望着黑板发呆。按说，这分明就是情绪失常的表现，或许所谓“情绪稳定”，原本就不是指情绪正常，而只指情绪上消除剧烈的外向性、攻击性。如果你情绪低落、压抑或者抑郁，那是内向的，不属于“不稳定”。

人有情绪，有行为；有生理，有心理。不幸事件之后，为何着重点总在“情绪稳定”呢？我想，大概是情绪稳定了，行为就不可能激动和暴烈。至于受害者及其家属身体状态是否稳定，那是不重要的。不幸事件后，难道善后只对情绪的稳定性负责，除此之外，不太闻问？这是情绪稳定的另一层疑义。

与不幸事件有关的人员，是必须“情绪稳定”的，其中有软语温和，也有“得力措施”。与不幸事件没有直接关系的人员，情绪稳定就更是义务。与事件无关，不稳定是没有道理的，否则，轻者是不明真相，重者叫故意滋事，那就不好看了。

今天，人生的过程是，从行为到情绪的全面的稳定。有了不幸事件，“受害者情绪稳定”；没有不幸事件，“群众情绪稳定”。而人生的归宿，则是“死者情绪稳定”。社会需要每个人做情绪稳定的良民。

美债的施受游戏

有段时间，美国要不要多借债突然成了焦点。据说是民主党、共和党两党内讧，却引起国际关注。最后借新债方案通过，全世界都松了一口气，因为这样就暂时没有债务违约问题了。

这是一个有趣的现象。好比一个人借了很多钱，现在还不上了，借钱给他的人都希望他能够再借钱，以避免他不还钱。而且实际上，他能再借到钱，说明他融资能力很强，这就是他的“偿债能力”。

标准普尔公司降低美国信用等级，又引来全球股市震荡，各国纷纷救市。美联储前任主席格林斯潘说，“美国可以偿还所有债务，因为我们可以通过印钞票来做到这点，没有拖欠债务的可能。”这就是说，因为那个借债的人可以自己印钱，所以他的“偿债能力”没有止境，这一点，已经借给他钱的人也似乎大为赞同，所以新的债券发行，又很抢手。

中国的外汇储备，世界第一，其中也包括借给头号大国很多钱。于是，美债危机，人们很揪心。国会不肯批准借新债，“选择性违约”已作为议员的动议，中国就要求美国取负责任的态度；国会批准借新债，中国就表示“赞赏”。而格林斯潘的话，无异于说借来是1万，还你也是1万，另加利息，但那只是一堆纸头罢了。

经济学很专业，国际金融体系很复杂，我不能肯定上面的理解是不是离谱。不过，外管局说了，外汇储备既非老百姓血汗钱，也非政府可以另作他用。这是告诉大家用不着操心，也操不着心。

自美债危机爆发，外汇资产安全的设想或建议又起，无非又是结构多元化，美元、欧元、日元都要有，鸡蛋不要放在一个篮子里。但我想，这其实还是放在一个篮子里，外汇储备都借出去给人用，只是在篮子里加几个隔挡。外汇储备用于国内民生，这是外管局已经表示绝对不可以的了；用于购买国外实物资产、资源资产呢，在这个全球一体化的时代，中国要买这些东西似乎常遇障碍，有钱只能在各国账面上走走，这似乎是一种国际安排。

有不少人指点美国的道路，不要依靠寅吃卯粮、借债度日的生活方式和财政政策。现在欧债也正面临关口。有报道说，商务部长陈德铭表示，中国对欧洲国家未来两个月面临的新挑战表示关切，并敦促欧盟和美国控制债务规模,“承担更大的责任”。

美债违约危机,是通过扩大债务化解的,而且各国期盼。美国控制债务,中国外储缩水;美国放大债务,中国外汇储备贬值。更重要的是,中国的外汇储备还在源源增加,如果只有购买外国金融资产一种用途,那么欧盟和美国控制债务规模、美国改变寅吃卯粮生活方式和财政政策,中国外汇储备的去向在哪里呢?

另一个疑问,你固然可以说借债的人习惯不好,但你为什么知道他习惯不好还要借钱给他,而且越借越多?一方借债成性,一方买债成性,这才正好配合上,怎么不自我反省?借钱的人怪债权人把事情搞坏了,没有道理;债权人怪借钱的人只管借钱,难道就有道理?这种相互责怪确已发生,其实看借债与买债的过程,分明又像是皆大欢喜的施受游戏。

过去有说法,中国有了外汇,购买美国国债是最安全的。现在,美债违约危机过去,人们又说“原本就不可能违约,美国不可能不增加借债”,格林斯潘说印票子就可以还。而中国外汇太多,不买外国国债不行,而且现在仍然是“没有比美债更具回报的投资途径”。与此同时,我们又在敦促美欧控制借债规模,改变借钱度日的习惯。

一系列的自相矛盾,没看出外汇储备困局何解。

污染“漂绿”行为

污染事件,又有一宗。来自云南曲靖一家化工企业的5000多吨铬渣被非法倾倒,网帖反应威胁珠江源头。曲靖官方表示,非法倾倒问题属实,但因积极应对,未影响珠江上游南盘江水质,明码损失只是死亡了77头牲畜。

照说人们应该放心了。不过,一宗非法倾倒强污染物数千吨的环保案件,发生近两个月后,才因为网帖曝光而为人所知,人们如何能够欣慰得起来?据通报,2011年6月12日,曲靖环保部门就接到了举报,6 月 17 日,现场就基本清理完毕,事件却一直没有公开化,一直闷在当地。因此,人们完全可以质疑,如果没有网帖曝光,这一事件是否就会相当于没有发生。

曲靖官方对此事的处理说得极之稳妥,接到群众举报后,当日排查,迅速清理污染物与受污染泥土,又修筑拦水坝拦蓄了受污染的水,经解毒处理后安全排放。对这样一宗紧急完成的环保工作,官方竟然没有宣传。污染事件本身也没有公开通报,以儆来者。新华社报道,水利部专家组 8 月 14 日抵达曲靖,将对此次铬渣污染事件展开更进一步的调查。所以,这一严重事件在环保系统内是否上报,也未可知。难道这不是很奇怪的事情吗?

有这些可疑的迹象,即使人们相信事件确未造成污染珠江水源的严重后果,又何以相信当地官方真有管理环境的诚意与能力?发生的,等同于没有发生,地方上就可以宣称没有环境污染事件发生,一个发生了的严重污染事件,就会被“漂绿”。

如同任何一个方面的丑行,都并不缺乏,而只是很少会变成丑闻;如同任何一个方面的丑闻,都不时而有,只是其中有一些才会得到查处;如同任何一个方面的丑闻查处,都只有部分人被公开;在环境方面,污染是并不缺乏的,成了污染事件是有限的,污染事件被查处是未必的。如果没有包括网络在内的公开关注,那么人们就相当于拥有绿色生活,污染被“漂绿”了,如同赃钱被“漂白”,而且比“漂白”赃钱容易得多,毕竟“漂白”赃钱需要一些手续,而“漂绿”只需要闷声不响就行了。

所有的工程,都是要有环评的,但没有环评也不是不可以上马;有了环评,也未必就不会造成环境灾难。工程运行后,环境监测未必进行;环境监测即使运行,监测结果未必不会“被合格”;出现集体受污染现象后,未必不可以说“没有污染”;实在掩饰不了,未必不可以解释为“心因性反应”;最后,即使连“心因性反应”都被排除了,那么干脆就秘而不宣。这样,“环境良好”的结论就自自然然地产生了。

我们已经看到，一个严重制造环境威胁的项目，在一个地方被“散步”（抗议）而迫止，在另外的地方却可能悄然上马，如果没有什么意外出现，项目就将顺利成为当地的产业支柱。我们已经看到，一个企业使周边市民不得不养成了出行戴口罩、在家不开窗的民俗，而地方政府仍然允许其生产，只要企业不因为扩大产能的需要而自行迁离，就可以永远生产下去；而企业要自行迁离了，我们才听到企业因污染空气被通报的环保工作业绩，这又成了“重视绿色发展”的证据。

我们还可以看到，绿色是怎样地成为一种旗号，为“翻烧饼”的行为背书。忽然之间，一座巍峨的办公楼就地倒下，要建成一栋“绿色建筑”，而那座倒下的建筑自然是不绿色的，办公楼的换代就很正确了，但整栋建筑及其内部设施全部新换，到底要增加多少排放，新建筑节省的排放是否足以抵消另起炉灶所产生的排放，那是不必计较的。一个浪费行为、一个豪华办公建筑，不仅不会被抨击，而且被“漂绿”成了环保表率。

我们需要绿色生活、生态文明吗？需要绿色发展、环境保护吗？是的，人们都在这样说，这不仅是意识形态和政治正确，而且作为“科学发展观”的一部分正在变成表态，而污染照样横行，污染事件悄然不报，“漂绿”的重要性，超过了绿色行动。

墓地为家

新华社发表图片新闻，“外来打工者孩子墓区度童年”。河南农民工，台州打工者，山腰坟墓区，简陋栖身所……身份，处境，一目了然。

图片拍的是农民工刘胜利的孩子们在墓区玩耍，文字称“一些外来务工者以及他们的孩子常年居住于此，他们大多来自安徽、河南等地，以捡废品、打工为生”。文字的意思是说，这样的情况不是孤例。

据报道，这些人也曾有恐惧感，“但过了两三个月就习惯了”。看来人的弹性是很大的，到哪步说哪步的话，不习惯又能怎么着？

据报道，这些人“倒也其乐融融”，自然是习惯了以后的状况，而且我们真的可以相信，对孩子来说，父母在哪里，哪里就是家。

童年不应与墓地在一起，劳动者的生活空间不应与墓地在一起，但现实就是这样在一起了。墓区为家，可作为时代生活的特殊存证。“发展”的叙事可用以总体概括，但不适用于描述所有具体的人的生存。

墓区为家，还不是最糟糕的，因为也可以“其乐融融”。在中国，夫妻分离、子女留守的打工者又有多少呢？他们当有锥心的痛，却没有像墓区这样，得以用极致的图像来展现，只在儿童节或者春节的时候若隐若现。并非所有的牺牲与苦难，都引人注目。这个时代发展的矫健姿态后面，亲人分离和情感创痛是被忽略的。

当然，墓区为家只是极端，似可令人释然。不过，这也只是不幸的一种表现而已，不幸的样式各种各样，从而分隔成不同的“极少数”。有人住在墓区，有人住在桥洞，有人病不得医，有人贫而失学，有人拆迁致死，有人生计无着，有人碰到了黑帮，有人遭遇了恶吏，有人工伤被踢出了工厂，有人上访被治了精神病……每样都是人数不多的，但总起来看，数量可能也不少。

毫无疑问，墓区里的家，属于违章搭建，随时可以拆除，如果执法必严，那么拆除是一经发现势所不免。这就是说，当我们看到有人竟然在墓区居住，会感到一种哀伤；但换了管理和执法的思维，这种乱搭乱建的居住行为，将激起铲而后快的决心。

如果墓地为家的农民工连棚屋也被拆除，又将何往？贫穷，现在不只是不光荣，而是尊严早已失去；人穷志短，权利主张也不太可能。现实的问题是，贫穷者是否还能有活路。

童装为什么有毒

国产儿童玩具质量内外有别,这是前段时间报道过的;现在,媒体又报国产童装质量内外有别。广东省童装5年的平均合格率在6成左右,甚至多次查出致癌物。

我想,这并不令人意外,只是想不想把事情挑明白而已。儿童用品的质量,内外有别;普通日用品的质量,就没有内外之别?日用品之外的商品,就没有内外之别?甚至,就连精神产品,例如阅读品的供应,都不免存在质量上的内外有别吧。

“内外有别”,这在中国本身就是一个被认可的道理,任何事情,涉及“外”,就多少要更加精心,更重视标准,对人的感受照顾得更加周致,不能像对“内”那样马马虎虎。

其实,“内外有别”,也可以说是一种国际惯例。时常,我们说发达国家,尤其是那些强国,根据自己的利益,采取“双重标准”。这种“双重标准”,一方面是对不同的外国,用不同的手段;另一方面,是“对内”和“对外”,措置不一:对内往往温和,对外则声色俱厉;照应本国民众的感受周到,考虑别国民众的感受粗疏。

世界上没有一个国家,能够公正到“内外无别”。国家边境线既是国家权力的界线,也是权利、福利的界线。就算那些跨国企业,产品质量也并非总是“全球一律”。有刹车问题的汽车在哪里会召回,在哪里不召回;有设计纰漏的笔记本电脑,在哪些国家更换硬件,在哪些国家提供软件补丁;良好的产品首先供应哪个市场,然后供应哪个市场;这些,都是有所区别的。

我们也是“内外有别”,只是区别的方向恰好来个颠倒罢了。我们是好商量的,不少人给外国人说话,都会和颜悦色,富于涵养,而跟本国的国民,却疾言厉色,生怕宽和一点就无法立威立极。我们的产品,向来以“出口货”最是高级,这就是为什么儿童服装出口不会含毒，而内销则会有致癌物。

内销产品不合格，这不是投毒，毕竟投毒是需要成本的，而不合格正是在节省成本。然而，效果上，含毒物的存在，也确实与投毒区别不大，慢性一些而已。

按照报道，童装工厂里的双重标准成为潜规则；按照一些工厂的解释，内销童装不合格，原因归结为市场价格、原材料、检测水平、监管力度等。这就是说，企业确实在按照市场状况，公平地对待世界上的所有人。外销价格高、检测严，就使用合格原材料；内销价格低、检测监管不力，就用不合格原材料。大家都这样做，就无所谓倒牌子。

价格差距导致质量差距，不错，但质量可以有一等、二等、三等，未必就一定要不合格。价格低，就用规格低但合格的材料，那也是合格品，工厂为何要用与高价产品貌似同等而实际上不合格的材料呢？

又有行业人士介绍，中国市场的童装价格并不比美国低，但是大量渠道成本吃掉了利润，使得工厂生产环节并不赚钱。“渠道成本”是些什么东西？写在纸上的质量标准，据说也很好，但国内客户基本上进行“纯感官检查”，这就像某地自来水部门不能发现水质污染后说的，“我们是靠鼻子闻的”。何况，检测与监管也有足够理由结盟于企业而对不知为谁去消费的国民无所用心，企业要发展，企业要交税，企业还要回扣，广大的国民却没有。

中国有“内外有别”，外国也有，但我们的“内外有别”是逆向的，讲究“就是要对自己狠一点”。因为我们，无论作为公民还是作为消费者，其实是无力的、散在的、无权的，所以，只配被另一些我们“狠一点”地对待。

射杀动物的娱乐

某座城市的某个郊区，定期要捕杀野猪。报道说，这是自 2003 年秋季开始的，每年捕杀约 300 头。捕杀行动由林业部门审批，乡镇政府和人武部组织，活捉的用于驯养繁殖，打死的经批准出售给餐馆。

实际上，捕杀数量不止于每年 300 头。报道看，2007 年 9 月，批准捕杀的野猪数量是 760 头。对一个县级区域来说，这个数字可以说是相当大的。

野猪列名 2000 年 8 月实施的《国家保护的有益的或者有重要经济、科学研究价值的陆生野生动物名录》。有不少报道还称野猪是国家二级保护动物，这一说法，未在 1989 年 1 月施行的《国家二级保护动物名录》中见到，当然，我并不知道这一名录是否有过修订。

无论如何，野猪属于受保护的动物，而现在已发展至需要定量捕杀，一定程度上算是保护的成效。不过，专家认为，更重要的原因在于野猪现在缺乏天敌，没有豹子、豺狼等猛兽，野猪就伤害作物，甚至伤害农人。

这可以作为生态失衡的一个例证。

想到猎杀野猪，是因为看到一条批准外国人来华捕猎重点保护野生动物的消息。2011 年 8 月 5 日，国家林业局保护司委托“野生动物猎捕专家委员会”评审两起外国人来华狩猎的申请，评审获得通过，狩猎地点为青海省都兰狩猎场，指标为 9 只岩羊，7 只藏原羚，均为国家二级保护动物。

这一狩猎活动，不同于上面说的城市郊区猎杀野猪。郊区捕杀野猪，是因为野猪过多，缺乏天敌，而又与人杂处，直接威胁作物和村民安全。狩猎场是以猎杀野生动物为经营项目，而那些被猎杀的动物是否危及任何人的安全，以及是否出现了生态失衡，则未可知。

都兰狩猎场面积 13000 公顷，据资料，1985 年起，都兰狩猎场就开始试营业，1992 年被国家林业局正式批准狩猎业务。截至 2005 年，共接待美、德、意、法、澳等国猎人 916 人次，猎取各类野生动物 882 只，“累计创造经济效益 2143 万元人民币”，“为国家创汇 600 余万美元”。

这门生意在 2006 年中断。那一年，有关部门准备举办“秋季国际狩猎野生动物额度”拍卖会，涉及全国 8 省区 14 种野生动物 289 只；被媒体报道后，社会各界反对声四起，拍卖会被迫叫停。而现在，生意重开，据称是因为狩猎场经营停摆，陷入困境，而经营狩猎，则对保护当地牧民利益和野生动物资源都有好处。

据称，野生动物本来就每年有自然死亡，不予狩猎，这些资源就白白浪费了。然而，这是什么理由？动物自然死亡，那是天道；远程瞄准杀死杀伤动物，这是人为。被猎杀的动物并不是从当年要自然死亡的动物中挑出来的，自然死亡仍在发生。

又有一个数据是，狩猎经营之所得，可以投入野生动物保护的资金不到两成。所谓“保护当地牧民利益和野生动物资源”，其实相当可疑。

另有一个猎杀野生动物的理由是，“现代运动狩猎是一种有益于人们身心健康的户外运动，由传统狩猎以获取资源为目的，转变为以娱乐消遣和标本收藏为目的。运动狩猎是一种新兴、时尚的户外运动，可以陶冶情操、锻炼意志、增强体质、娱乐消遣”。

这就是说，运动狩猎与传统狩猎不同，它不是以获取肉食或皮毛之类的售卖品为目的，而是为了猎物的“战利品价值”，也就是以炫耀狩猎技能为目的。或者换言之，传统狩猎是“实用性的”（物质性的），运动狩猎是精神性的。

一般而言，人们对精神性活动给予“高级”的定义。然而，用之于杀戮则不然。例如，战场上的厮杀是功能性、实用性的，而罗马角斗场上的厮杀是表演性、精神性的。战场厮杀，你死我活，属于生死相搏之必要；而角斗场上的厮杀，于角斗士而言仍然是死活必争，但那是满足观众观看血腥的精神需求。我们是否能够说角斗场厮杀比战场厮杀要“高级”、“文明”呢？无论如何，对射杀动物而言，这是一致的。

中国有《野生动物保护法》，饥饿的人们为了食物而猎杀野生动物，大多未经批准，故而属于非法；而生活优越的人们为了炫耀而猎杀野生动物，经过了批准，因而合法。这是一种吊诡的现实。其实，迫于衣食或自身遭受动物带来的窘迫，比起享受优渥条件的人们为了“陶冶情操、锻炼意志”等精神性满足去猎杀动物，其实更有合理性。

今天这个时代，人们对于因饱暖之需而杀死动物的行为严格禁止，又对优渥生活者杀死动物的“精神需求”给予合法证明，这是一件奇怪的事情。法度的张弛盈缩，以及对它所作的“文化阐释”，是何其荒谬。

那些生活优渥的人们，为何会有射杀动物的“意志”需要磨炼、炫耀杀技的“情操”需要陶冶？令人费解。对于那些“国际猎人”来说，杀死动物完全是一种不必要的活动。如果说他们的精神生活有此必要，那么这种以杀死动物的“必要的精神需求”也属于可耻。

这种杀死动物的精神需求在中国得以满足，不过是因为它“创造经济效益”、“为国家创汇”。这就是说，国际猎人杀死动物的精神需求，与中国狩猎场创造效益的经济需求实现了交换。规则不准为食物而杀死动物，但规则准许为了“陶冶情操”而杀死动物，只是因为“陶冶情操”的人们能够出得起杀死动物的钱。拍卖射杀额度，就是标价的方法。

中国的《野生动物保护法》，为“保护、拯救珍贵、濒危野生动物，保护、发展和合理利用野生动物资源，维护生态平衡”而立。权且相信，拍卖射杀额度的地方，动物已经多到生态失衡的地步，但由谁来平衡，为谁而平衡？

平衡者也不会是那些衣食有忧的当地人，而是出资者竞赛中的优先者；“生态失衡”状态，变成了一件商品，它的使用价值体现为满足出资者的射杀乐趣，而坚决拒绝“低级的”肉食需求。以射杀动物为乐趣，实际上是一种野蛮欲望，但因其属于超越现实必要的精神满足，故而有了“文明”、“时尚”的属性。

至此，我仍未进入动物权利主义的逻辑。

从“动物福利主义”到由弱至强的“动物权利主义”，关于动物权利的功能论或本质论思考五光十色，即使最弱程度的动物权利主张，都反对人对动物实行不必要的生命消灭。“狩猎场”这种以提供射杀为目的而建立的野生动物圈禁（甚或自称为保护）机构，以及“现代狩猎运动”这种户外活动，都会被视为不折不扣的文明的羞耻。

最强程度的动物权利主张，在取消“人类中心主义”的同时，提倡“物种平等”的观念，视人对动物的工具性处置为种族歧视行为。以此，郊区与人为邻的野猪啃光作物或伤及村民，也不能捕杀野猪，人们只能修补自己的防范措施。

实话说，我固然看到在人道主义、人文主义等价值后面的“人类中心主义”近代以来产生的欲望型发展的问题，但仍然没有树立起“物种平等”的信念。某种程度上，我可以说是一个修正主义的人道主义、人文主义者，弱化的人类中心主义者。人可以在疯牛病肆虐时杀牛、禽流感肆虐时杀鸡，并且基本不作甄别，但绝不会在 H1N1 肆虐时杀人。人作为价值尺度的意义仍然存在，并需要收敛和自省，但不是取消。

我可以理解捕杀一些与人为邻、失去天敌而泛滥的野猪。但那些本来处身僻远、天高地阔的野生动物，被人为地圈禁到狩猎场，然后用拍卖射杀指标的方式实现“生态平衡”的经营项目，那种购买射杀野生动物特权以实现“娱乐消遣”之精神需求的户外运动，我毫不犹豫地归之于野蛮。

寒门难出贵子

中国社科院调查称农村人改变现状困难，《人民日报》刊文揭穷孩子读书就业窘境。名牌大学招录的农村孩子比例越来越低：北京大学 20 世纪末农村学生还占三成，现在只有一成左右；清华大学 2010 级新生农村生源只有 17%，而当年全国农村考生有 62%。

“寒门难出贵子”，既是一个感慨，更是一个事实。作为事实，有清华北大两校数据为证；作为感慨，表达了人们对社会阶层固化、上升通道闭塞的无奈。

不过，北大新任党委书记朱善璐并不赞成这种说法。报道说，朱善璐相信“能不能成才和家庭是否富裕无关，来到北大就是一律平等的”，并称“自己对北大的情况还不熟悉，但按理在北大的农村学生没有也不应该减少”。

“没有也不应该减少”，朱善璐是“按理”而说的，但毕竟现实没有“按理”而为。又有报道说，北大今年的农村生源有所上升，但达到何种比例没有公布。不公布，大概可以说是“不看来历”，但也可能即使上升，农村生源仍然太少，不好意思公布。

朱善璐混淆了概念。人们感慨“寒门难出贵子”，主要是说名校里农村学生稀少；朱善璐相信寒门出才子，是说“来到北大就是一律平等的”。来到北大一律平等，我们姑且相信一下吧，但首先穷孩子得来到北大才行，他都不能来，怎么享受北大的“一律平等”？

况且在北大是“一律平等”了，出了校门又不平等。曾有北大毕业生在菜场卖猪，最近又有报道，陕西临潼农家女儿黄艳宁北大毕业，求职备尝“拼爹”之苦。达观者说：职业无贵贱，北大毕业生做什么都可以。开通者说：每人都能自选生活方式。但富贵子弟不会达观到去操刀卖肉，或者开通到放弃“拼爹”。穷孩子说的是：“越小的地方越是有一层牢牢的关系网，像我们这样没什么背景的，能找到这份工作，已经是万幸了”。

人们的社会资本各不相同，农村穷孩子生来就是要吃亏的。有的上不起学，上得起学也享受不到优质教育资源，也难有机会学到可供特招的才艺，就算考得上名校，毕业“拼爹”仍然失败。这都是现实。

朱善璐“不赞成寒门难出贵子”。我想，穷孩子们也不赞成。只是，穷孩子不赞成“寒门难出贵子”的现实，朱善璐似乎是不认为有

“寒门难出贵子”这回事。穷孩子在抗议教育不公，朱善璐则好像是说“教育并没有不公”。现实面前，总有人恰如其分地闭上眼睛。

康菲玩残海洋局

国家海洋局差不多被康菲公司玩残了。为期3个月的漏油事故，在国家七部委最后确定的“大限”之后仍在继续。在央视采访中，康菲甚至直言，溢油源已永久封堵的说法“就是骗你的”。

2011年6月4日漏油以后，中海油渤海漏油事故，先是秘而不发，后来国家海洋局通报事态已得到控制，事故由中海油合作方美国康菲公司负责。此后，油污并未绝迹，康菲公司则多次声称“控制了漏油点”。直至8月20日，海洋局联合六部委一起下达“死命令”，8月31日前彻底排查溢油风险点、彻底封堵溢油源。

“大限”宣布时，我曾撰文表示怀疑：时间到了，是真正做到，还是宣告做到？事实上，康菲公司确实又数次报告做到了，国家海洋局及其联合的六部委则未宣告。“大限”过后实地可见，油污仍在漂浮，大量拖油船仍在繁忙作业。现在更直言“骗人”。

康菲公司，综合性的跨国能源公司、全美大型能源集团，“以雄厚的资本和超前的技术储备享誉世界”，在渤海漏油事件中只能说是恶誉昭彰。

渤海湾蓬莱油井属于中海油，三大石油国企之一，同样“享誉世界”。在康菲所开采的油井中，中海油占有的收益是大头。在这起事件中，如同无关一般，既没有自担责任，海洋局也没有对它有所责令。有收益，无责任，中海油太安稳了。

国家海洋局应该更是“享誉世界”了吧。中国的海洋规划、立法、管理机构，国家名头，政府部门，不期渤海漏油成为其享誉的噩梦，两个月前就“请大家放心”，此后一个多月又发布“最后通牒”，却仍是漏油不止。

最为不可理喻的是，康菲公司大限之后未能堵住漏油，海洋局海监官员看到海洋还在漂油，态度只是“感到非常担心”，并重复了一通康菲公司封堵“效果不好，措施不力”，“下步对康菲的监管、现场的监视任务更加艰巨”。

滑稽的是，康菲公司大限之后没有实现海洋局指令，却多次声称已经实现，海洋局官员在现场连个愤怒都不表示，连个硬话都不说，而只是表示“担心”，老生常谈，称自己任务更艰巨……哪有什么监管的样子？

更可笑的是，电视新闻中，海监人员拿起呼叫器要求康菲公司来船迅速组织清理，但记者却明明看到现场有 20 多条回收船在工作。似乎呼叫只是在公众面前秀一把“威严尚存”而已。

一年前，英国石油公司钻探的油井在美国墨西哥湾爆炸并大量漏油，事故发生 9 天后，美国当局及司法系统全面介入，还成立了总统委员会进行调查。漏油在 5 个月后彻底封死，公司称事故代价高达 320 亿美元，有专家估计，最终赔偿可能超过千亿美元。英国石油公司也是“享誉世界”吧，但英国公司在美国，与美国公司在中国，情况是完全不同的。

海洋局对康菲漏油事件如此软弱，与康菲是“享誉世界”的跨国企业有关吗？中海油能置身事外，与它是国有大型国企有关吗？这些问题，我们无法回答。像中海油这样的大型国企，本身拥有深厚的政府资源；像康菲这样的跨国企业，在中国不止是作为“引资目标”，还被认为有标示经济开放的符号意义。中海油与康菲联手，那就是如虎添翼。中海油靠资源吃饭占股 51%，康菲靠技术干活占股 49%，国企与外资的深度利益捆绑，是否使监管投鼠忌器，分外软绵？

矿上有难，一旦事态重大，或者公众瞩目，安监长官必然赶赴现场，现在我们看到的海洋局则是一个“办公室机关”，而所发指令则如同废纸。海洋局对得起中海油，康菲公司对不起海洋局，海洋局对不起全国公众。康菲公司必当追责，海洋局又何以自处？

智障人士的三种特色用途

河南又解救了多名智障民工,其中驻马店解救17名,登封市解救6名。照说可以算是政府的工作业绩,但实在令人无语。

我们乡下老家说人懒惰,会说他像个磨子,推一下动一下,不推就不动;或者说他像个豆油灯,拨一下亮一下,不拨就不亮。解救智障民工这件事,就是如此。

近年全国多个地方有过奴役智障人士的黑砖窑、黑工厂,一些地方收售智障人士都成了一条龙产业,但有哪次解救或者查处,不是必须媒体报道在先呢?这就相当于说,如果没有媒体报道,相关部门是不会发现奴役劳动的。

此次河南解救智障民工,又是这样。河南电视台都市频道报道有一条非法的智障奴工的交易黑链,而且暗访指明了黑窑厂具体所在,驻马店的什么地方,登封市的什么地方,于是各该地方的相关部门便出动了,解救果然获得了成功。如果媒体做得不是这么尽力,地方官员大概会说"传言不实,奴工现象早已清理完毕",媒体就有"捕风捉影"之罪了;而媒体做到如此尽力,也不过是做了个案线索而已,那些媒体没有调查到的地方,智障人士可以继续被役使和买卖。

所谓"发现一起查处一起"的意思,可能正是如此。反正我是没有发现,你们谁发现了?发现了,我可以来查一下。没有发现,那就无从查起。腐败案件、违纪案件、污染排放、违法生产、黑社会犯罪,以及奴役劳工,都这样办理。当然,确能"发现一起查处一起",也还不错。问题是你们发现了,查处者未必认为那可以算是"发现",所以查处也就免谈。

智障人士既有收售系统,又有最终役使场所,这就可见,智障人士这样一种当代世界公认的人道救助对象,在我们这里有着特殊的用途,特殊的"融入社会"的方式。被收售、转让、交易,最终流入黑工厂、黑砖窑，从事非人作业，这是一种用途。

上次解救新疆托克逊县的智障奴工，追查下来，均来自“四川渠县残疾人自强队”，这个“自强队”的创办人曾令全还被当地民政、残联、统战等部门多次表彰，并成为县政协委员、县工商联执委。智障人士不仅要被卖身为奴，而且贩卖者还因此获得表彰。这是智障人士的第二种用途。

近来，河南又曝出一个惊人怪事，显示智障人士不仅没有逃脱被奴役的处境，而且用途还在拓展。报道说，洛阳市嵩县现年34岁的智障男子吕天喜失踪三年，2011年7月其家人忽然接到来自三门峡监狱的消息，称吕天喜刑满即将释放，请接其出狱。吕天喜是被洛阳市西工区法院认作一个50岁、名叫田星的男子，被判处抢劫罪，处刑3年。多份司法文书显示姓名、年龄、家庭住址、文化程度均与吕天喜不符。吕天喜以“田星”身份坐牢，而释放时狱方却知道吕天喜的实际信息。洛阳法院的判决与三门峡监狱的执监，都怪到不可理喻。智障人士可以代人坐牢、代人销案，这是第三种用途了。

可以质问洛阳市西工区法院，你判决的到底是田星还是吕天喜，或者化名为田星的吕天喜？一个连姓名、年龄、住址等基本情况都没有弄清的案件，都能够判罪，司法岂不等同于顶戴国徽的胡言乱语？还可以质问三门峡监狱，你们收监的到底是什么人，如果是田星，为何能够释放时准确通知吕天喜的家人；如果收监的是吕天喜，为何不对送到监狱的人与判决书不符提出异议，监狱难道是见人就收？

智障人士，在社会上总数不少，可以预料无论作为奴工来源还是坐牢销案的替补，都能保障供给。他们是社会的可怜人群，弱势到连底层都不如，他们甚至无法意识到自己的权利，无法完全意识到自己的存在，也就类似于无权利和不存在。一个社会竟然有人可以有意识地利用智障人士的“弱点”，那还有什么伤天害理之事不可以做出来？

其实社会上任何一个人，都可以像智障人士这样，被分隔成为少数人群。工人可以被行业、企业所分隔，例如“A电子厂工人”或“B玩具厂工人”，从而使其遭受的不公显得“只是极少数”。农民可以被地名乃至所种植的农作物而分隔，例如“甲村蒜农”或者“乙村棉农”，使其不幸看起来只是个别。这样，所有人都可以像智障人士一样，变得无足轻重，哪怕呼喊也没有声音，或者声音被认为不值得倾听。

老年人形象负面化之忧

“扶老携幼”，越来越像是历史的回声了。

上学送，放学接，现在没有几个父母会放心让孩子独自在街上行走，携幼的机会不会有。这样的情形，已经多年了。在人人警惕相望的社会，谁想给别人看背包都可疑，更别谈积极去携别人家的幼童。

扶老的危机，则在近几年出现，近期更有爆发式的增强。媒体上不断出现“扶起跌倒老人反被讹”的报道，传递着扶老的恐惧。舆论探讨原因，“南京彭宇案”被认为在司法上首创了“扶老不符合人之常理”的判决而遭到抨击，继之而起的扶老诉讼均以异地“彭宇案”而名之。

“南京彭宇案”确实影响深远，如果彭宇确实没有撞倒老人，或者人们相信彭宇没有撞倒老人，那么就算南京彭宇案另有结果，其实已足以制造出一种“扶老恐惧”。当人们认为扶老可能带来麻烦时，那么“多一事不如少一事”的态度就显得很正当了。

不断出现的扶老争议，显示了社会对道德境况的焦虑。悲观地看，反复出现的扶老争议，可能加剧“老不可扶”的现象；乐观地看，争议巨大显示了社会对扶老传统的坚持。但无论如何，扶老争议正在塑造一种前所未有的“老年人形象”。

古今中外，“老年人”都被赋予一种正面的人格评价，大致上，老年人在人类不同文化中都一般性地联系着好品质：德高望重、慈祥宽厚、可信可亲、见多识广而走向人生圆满……固然也有老奸巨猾、为老不尊等说法，但这些只针对于特定个人，而非一般情况下对老年人的缺省认定。

现在，扶老危机乃至扩大化的扶老恐惧，则在给老年人品质一种负面的缺省值。至少当人们面临跌倒的老人时，“老人不好缠”的印象可能升起。各地被称为“彭宇案”的诉讼，真相难考，但既称为“彭宇案”，就表明人们认为那是好人被跌倒老人讹诈。

武汉老汉跌倒无人敢扶窒息死亡，老汉的老伴写下“施救免责声明”随身携带；广东肇庆跌倒老阿婆诬陷扶起者；武汉电动车师傅扶起跌倒老人被讹诈，幸亏多人作证获清白；青岛老人摔晕无人相扶，直到民警发现送医院；汕头老汉遭碾伤被人强拖出医院，扔到街头两天直至熟人看到才获救……这些信息可能被人解读为“不敢扶跌倒老人”已属通常现象，也可能被解读为“老人确实不可扶”。两相作用，“老人可怕”、“老人难缠”、“老人刁蛮”的认识，和“不扶有理”、“无视并且心安”的自解，就可能渐渐成气候。

即使我们不怀疑所有跌倒纠纷的事实，我们也可以怀疑这是否可以代表老人跌倒被扶后的表现，就像我们可以报道一百个某类人、某地人品行不端的事实，但也不意味着我们有身份歧视、地域歧视的理由，不意味着基于身份、地域的社会刻板印象合理。

中国正在进入老龄社会，而当代社会的经济特性、文化特性都越来越崇尚年轻。尤其在东方社会，这一代老龄人可以说也面临着一个前所未有的文化变迁，老龄不再是社会崇敬的来源，成功越来越向青年转移。在此状况下，老年人形象进一步固定到负面化，将使老龄社会的中国出现更加严重的问题。

强拆可以有，跳楼可不行

2011 年 9 月 9 日，最高人民法院在官网上发布一个紧急通知，主题为“坚决防止土地征收、房屋拆迁强制执行引发恶性事件”。因与拆迁有关，引起极大关注。

鉴于此前已有诸多防止和杜绝拆迁暴力的文件发布，多有人认为最高人民法院的通知是国家的一个最新步骤。不过，最高人民法院紧急通知的落款日期为 2011 年 5 月 6 日，时间上看应与 5 月国办通知和国土部紧急通知属于同一波行动，只是现在公布文件而已。

也有人认为，最高人民法院作为法律裁判机关，发布通知尤其具有法律权威，意味着制止恶性强拆的力度得到了加强。但实际上，最高人民法院的紧急通知主要用以约束法院系统参与的强拆行为，而非对强拆行动的一种普遍命令。现实生活中，强拆行为并非都由法院执行。而且，通知中还表示“积极探索‘裁执分离’即由法院审查、政府组织实施的模式，以更好地发挥党委、政府的政治、资源和手段优势”，地方党政拿着法院判决去强拆，会实施成什么样子？

最高法院的通知要求各级法院坚决反对和抵制以“服务大局”为名激发拆迁恶性事件，不得背离公正、中立立场而迁就违法或不当的行政行为。这是要给予积极肯定的。法院保持中立公正立场，本属不言自明，但基于现实，特加提出并非多余。不过，正是因为基于需要特加提出的现实，能不能做到也大有悬念。

2011 年 5 月这一波制止强拆暴力事件的行动以来，媒体上征地拆迁导致的自焚、跳楼、点煤气罐、聚众围攻等极端事件似乎有所减少，但这是因为类似事件没有发生，还是发生了我们未曾与闻；未曾与闻是因为一般性强拆已经多到失去了新闻价值，还是报道受到了干扰，都难以说清。最高法院公布紧急通知当天，监察部、国土部、住建部、国务院纠风办通报的 6 起强制拆迁致人伤亡案件，都发生在 5 月之前。但是，不合理的强拆并未停止，也是众目可见，网上传出的暴力强拆可以说无日不有。

就算强拆导致的极端事件真有减少，我们也不能确定是野蛮行为减少了，还是“手法”更老到了。

2011 年 7 月 19 日，安徽省肥东县有上百人夜间暴力强拆民房事件，业主连拆迁者是谁都不得而知，这些人还排起人墙，使业主们不得靠近房子。现场确实没有出现“拼死”场面。

9月9日《经济观察报》报道，发源于湖南长沙的“新经验”在扩散，就是“拆违带动拆迁”，政府以最严厉的标准核查房屋手续，务使被定性为违法建筑，一旦成功，补偿都不需要有。

还有媒体报道，贵州六盘水有一女子裸身跑出了公安局。警方称这名女子家里要被拆迁，就抢建房屋，警方前去“执法”，将其带回了公安局，车刚开进公安局大院，这名女子就脱掉衣服跑到了街上，后来得知她有精神病。解释得挺周详的，但由此我们可以得知公安部严禁警察参与拆迁的命令并未被执行。

强拆遇到自杀一般要停止，直观理解，这似乎胜过遇到自杀也不停止；转折一下，意思也可以是被拆者只有自杀才能维护权益。而在强拆方来说，现在麻烦一点，需要“两手抓”，一手抓强拆，一手抓人，例如将当事人“带回公安局”，强拆就不会“一般应当停止”啦。

强拆可以有，跳楼可不行。所以，务必控制住被拆者，使之做不出过激行动。万一没有“稳”住，被拆者脱离了控制，还可以用“精神病”来补救。“安全强拆”，办法总是有的。

单位是个皮条客

新闻报道说，网传女教师遭性侵跳楼自杀，警方介入调查。自杀者为无锡科技职业学院26岁教师王炎，在被学校领导安排参加一场晚宴后遭受强奸，发生精神抑郁，曾割腕自杀，接受精神康复治疗，终究还是在她的婚房跳楼身亡。

此事一直未曾报警，因而一定要到发生死人之事，警方才得以介入，这并不反常。然而，学校在王炎死亡事件中扮演的角色，值得思考。

家属介绍，王炎2008年起担任学校团委副书记，经常参加应酬。

2010年1月15日又被要求去参加学校的应酬，醉得不省人事。后来被人带到了宾馆，两次被强奸，醒来后发现身边躺着当天酒席饭店的老板。

王炎是去参加学校的应酬，按常理应有学校其他人出席，为何只留下醉瘫的王炎一人，她被谁带到了宾馆？而“吃饭时只喝了两小杯红酒”，为何会醉到不省人事？在蹊跷的单人留下、两小杯红酒醉瘫的情景后面，学校有关人员不无为老板拉皮条的嫌疑。

此后，贵州毕节发生女教师被校长强令陪酒，酒后被乡国土所所长强奸的案件。受害人报案后，警方接连出丑。先称“戴套不算强奸”，不予立案；事件曝光后，警方又有人表示公安部禁酒令不合法。警方的爆强表现，吸引了公众的目光，但受害人所在学校，强令女教师陪酒，作为普普通通的现象被放过了。这强令的陪酒行为，客观上也起到了为强奸罪犯拉皮条的作用。

单位消费，官员作乐，女属员陪酒，已成为当今的普遍现象。因此而出现强奸罪案，并不奇怪，但更多的情况下，并不会如此糟糕。相当多的时候，陪酒女属员类似于歌舞伎，搞活气氛，满足官员们的意淫。有的时候，陪酒者主动物尽其用，交好官员，曲意献身，也能分得好处；或者随遇而安，逢场作戏。还有的时候，女属员情非得已，为势所迫，心有恼怒，但不敢违抗。

这里面既有社会权力起作用，也可以作性别政治解读。权力获得情色的补贴，乃至获得情色补贴已作为与获得不当财富相当的利益，不分轩轾。一切都是心照不宣的，当官就要发财，以及当官就可以合法猎色，都潜在地正当化了。所以，安排一下物质的好处，和安排一下肉体的好处，在官场应酬中已经不必羞羞答答，授受双方，口不言而心有通，这是“默会共识”。甚至，情色欲求的满足，在官场的“业余”场合，是可以坦然谈论的，只要在会议上仍然能够念一通官场的“中心思想”，会议桌下，地痞一样的交流可以开场。本单位的女下属、相关单位的女职员、社会上的小姐，无论在谈论中，还是在“使用”

中，已经共通，“日后提拔”的待遇也开始共通起来。

从性别政治的解读来说，官场情色使人很容易想到男官员对女下属的玩弄，因为权力更多地掌握在男性手中，政治和社会权力的性别均衡尚不存在，男性中心的社会是坚固的。同时，主动与被动关系，隐含着男女角色定位，所以，假如是一个女官员，采取主动猎取情色的态势，也将被定位为权力主导型和男性化性格特质。权力格局下，我们也可以看到女官员的猎色行为，并被解读为强悍者，而与此同时这样的女官员又将被纳入“日后提拔”的解读模式，在戏剧的另一面成为献身取媚的男官佳人。

现在的“单位”，某种程度上已将为长官提供情色之好发展为正常职能之一，“全方位服务”包括了方方面面。官员的情色之好可以在单位内实现，也可以在单位外实现，单位都映迹其间；它既实现长官情色的“内需”，也寻找或提供长官情色的“外需”和“外供”，互通往来，同时还提供长官情色的社会化接口。

官场是社会情色指征提高的一个重要场域，人们之所以关注，不过是它耗费着公款而且对权力构成了直接的败坏。就整个社会来说，情色指征已经提高并外化到与“食色，性也”相称的水平，或许这与“娱乐至死”的后现代潮流不无相通。只是我们这个社会有着特殊性，那就是公共单位在情色活动中直接出马，充当了皮条客。学生被学校强令当三陪的事件，早已有之，现在似乎又柔性化发展了，前不久云南民族大学甚至曝出后勤部门以免费充水电卡方式，招募女生投身社会做“三陪”的新闻。

被志愿者

志愿者不凭志愿，而是被调充，在一个高度“被组织化”而非“自组织化”的社会，实在算不上什么。志愿不志愿的，可以只是个说法。更明白地说，志愿，这个说法可以有，而事实可以是没有。

浙江大学广告和会展专业的学生，说是接到学校通知，到杭州世界休闲博览会当志愿者。志愿者接到通知，应是申请当志愿者在先，通知做志愿者在后，然而，申请是没有的。

或许在学校看来，志愿者很光荣，人人可默认为有申请；“世休会”很有意义，学生都巴不得去服务，所以不必多此一举去走“志愿者活动”的形式。

我们这个社会是“重实际内容而不重形式”的。个人自主表达真实意愿，于是就不重要了，可以取消了。自愿捐款可能是统一代扣，志愿军也是应征如伍。这也就是为什么有时候必须要走一下形式，可以完全像是画一回确有其事的示意图，例如选举投票，不需要认识代表，只需要画圈就行，意思是确实投过票。

浙大学生的“被志愿”，指示下得还很具体。服务两个月，每周休息一天，每天工作分两班，每天工资20元。这是志愿者吗？我越看越觉得是廉价劳动力。人员征集代以学校划拨，这里面有权力的底色，也就是一定程度的强制；工作场所、内容、时间、计划也是全部预制的。如果这可以算是志愿者，那么黑窑工也可以算志愿者了，只是强迫性和劳动强度不同而已。

志愿者与义工，大陆汉语意义不同，英语则同一。常见国外将犯有过错之人罚做义工的报道，译为汉语时，没有说“罚当志愿者”的。但这确可见并非绝对不可以有“被志愿者”，也确可见我们这个社会高度认可志愿者必须基于自愿。普通人发乎本愿做志愿者，有过错者才会以做义工方式执行惩罚。而学生何辜，要因指派而“被志愿”？

以前中国不太叫志愿者，而叫“义务劳动”、“做好事”者，号召有之，组织有之，舆论氛围、组织发动，强迫而起，须臾聚散，并不长久。后来叫志愿者，以示发乎个人志愿，生命力更为长久，然则骨子里，仍只当“义务劳动”者的代称，组织者们于志愿精神并不见得有所体悟。“世休会”联系校方，校方征召学生，而志愿者何义，只有被志愿者发问，组织者们并不在意。

志愿者活动大盛，据介绍在于“二战”后福利国家的重负导致政府不堪承受，于是志愿者发乎自愿、不求名利，以改善社会。我们虽不是福利国家，仍有志愿者来改善社会，实在可喜。我们现在又是无处不有“经济效益观念”的社会，所以尤其要当心志愿者被用作廉价劳动力，做事先把志愿者需调动多少人、多少工计算在内，以便减少预算，乃至预算照旧而“节约归已”。那就真是把志愿者当弱智工人了。

游官驿站

29 岁县长的神神秘秘，终于透了一点点亮。河北省馆陶县政府网站上，公布了一份代县长闫宁的官方简历。

简历不仅证实此前人们所说的闫宁在官场“三年四迁”属实，而且自参加工作 12 年间，经历三个县，转换 10 个官员岗位，从一般干部被提拔成县委副书记、代县长。

简历还存在一些未尽之处，例如 17 岁即参加工作，却有“大专学历”，这一学历是何时何校获得？为何种性质？含糊。但就算把这一点说明了，又怎么样呢？人们对一个县长的了解，不管县内还是县外之民，所知仅仅是一份简历而已。

政治新星在升起，而人们不明白他的由来，不知道他为何会升起。他在人所不知中铺垫了履历，直至突然升起在人们面前。他是如此光耀夺目，以至于为免过于夺目而需要简历保密，并因而导致县委书记的简历也陪同未予公开。

然而，新星的升起注定是光彩夺目的，这就使得简历保密的未雨绸缪变成了弄巧反拙。简历总算是公开了，我们看到了一个培养干部的佳话：12 年，历三县，任十职，累次升迁，得当大任。一般人不会得到这样的机会，在任何一个岗位上都不会任职期满，就另有重用。闫宁何以得到如此栽培，简历上不会有。简历能读出重点栽培的气息，但不会表达重点栽培的原因。

此时，我们记起“家族中有两个厅级三个县级干部”的传闻，如果是这样，人们应可理解栽培为何会水到渠成。而我想，这样的栽培，甚至比水到渠成还要顺遂，这是“兵马未发，粮草先行”的栽培，是水未到而渠已成，挖渠等水，所有位置都等待着为栽培一个官员作准备，栽培之路上，职务的用途在于充塞官员成长史，是丰富其履历、显示其历练的驿站，而非担当公共服务职责的岗位。

29岁县长，12年10职，这不是担负责任，而是镀金活动。好比过去讲人出洋留学，实际变成了“游学生”，官员在不同职务上浮泛而过，可谓“游官”。游官能够有实绩？能够有做事之心、服务之心？不会有的。游官只有丰富履历、填充资格的想法，游官累进，只能使官场盛产官游子、虚骄风、钻营之辈、睥睨民众之徒。

近年人们不断看到有少年先进的官员出现，如29岁市长、25岁镇党委书记，有的地方还批量生产80后局长，招考中则有所谓“萝卜招聘”。这些新闻，都引起人们的猜测兴趣，“官二代”、“拼爹”、“买通”、“日后提拔”等等说法社会广传。问题已不在于一个具体的官员是否如猜测所言，而在于它何以会成为人们对官场准入和升迁的基本评估。辟一个谣两个谣容易，但整体而言，当猜测的那些事情作为现象存在时，是不是也能够作为谣言而辟了去呢？

人们对官员仕途的特别好运，已不像20世纪80年代初那样援引“干部年轻化、知识化”来进行解释。人们从利益或裙带、金钱或情色来解读那些官场上的特别好运者。就人们的一般认知来说，并非不赞成“破格提拔”、“确因工作需要”，人们只是越来越认为“破格”和“工作需要”变成了利益栽培的措辞。越来越程序化的官员任用规则，则意在以统一的约束性条件，去实现任用的公平，考核指标、任职经历、任职年限等等，仿佛严格的数字化管理。

客观地说，无论破格提拔，还是按通用程序任用，都可能产生严重的问题。破格提拔有可能变成完全的长官意志，为蝇营人格与官场贵族化铺开道路，严格按程序任用则隐含人才压制、才俊挫伤的弊病。自古及今，中国的官员都在委任之中。委任之道，或有破格起用，但为显示公平，铨叙多以考绩尤其年资为据。宦海沉浮、官场蹭蹬，或者仕途平顺、一路鹰扬，各有不同。然究其根本，都在公共权力凌驾于公众而非得之于公众的套路之中，"权由民所赋"未得实现。无论不拘一格，还是年资考绩，因民众不得参与，都难免弊病重重。

今夕何世，官员叙用之道，仍在保举提拔之中。馆陶县 32 万多人，不知将要来治理馆陶的行政首长何所来历，也无须他们去作选择，29 岁的县长经上级考核可用，于是得而用之，"组织上派来了好干部"。

官员任用有程序，好过没有程序，好过将栽培"权二代"、"枕边人"、贿赂者冒充为"不拘一格"。然而，真正的问题在于，怎样让民众成为监督的主体，进而成为选择的主体。在民众监督、民众选择的情况下，一个 29 岁的县长或者一个 65 岁的县长都是正常的。

勇猛的问题

一个地方的新闻，常有集中爆发的情况。有一段时间轮到河南洛阳，先是一个记者被杀死，接着是质监稽查大队男子拘禁 6 女子作"性奴"并杀死其中 2 名女子，然后是一男子进京旅游被当成上访者遭殴打遣返。

新闻集中爆发，未必就说那个地方怪状更多一些，可能只因某个重大新闻引致媒体集中到达，使那些一般情况下可能不被报道的事情获得了报道的机会。这是不是可以作为"走、转、改"很有必要的理由呢？如果媒体能够到处走，应可使新闻少遗漏一些，免得哪个地方不怪自己毛病多，只怪自己"点儿背"。

洛阳的记者被杀事件，初疑与其揭露地沟油有关，警方调查后称纯系抢劫杀人。"性奴案"传出记者被指"侵犯国家机密"，警方旋即称将予记者最大保护及帮助,又告诉人们,案嫌虽在执法大队工作,但“属事业编制,非公务员”,这个信息很重要,所以要特别告知。事业编制、公务员编制,都属公职吧,但特予告知,自然有些意思,就像“临时工”、“聘用人员”、“协管”之类身份,能起到一些独特的作用。

我还及时看到一个国际新闻:印度西北部的小镇巴拉特普尔丑陋习俗,“令人发指”:每个女孩都会被家人当“性奴”卖掉,或者自己出去卖淫养活家庭。这样的新闻真能舒缓情绪,甚至感到欣慰。毕竟,我们还能为“性奴”而愤怒,比起把女人卖作性奴搞成习俗好五倍不止——虽然“穷极为娼”与“拘禁凌辱”并不相同,而且我们这片土地上是否有哪个小地方产出“黄色娘子军”也未可知。

进京旅游男子,因被当成了上访者,遭到殴打遣返,这一事件正在调查中,但所在乡政府已承认“抓错人”。这个“抓错人”的表示,与维稳官员的妻子被殴打后称“打错了”一样,既是一个具体的道歉,也隐含着上访者应当被殴打遣返的道理。

上访就要被殴打遣返,不是洛阳特有。京城有安元鼎之类的公司,专为地方“捉、关、管”上访者,赚钱很多,这已有过报道。一些地方禁止上访的告示标语上墙,上访捉回后被游街示众、被“法制学习”的新闻无论发达的东部、不发达的西部,不时有之。洛阳这个“抓错事件”,乡官怪当事人“没有社会经验”,与上访者住在一屋。抓错固然令人愤慨,但被“抓对”者的那些措施尤其令人无语。抓错总是偶然,而抓对却是经常发生的,那就是说,上访者被殴打遣返并成为贩运交易的对象是必然的。

当事人被捉时,10 来个身份不明者闯入房间,要大家交出手机和身份证,然后武力押送到地方交易。乡官说,北京送过来 6 人,乡政府按 6 人结账,花了两万多元。此事被上网后,政府部门不调查事实,“到处删帖”。这些都是早有揭露,现在照旧,甚至更为活跃。据一位曾参与截访的知情者称,早几年京城小旅馆提供一个上访者入住信息可得 100 元,黑保安公司遣返一个收费 2000 元,“现在,价格都翻番了”。京城首善地，黑牢生意好；地方称和谐，上访挨殴打。

人有人的对待，不算什么高标准。《人民日报》报道，黑龙江省大庆市肇源县公安局与一公司合作安装交通摄像头，罚款分成（可见电子眼罚款是怎么回事），后又不执行合同，公司便以拖欠工程款上访，当事人反遭殴打和强制，并被质问“你配有人权吗？”记者过问此事，得到的解答是当事人“构成了妨碍公务罪”，“这么做只是想教育一下他们”。上访者被殴打和成为捉拿贩运生意的对象，也是因为“不配有人权”吧。人权金贵，不配有的人真是太多。

上头在北京人权论坛介绍中国的人权进步，表述中国特色人权发展道路的核心是“以人为本”，下面则掷地有声提出“谁配有人权谁不配有人权”的勇猛问题，令人情何以堪，该问责其泄漏国家机密，还是追究其污损国家形象？

政府不花钱

又是一个“政府没出钱”的回应。安徽省岳西县要造“华东第一大人工瀑布”，斥资 7600 万元。彩虹瀑布旅游公司表示，全部由私人集资完成，县财政不投一分钱。岳西县旅游局局长说，可行性很强，给予全力支持。

人们多质疑其“太浪费钱”，我以为既是私人集资，浪费不浪费，确实与别人无关。你说浪费，他说有“投资钱景”，谁的资本谁做主，浪费不必你操心。然而，有钱是不是就能办任何事，这是一个疑问。

岳西县据称为旅游资源大县，天然资源丰富，瀑布也非常多。旅游局认为“没有特色和亮点”，所以支持打造人工瀑布，还经过了发改委审批和环保部门评审。哪一级发改委和环保部门同意的呢？没有说。但既然制造人工巨景，还能口称“施工中确保不破坏生态环境”，想必要通过审批和评审实在不难。

是不是谁有钱，就想建什么建什么，想在哪儿建在哪儿建，政府都会“给予大力支持”？现在看，情况就是这样。重庆市万州区要建10亿元的“人工大瀑布群”，湖南新晃要建50亿的“夜郎古国”，安徽淮南要建3亿元的“乒乓球大厦”，都是“有人出钱，政府就支持”的。

“政府不花钱”，有人来修瀑布、建“古国”、造大楼，这是“招商引资”，项目越大越好。然而，政府真的什么都没有投入吗？多得很，土地、生态、公共景观，这是资源投入；后续还有保证项目盈利的政策，例如瀑布和“古国”的参观价格，例如给予投资方的各种优惠，例如做一个项目而在另外的项目中给投资商利益输送，等等。

政府权力很大，做很多事情都可以不花钱的。例如城市拆迁改造，政府何止不花钱，而且大有钱赚，立等可取，土地变钱，转眼之间。

“政府不花钱”，貌似做低成本买卖，实际上要么后面有民众血泪，要么有资源的转移。不少地方开发旅游，将景区乃至城镇打包转让，给予一家公司经营数十年，原住民变成打工者，即使名为入股，实际上也是失去主体地位。江西婺源景区村民与旅游公司纠纷不断，就是明证。

“不花钱”难道能够成为政府行为合理性的证据？政府本是民众福祉的守护者，花钱并非羞耻，只是要区别当花与不当花。很多地方的政府现在确是以“不花钱”为准则，不仅可以不照应民众的福祉，甚至可以出卖民众的利益。当然，纳税人的钱，政府终究是要花出去的，例如“三公”消费，花起来何曾手软？

自治校园无须忧心安全套

南京多所高校拒绝安全套售卖机进入，学校负责人不解“安全套还能进学校”。校园管理者普遍认为校内售卖安全套“极有可能给学生提供性暗示，有可能纵容学生的性行为”。

这个“普遍认为”不新鲜。10年前，卫生部门推行在酒店安放安全套，公安部门认为不可，认为这将给人酒店性交易合法化的误解。

卫生部门在酒店放置安全套，是为艾滋病防疫。计生部门在校园安装安全套售卖机，是为减少不必要的人工流产，据称，我国人工流产半数以上是因为没有避孕，大半为未婚女性，其中不乏女大学生。

安全套用于避免性行为导致的被动怀孕或性病感染等特定后果，这与是否鼓励或纵容某些性行为无关，而只与客观发生的性行为有关。换言之，使人方便地获得安全套，是对性行为相当普遍的存在采取一种负责任的正视态度。

认为安全套在校园出现是性暗示和性纵容，这是某种程度的鸵鸟思维，把头埋进沙堆里，无改于沙堆外面任何事件的发生。大学校园的性行为相当普遍的存在，这就是客观现实，不是“性暗示”和“性纵容”的问题，而是是否“性正视”和“性宽容”的问题。

其实，仅仅从“正视客观现实”来理解大学生的性行为，仍属相当被动。应有的态度，应该是将大学生的性行为纳入正常范畴。大学生基本上属于成人，拥有完全的自主行为能力，就其生理特征而言，也处于性活跃期。按照正常的求学时序，一个大学生从 19 岁入校，到 23 岁毕业，如果继续攻读，将在校园度过 19 岁至 30 岁的漫长时光，其间大多数学生将因为客观原因而不会选择婚姻。如果认为大学校园应该是“无性社会”，无异于认为学生必须以“性空置”为正常，这并非人道。

今日，性教育已经从中学就开始，有的小学也开始进行生理教育，大学性教育更加普遍。但不无遗憾的是，几乎所有的校园性教育，都不分年龄段地陷入了“拒绝性行为”的模式。若说大学阶段之前，拒绝性行为更符合我们这个社会的行为责任判断，那么大学阶段之后，性行为的责任形式并不等于拒绝行为本身，而是拒绝性行为的放纵。将性教育一概变成“客观认识性行为，并对自己加以性克制和性等待”，本身是对性行为神秘化、神圣化、原罪化的表现。

高校是否同意设置安全套售卖机，本质上不是管理问题，而是性态度问题。观念态度上的罪感、恐惧、回避,管理上虚设的禁止和实际上的无视,使大学的生活规程设置变得滑稽且无力。大学本质上是一个自治体,大学生原则上拥有生活自治和思想自治的权利。由此,大学里的安全套售卖机,与大学生的人格和思想的差异性发展一样,都不是严重的问题,而是正常的状态。

性态度很大程度上是一个私人问题,虽然整个社会对性也一定会形成主流认识,但应该提倡的不是性认识上的强制,而是性认识上的宽容。社会有主流认识,同时容许并尊重成熟个体无害于他人的性态度,这才是应有之道。能够赞赏克制的毅力,就像赞赏修道士的坚忍不拔;同时也能欣赏真诚的灵肉表达,如同欣赏自然田园里的交响。将合法性行为视为大学生生活的正常部分之一,既不放大成洪水猛兽,也不轻视为不足挂齿,才是客观的态度。

历史讲述的模式转换

在这个“革命”不仅被告别,而且正被反义化的当口,有关“辛亥”的叙事,自然也不免指责当时的“激进”。在这样的叙事中,历史的发生不仅只是少数革命党人的鼓动,而且事情的进程纯属偶然。

手头的一篇文章是这样说的,“辛亥”之时,清末新政正在取得进展,社会相当安定,立宪已成为主旋律,首义之所以爆发,是湖广总督对暴露了的革命党人处置不当,而首义之所以成功,又在于总督大人及时开溜。如此等等,首义的历史便被编入少数激进分子的狗屎运,使社会离开了循序渐进的良性轨道。

这样的叙事,无法解释一个“社会相当安定”的王朝何以在一场偶然发生的小闹闹中倒台,无法解释学生界和新军界何以成了革命思潮和革命行动的主要载体,无法解释一场首义何以引发多省响应,就连立宪党人和旧官僚也迅速转变了立场,无法解释朝廷命官何以没有了维护政权的底气而随时准备抽身,无法解释王室何以凄然逊位而四顾之下几无人效忠力挺。

早些年,"辛亥"的叙事恰好相反。这是一场不彻底的革命,一场不仅不激进而且软弱性过强的风潮,一场被篡夺乃至失败的革命。那是"革命逻辑"的解释。在"告别革命"的解释下,"辛亥"则成为一场激进的运动,中断了君主立宪的良好趋势,而革命党人有时甚至被描画得近乎小丑。

叙事逻辑的转换,改变的不只是"辛亥",还包括整部中国历史。史不绝书的起义,过去被称为农民革命,现在则被视为历史进程的中断与原地重复。过去,农民革命的进步性固然被夸大了,而现在,将农民起义后面民不聊生的图景置于不顾,好像起义纯属"皇帝轮流做"的草寇行为所决定,又有何客观可言?"宁做太平犬,不做乱离人",这样的民间歌谣,表明造反并非人所乐从,离开"大饥,人相食"、"饿殍千里,官府索求无度"等记载来谈论农民造反中断了历史的循序渐进,难道不是无稽之谈?

近现代历史的叙事轨迹,变化尤其明显。过去,几大运动、几大高潮的模式,用以建立历史的进步规律以及迄今而止的结果的必然性。现在,反道而行地,历史被打个颠倒,为建构"一蟹不如一蟹"的结论服务。按照这种预为建构的结论,清朝其实可以完成中国的立宪制度,不幸而有辛亥革命;北洋政府本可完成中国的民主,不幸而有南方政权;国民政府本可实现国家的强盛,而不幸又有国内战争,终于使得国家至今蹭蹬。

历史其实不容假设,而这个"劣币驱逐良币"的历史解释模式,完全就是一条假设的路线。这样的解释模式,将最大的善意理解给予大清王朝,认为立宪的诚意与方向已经彰显,而当时处身历史进程的人们则都是昧于时势,以至被革命党人鼓动,将皇帝制度一举消灭。

近几年来,一种尤为津津乐道的历史叙事,乃是塑造民国时代的佳话。知识分子的风范、工商人物的境遇、官僚阶层的容忍,以及丰富的社会图景,编织了令人怀旧感慨的民国风情。然而,这样的叙事里面，没有劳工的生活，底层农民的苦难，以及小市民的哀愁。这样的叙事，以占人口不到百分之二十的识字者中尤为精英的群体，来代替一个时代的总体画像，以雪泥鸿爪、吉光片羽的佳话代替历史的完整性认知。夸张的幸福，独家的讲述，如同三十年前夸张的工农独家诉苦。

在这种精英的怀想中，春秋战国时代因“人才总有用武之地”而备受推崇，竹林七贤的风雅故事也足堪称道，而俑贵履贱、人命枕藉、千里荒芜、万里无烟、人口动辄减少一半、皇家仪仗也凑不出四匹马等惨烈情景是被忽略的。

在这种精英的怀想中，军阀相伐的北洋政府是美好的，人心丧失乃至于高级官僚都纷纷倒戈成为“内线”的政权也是美好的，倒戈只是因为对手太能“利诱”。只要假装不看底层生活，不看普通人的艰难，就可以装作历史的大势不是由多数人的生存状态决定，而是由精英分子的生活状态刻写。

这是一个苦难接着苦难的民族，近代以来的历史有着连续不断的困顿。现状的不如意，足以让人去反向解读历史，并以演变的结果来怪罪当时的历史没有“长后眼睛”，没有前瞻的洞察力，看不到未来将要出现的问题。然而，即便生活在结果之中，流行的叙事也并不高明到哪里去，它作为主流叙事的镜像而存在，采取了一种颠倒的立场，这是完全的“对称性转换”，并不代表认识的独立，而恰好不过是被决定了的姿态性反抗而已。

今天，精英阶层也已经浮现，历史上的精英佳话于是有了需求，至于普通民众，不过被视为“乌合之众”而已。人们看不到或装作看不到历史上的芸芸众生，也看不到或装作看不到今天的万千苦难。精英之间的利益共生性在产生，并相互勾兑，互为供给，谁如果顾念普通民众，便被钉上“民粹主义”的标签。这就是“保守主义”的共同底线，变革或者不变革，改良或者不改良，涉及的只是精英之间的分配模式，而普通人不予其事，是精英们的“默会共识”。

好社会不需要全员励志

北大保安队声誉忽起，17 年走出 300 余名大学生令人瞩目，有的还考取名校大学生。这无疑是北大保安队的荣誉，对那些终获高等学历的保安，则是梦想的实现。说大一些，这应该算是“中国梦”的一种。

拥有梦想，并终获实现，在任何一个社会都是值得欣慰的。人们可能拥有各种各样的梦想，有些梦想破灭，有些梦想成真，斯特兹·特克尔的《美国梦寻》，记录百人哀乐，梦圆梦破中可得见美国社会的活力与病乱。

近三十年中国丕变，开始允许人做个人的成功梦。每有“纪念”之类活动，媒体上必然充盈各种成功故事，以证“改革开放好，封闭保守糟”。新时代的“忆苦思甜”，所忆已非“万恶的旧社会”，而是“改革开放前”。青年们能够从农村进入城市做保安，做保安而能完成高等学业，应该也可纳入“如果没有改革开放，这实在不可想象”的国家叙事体系吧。

客观地说，在任何一个时代，大概都不乏梦想的实现。近 60 年间的前一个 30 年，“阶级翻身”的故事、“工农掌管意识形态”的故事、“革命接班人茁壮成长”的故事，都内含了社会权力在人群间的转移，制造出“从前做梦都想不到”的颂诗效果。

“改革开放后”的故事，同样隐含了社会权力、资源、财富在人群间的转移，一些人梦想成真，一些人失去了梦想，一些人踌躇满志，一些人落落寡合。保安完成高等学业的故事，不过在小人物稍能改变自身命运的范畴，代表底层职业者不肯放弃的希望，即使完成学业，还难说社会意义上的成功。

这个社会公认的成功，是成长为精英人物，不是官阶“加冕”，就是富甲一方，或者成为知识权威、娱乐大腕……完成高等学业，只是获得社会上升的入门资格，离成功还远。今天，不知有多少正常读完大学的青年，无论社会经历还是内心感受，都可用“焦虑”来形容，“拼爹”游戏磨蚀了社会的竞争环境，使人难有凭个人努力得到社会成功的信心。没有一个好爹，就会使人“输在起跑线上”。保安完成高等学业，或许只是使人得到一个自我证明、自我肯定，或者还可能增加一份改变境遇的想象，但能在多大程度上真正改变人身，还是未知数。

这就是“中国梦”的现状。勤劳致富已经近乎奢望，身份验证成为成功的主导，阶层固化的阴影正在袭来，普通人离梦想成真渐渐遥远。在这样的情况下，“知识改变命运”开始不再牢靠，它很大程度上改变了知识传授机构及其成员的待遇，也改变了人口的学历构成，改变了劳动人口的技能准备水平，从而整体上提高了社会的“全员劳动生产率”，但是否能使个人命运发生正向的改变，难以说清。

大学毕业生获得理想职业，尚且困难；北大保安完成高等学业，又能如何？当然，保安与普通毕业生的职业期待可能并不相同，保安的人生规划可能远低于普通高校毕业生，所以也许更能从些微的职业改善中获得满足。这就是说，虽有少数的例外，获得高等学历的保安可能大多仍在从事所谓底层职业。知识与其说改变了具体人的命运，不如说改变了每一种职业的学历要求。当人们竞相取得高等学历时，职业的学历门槛得以提高，而人们的职业命运未必改善。

北大保安的佳话得以传播后，不少人表示这种成功难以复制，因为并不是所有保安都能受惠于北大的自由包容风气，不是所有保安都能得到攻读学位时的鼓励和帮助。其实，这种“复制”的期待或者说要求，可能本身就是问题。一个社会，有更多的人完成高等教育，无疑大有好处；但如果一个社会，除非拥有高等学历，人们将不仅失去梦想的资格，而且将失去劳动的意义，以及起码的尊重，这就是严重的病况。

当人们说北大保安纷纷获得学历的模式不可复制时，一定程度上首肯了必须获得学历的社会命令。但一个只对知识阶层开放梦想的社会，不可谓正常。一个社会不可能都是金领、白领阶层，对底层职业、蓝领劳动进行收益上和意义上的剥夺，就必然要产生普遍的学历升级，而另一方面，社会上总有大量的人不可能被“复制”成高学历者，从而被认为是“低档”人群，不仅处于受歧视状态，而且对他们的受歧视境况认为理所应当。这样，更高的学历，很多情况下既非生活的必需、劳动的必要，也很难说是求知的愉悦，而是为赢得基本尊严。

底层职业者改善个人境况和知识素养的一切努力，都是可贵的。但社会需要反思将学历视为人格和尊严等级的观念。尊重知识，尊重人才，尊重企业家，没错的，但我们的尊重不是只能如此配发。每个人都必须获得基本的尊重，每种职业都可以从职业本身得到尊严，而不是只把尊严配给给“高档职业”。这不是反智的主张，而是为普通职业求尊重，为普通人求人格。人人都处在高压力、紧张感、焦虑感之下，必须急急去求取学历、财富、官职、成功，励志成为全员功课，这样的社会未必就是好的。

普通杀人狂

又是一起杀人巨案。2011 年 9 月 26 日，河北省泊头市人秦长城杀死 9 人，据供是怀疑其妻与他人有不正当男女关系，泄愤报复。被秦长城杀死的，包括其妻邱某，邱曾经打工的洗车店老板，邱某亲属及同村村民。

这种民间仇杀，一定程度上会让人失语。这里没有官民冲突，没有贫富关系，没有黑社会参与，于是人们似乎无从义愤，震惊之余，大概只好发一些重视心理疏导之类的议论，以示情怀。

是的，人们对社会事件的反应已经格式化了，几乎只会对官方、富人，以及欺压民众的黑社会作出明确而强烈的反应。32 岁的秦长城是泊头市一个村民，一直在石家庄做水果零售生意，警方并未提及其有罪错记录。秦长城是一个普通人，案发时则是一个杀人狂。面对像秦长城这样的“普通杀人狂”，人们更多的是无言的震惊。

近几年，我们印象中的“普通杀人狂”不只有秦长城。2011 年 4 月，辽宁鞍山周宇新杀死了包括妻子、儿子在内的 10 人；2006 年 7 月，陕西汉阴邱兴华在一个山顶杀死 10 人。2010 年，福建南平、江苏泰兴、陕西南郑都有幼儿园凶杀案，幼小生命受到摧残。

这些凶案当然都有具体的起因，例如怀疑配偶出轨，与某人有矛盾，个人境遇不好，等等。然而，这些原因何足以产生杀人动机，甚至进行细小恩怨的“总清算”，甚至加诸毫无关系的幼儿园孩子？

历史上的苏联导演曾拍摄《普通法西斯》，揭示法西斯运动中的那些平常面孔，他们并非凶神恶煞，只是一个个普通人，但被导引到法西斯道路上，以仇恨为生活的原则。“杀人狂”作为一个名称，也有着定型的脸谱，看看这些“普通杀人狂”，其实原本也只是平常人，没有罪恶的累积，只有罪恶的爆发，他们工作、生活，原本没有特别之处。

普通杀人狂并不像普通法西斯那样多，法西斯是一场运动，而杀人狂应该说是日常生活的例外，如果社会上到处都是杀人狂，我们甚至无以维持基本的生活信心。然而，我们可以看到普通杀人狂身上那种狂戾躁进之气在社会上的一般分布。

我们所处的社会，不再像传统社会那样按照“礼数”运转，也不像现代社会那样按照法律逻辑运行，奔涌而至的是力量显示。炫耀肌肉的行为处处存在，而且几乎成为“有利”生活的必需。权力的炫耀、财富的炫耀、势力的炫耀、关系的炫耀、拳头的炫耀……人们炫耀这些，而且经常要展现其有用性。这构成了社会生活中相互关系的背景。没有道理可讲，低调意味着失败，蛮武就是力量，能力的含义是使他人服从于自己，伸展自己意味着使他人感到痛苦。在这样的环境下，社会弥漫着总体的野性，只是爆发与不爆发的区别而已。

我们在生活中能够看到“狠劲”的作用，就一定能看到“普通杀人狂"间而出现。这个道理，就像拘押场所有刑讯，就一定有刑讯时失手把人打死。心理疏导是重要的，解决社会问题是重要的，但去除"以狠立足"的社会法则更重要，野性弥漫本身就是社会问题。

"民工变质论"与刻板印象

北京有"民工变质"事件。丰台六里桥非法劳务市场近百"民工"涉嫌有组织敲诈工地，攒人头替人讨账敛财。警方两次行动，打掉两个涉嫌敲诈勒索的犯罪团伙，抓获犯罪团伙成员70人，还有其他涉嫌敲诈勒索的犯罪团伙成员在抓捕之中。(《新京报》2011年9月28日)

这样的事情，基本属于摆在面上的恶行，全在于你当不当事儿看。就像欺行霸市之类，每个做小买卖的人都可能碰上，实在不可谓特别。有关部门拿它不当回事，它就几乎不是个事儿，还显得很有秩序；有关部门要拿它当大事，那么沙霸石霸，会被严加打击。

这不是说不打击也可以，而是说许多恶劣事情，并不是一看上去就像妖魔鬼怪那样醒目，它可能就在我们身边，而且久之不以为怪，甚至不以为特别不能忍受，但它确实是恶劣的，如果我们认真来说的话。非法劳务市场变身犯罪团伙集结地，"民工"变身有组织犯罪成员，大致上也是这样。

非法劳务市场，大多都是"灰色劳务市场"，没有合法身份，不形成合法用工，但也可以解人们找工用工之难。既然有关部门不进入管理，那么其秩序管理就可能由"老大"控制，有时这是良性的社会自发秩序，有时这是恶性的组织性控制，但也未必能绝对分清。鱼龙混杂，正是灰色秩序的特征。

"民工"变身有组织犯罪成员，这里的民工其实不必使用引号。民工、外来务工人员，当其外来而未能得以进入正式的工作场所，谋生就必在灰色地带。与社会任何人群一样，多数人努力于生计，默默前行，但民工群体数量庞大，地位边缘，权益难保。而少数人在灰色地带沉潜下去，从事一些违法犯罪活动，这有时会被作为外来人员必须严管的依据，但其实也属社会人群的正常分布状态，不必意外。

底层集中了社会的弱者，生存境况一般令人同情，但底层不是德行的质保证书，甚至有更多的机会染上黑色印迹。如果说窘迫比优越的生活更利于品格，这既不合乎古往今来的社会实际，也解释不了为何我们要向贫穷宣战，而非以把人固定于“温饱线”为追求。

社会各阶层有不同的生活状态，也各有其美好和黑暗的光谱。底层街区有各种街头混乱，上层社会有状甚优雅的黑幕和欺诈。社会边缘的人群往往更接近于各种不安全因素，天灾人祸都更能打击穷人。这既是穷人的自我保护能力有限，也是因为经济、社会、文化和权利的贫困更易滋生违法犯罪现象。

出没于非法劳务市场的民工，有些成为有组织犯罪成员，从事敲诈勒索、非法讨债等活动，从个人沉沦来说，可以算是“变质”，从社会角度理解，甚至连“变质”也谈不上，只是行为顺应环境的方式之一罢了。我们视之为“民工变质”，某种程度上包含着对民工的刻板化理解，认为他们只能是同情的对象，懦弱而忍耐，悲苦而哭泣，不能笑容灿烂，也不能为非作歹。

怎样让外来人员融入城市，并且纳入政府管理和服务的范围，已是老问题，而且解决的必要性越来越紧迫。那么多民工出没于非法劳务市场，并从事犯罪行为，这是劳务服务的问题，也是劳务市场规范和社会治安管理的问题。社会缺乏基本的政府服务和治理，哪个阶层、哪个人群都会问题丛生，岂止是民工而然。

底层民众多有权益不保、哭诉无门的情况，但作奸犯科也有一些；就像高贵的阶层可能温文尔雅、文质彬彬，也可能大奸大恶。这都是不必奇怪的。但对底层民众来说，政府服务和治理、社会关注与容纳的缺乏，在多大程度上影响了其人生发展，这是重要的问题。

无论早晚，正义必须到来

美国参议院全票通过法案，为19世纪末、20世纪初的排华法案等歧视华人法律表达歉意。这被视为迟到的公正。

“迟到的正义不是正义”，据说是流行于英国司法界的格言，现在也深为国人所熟知，被人反复引用。每当我们面对显然的非正义不能及时改正，这个格言就会响起。然而，如果迟到的正义不是正义，那些为历史不公正而做出的努力，岂非失去了恢复正义的意义？

“迟到的正义不是正义”毕竟是一个句格言，一个形容格式的话语而已，而非一个法理学的结论，一个可被证明的逻辑论题。它可以提醒人们恢复正义不可拖延，但不等于拖延既已发生，那么正义就不可再得，从而改变也失去了意义。

在正义不可拖延的意义上，“迟到的正义不是正义”，因为那是知其为非而无所努力；在改变不公正的意义上，正义与非正义有明确的界限，迟来的正义仍然是正义。

在美国参议院通过道歉法案后，推动众议院通过道歉法案，推动白宫就历史上的排华行为作出表示，将依次展开。就历史的错误进行道歉，这在很多国家都已发生。这些道歉，有时针对特定的族裔，有时针对外国人民，有时针对本国民众。无论受害者群体在哪里，只要国家或政府的行为带来群体性的伤害，道歉就是一种应有的态度。

道歉不是追究罪行，而是良心上的表示。罪行的追究是有时效的，而且也需要明确的主体，经常是具体的人。历史上所发生的错误实际上难以补偿，罪行也往往无从追究，而作为道德体现的正义恢复、良心醒悟没有时限，一个国家、一个政府、一个民族如果曾经犯下罪错，那么偿还道德与良心上的债务，永远是需要的。

“二战”后德国向犹太人和以色列反复表示道歉，请求“宽恕德国人的所作所为”，被视为历史反省的典范。而日本对“二战”期间行为的有限道歉以及不时反复，则使东亚民情陷入反复纠结之中。一个典型的例子是慰安妇问题，2007年日本首相安倍晋三表示日本军队不对强迫妇女成为慰安妇负责，不仅激起亚洲相关国家愤怒，而且美国国会也作出回应，要求日本政府正式承认其军队奴役慰安妇，并正式道歉。

在美国，1988年里根总统向“二战”中被监禁的美国籍日本人正式致歉，1993年国会为一个世纪前推翻夏威夷王国道歉，2007年多个州为历史上曾经有过的奴隶制道歉，2008年国会众议院为奴隶制以及延伸至20世纪中期的种族隔离道歉。在澳大利亚，2008年陆克文总理对历史上发生在原住民身上的残忍事件道歉。这些远不是国家道歉的全部。

每一次国家和政府道歉后面，都有着公民活动的铺垫，都有着社会认识的进步，都使人看到文明在国家政治层面的繁育。对于政府来说，为眼前的某件具体的事情表示歉意，较之为某个历史罪错道歉，要容易得多。这不仅是因为“过去的就让它过去，不必揭开历史的伤疤”，而且可能是认为“责任有分期”，今人不必为历史负责。

我们应当为前辈所犯的罪错负责吗？回答是有争议的。“我从来没有拥有过奴隶”，“杀害犹太人时这个世界还没有我”，“人不能为没有参与其间的行为负责”。这里面有一套严密的逻辑，战后出生的德国人、日本人，以及拒绝为历史不公正行为道歉的任何人，都可以引之为据。而按照现在一种通行的道德主张，人仅能承担其自我选择的行为所产生的后果，人作为道德主体独立而且自由。而另一方面，政府被赋予中立无偏地治理社会的意义，而非考虑社会的良善。从而，美德不具有共同标准而成为个人选择上的偏好，“集体责任”、“历史责任”及“道德政治”等更加不必存在。

无论作为道德主体还是法律主体，“个体独立而自由”无疑具有巨大的解放意义，并且成为近代以来定义人这个概念的第一义项。然而，人又生活在社会中，生活在历史中。所有人都会同意子女对父母存在责任，而父母并非子女所选择；所有人也会同意国家关照国内公民比国际援助有更大的义务。

历史罪错在很多国家都曾经发生，也许每个国家都有其“历史遗留问题”。这些问题，有时是显而易见的，有时是随着历史认知和文明观念的演进而被发现，因此，是否道歉将不仅考验相应国家和政府的道德勇气，也标志其文明水平。

美国参议院就历史上的排华法案作出道歉，不必视为国家道歉的典范，但也不能因其“迟来”而认为没有意义。也许，我们会看到更多的国家道歉行为，人类的文明程度、人类政治的道德尺度，已发展到能够展开国家、政府和民族自我反省的水平。面对众所周知的历史错误，采取回避乃至否认的态度，将越来越显得冥顽不灵。

袖笼子里的和谐

清华研究生李燕起诉三部委一事，已获解决。报道说，因国土资源部、科技部和教育部已向她公开了相关信息，李燕拟撤诉。

李燕向北京市一中院起诉三部委，要求公开副部长分管部门、兼职及负责联系的单位的信息，这是 2011 年 9 月 9 日的事情。事隔一月后，李燕介绍，虽然她的起诉请求迟迟未能得到受理，但“在法院的多方努力下”，科技部在“十一”长假前用电邮向李燕公开了信息，教育部和国土部分别在长假期间和长假后首个工作日公开其所申请的信息。

这算是皆大欢喜的结果吧。纷争轻易化解，当事各方避免了劳烦。事情真要进入司法程序，耗神费力，想象一下都可能头疼。三部委不必“当被告”了。法院也不必立案了，避免“司法资源”的耗费。

真是和谐的景象，足堪欣喜。当事人权利得到了实现，部委“改进了作风”，法院“多方努力”，于和谐甚有力。如果要谈“多赢”，这都几乎可以充作例证。

然而，我其实不知道事情是否原本就该如此“和谐”，也不知道这样的“和谐”到底会产生怎样的长期效果。

李燕起诉三部委公开副部长分工信息，按《行政诉讼法》，北京市一中院应当在7天内立案或者裁定不予受理。按最高法院司法解释，7日内不能决定是否受理的应当先予受理，受理后经审查不符合起诉条件的裁定驳回起诉。李燕9月9日起诉，北京市一中院在规定时限内既未立案又未裁定不予受理，于程序不合。

现在我们知道，法院并没有闲着，甚至也不是不知所措，而是在“多方努力”。这就是说，法院放弃了依法处理行政诉讼的程序，去争取“和谐”结果去了。我们并不了解“多方努力”的具体情况。通过了哪些方面，施加了哪些影响，终使三部委公开了原本拒绝公开的信息，这都是费人猜测或者也是无须猜测的事情。

当事人向法院起诉，寻求的是法律帮助，法院给予的却不是法律帮助，而是一个“多方努力”的结果。从目的已经达到来说，这当然也是可以的。但“依法处理”体现在何处呢？或者这就是有特色的司法，和谐固然和谐，却有些不明不白，法定程序已被抛开。

一个权力机关，其机构有何职责、长官及其属员如何分工、内部机构如何设置等等，一般而言，并非保密事项。为了方便社会，这些甚至是基本的公开事项。但长期以来，这些情况又多以不公开为“规矩”为“惯例”。人们也大多习惯，使不公开成了一种官民共识。

政务不公开，当然不止于日常基本信息；每有事出，掩盖更是几乎如约而至。这就是为什么信息公开会成为媒体最可靠的热点话题之一。这种状况，虽经实施信息公开条例而未能迅速改变。新华社还报道过海口市政府招标的怪状，一家无资质、无缴纳社保资金记录、无缴纳营业税记录、无办公地点、无联系方式的“五无”公司，成立4个月连续中标政府采购项目，有时还是最高价中标。记者希望查看采购相关资料，政府官员称属于商业秘密；质疑多了，官员威胁要将记者关在会议室监控起来。

李燕要求公开副部长分工信息被拒，起诉三部委。法院舍弃法定程序而去“多方努力”，虽使李燕实现权利，而且也几乎可以使部委公开副部长分工信息成为定例，然而，无助于政府形成依法公开信息的习惯，也无助于培固公民对司法的信心。

减少一件行政诉讼，看似有助和谐。然而，一个成功的行政诉讼能够起到的作用是综合性的，包括当事人权利得到维护，司法机关得以展现权威和公正，并警醒行政机关依法作为，从而使更多的公民无须费事就得到行政机关的服务等等。而袖笼子里的“多方努力”，却只有一个含含糊糊、是非不明的“和谐”。

抽烟的贫困生不获资助完全正当

湖北经济学院实行贫困生认定新规，规定“就餐卡消费过高，经常在外大额就餐者”、“有抽烟、酗酒、赌博等不良习气者”、“有与学生身份不相符合的高档消费现象者”，不能认定为贫困生。

很快，有评论者认为此举不妥。理由如下：抽烟是主观行为，而贫困不贫困有客观的标准；因抽烟而取消贫困生认定，学生享受不到资助，加重家庭负担；学生抽烟是习惯，而贫困生认定是一种帮扶制度，两者之间没有必然联系，学校应帮助学生改掉坏习惯，而非取消贫困生的认定；如果学校因为学生抽烟就取消其贫困生认定资格，不利于学生改掉抽烟的坏习惯，更造成逆反心理；学生抽烟取证难。

读到这样的理解，并不意外。“习惯性反对”或者“习惯性质疑”，正是现在一些评论的习惯套路。这样的评论，与其说能够让人获得任何有益的思考，不如说能增进人们对“脑残文体”的偏见。

资助贫困生有多种形式，任何一种资助，都以使贫困学生较为顺利地完成学业为目的，而非仅仅给予贫困学生以生活的改进。如果有贫困学生，一面拿着资助，一面抽烟、酗酒、赌博、经常在外高额就餐、进行与学生身份不相符合的高档消费，那就失去了助学之本义。

“只有家庭经济困难者才能被认定为贫困生，才有获得国家助学金、励志奖学金、助学贷款、学费减免、勤工助学等资助的资格”，这是没有问题的，贫困资助不能发给不贫困的学生。湖北经济学院的规定，对此也不形成否定，它只是说，学生并非贫困就要享受到助学，还要视资助是否被用于学业而定，“贫困”是资助的必要条件，但不是充分条件。

现在的资助程序，应该说存在一些问题。例如，它规定家庭经济困难的学生，只有被认定为贫困生，才有资格获得国家助学金、励志奖学金、助学贷款、学费减免、勤工助学等。这样的认定，实为多此一举。家庭经济困难，就应被认定为贫困生。家庭困难就是贫困学生，实际上是确认在中国不宜将 18 岁作为自立的起点，不能使家庭经济困难的大学生承受“为何不自立”这种接轨于国际惯例的质问。

贫困生是否受到资助，应取决于资助是否被用于学业。这就是抽烟、酗酒、赌博、高消费等行为，不应被资助的原因。一个经济困难的学生有上述行为，不是就不能认定为贫困，而是他即使贫困，也失去了受资助的资格，因为上述行为有违资助的本义，与资助的目的不相吻合。严格地说，资助单位或者个人没有义务去教育受资助者应有怎样的生活习惯，资助者也无权强加给受资助者特定的价值观念、行为习惯，但有权选择将资助给予具有何种生活习惯的人。

前几年，一些地方确认低保资格时，曾经推出一些规定，家庭里安装电话，拥有手机、空调、冰箱、汽车，生活水平明显高出低收入，不能获得低保。这显示了对最低保障“保得其所”的关切，意在甄别受助资格。然而标准粗疏，对“生活必需品”的认定过于严格，例如安装电话、拥有手机冰箱，在现代城市生活里应被视为必需品，而非可有可无，以之剥夺低收入者的受助资格，不合情理。

对大学生来说，抽烟、酗酒、赌博、在餐馆大额就餐等，无一可视为生活的必需。非贫困的学生有这些习惯，人们可给予适度的建议，但选择权终究在个人手中。贫困的学生有这些习惯，选择权当然仍在个人手中，但人们是否资助，选择权则在资助者手上。一个贫困学生既要保持不必要的消费，又要获得他人的资助，是没有道理的。

在低保资格中，还有一些地方规定低保户必须参加义务的公益劳动。这就不是资助贫困，不是约束受资助者不得有哪种层次的生活支出，而是要求贫困者必须以何种主动积极的行为换取受保障的资格，从而使贫困受助的权利变成了一种交换性的事务，这是值得商榷的。湖北经济学院将资助贫困生与没有抽烟、酗酒等不必要支出挂钩，这并非要求贫困生必须努力学习以获得优等学业、做模范学生等，应视为合适的要求。

贫困大学生中有多少人抽烟、酗酒、赌博？我并不了解，但想必不至于普遍。把有这些行为者排除在受资助之列，既不会影响到多数贫困生，也不能说为难了贫困学生。但这样的规定，可以表明资助的性质：它是助学行为，而且未附带不合理的条件，它并不要求受助者必须做标兵、模范、优秀人物，或者必须与资助者有同样的思想观念和价值主张，只是强调资金必须用于完成学业而已。这样的规定，是不应该被否定的。

道德生活面临双重伤害

广东佛山两岁女童小悦悦车祸事件引起的道德反思是强烈的。画面的力量强过文字，很多人正是通过视频，看到了冷酷的活剧。

一般来说，文字是一种沉思性叙事，它调动大脑；而图像诉诸感官，并且由此而直抵心灵。我相信，再好的文字，也无法复述小悦悦的车祸现场。如果这一幕是通过文字传达，尽管也足够惊人，但人们仍然更容易进入思辨场景，由此，莫衷一是的道德哲学求证将使事件的解读趋于复杂。而画面是如此直接，它一方面在短时间内关闭了从容辨析的可能，另一方面打开了撞击心灵的通道，由此，一种彻骨的寒意侵袭了人心。

在那个现场，小悦悦被车辆两次碾轧，7 分钟内十多个路人经过，小悦悦没有被救助，直至捡垃圾为生的陈贤妹出现，将她抱到路边，找到了她的妈妈。现在，两名司机已经被警方控制。按照一般情理，这两名司机碾轧小悦悦，都非故意，而是纯粹的车祸。车祸并非典型的道德事件，而是民事法律事件；车祸之后逃逸，则是道德与法律的双重事件，也是可能涉及刑事法律的事件。逃逸与否，间不容发，那一瞬间，肇事者被惊恐笼罩，而闪念之间，决定已经作出，这不是沉思的结果，难言理性，但激起的社会愤怒巨大。

我并非对司机予以宽解，瞬间的非理性决定仍须承担其应有的法律责任与道德后果，只是那确与蓄意而为不同，那是确凿的恶，但不至于“十恶不赦”、“死有余辜”。

两个逃逸的司机令人愤怒，但十几位路人经过被轧的女孩身旁，无人施救，尤其令人震惊。这里，施救基本不存在风险，不像面对恶徒挺身而出那样有性命之虞，也不像屡见报道的“扶人被诬”那样麻烦难缠。即使如此，施救行为还是迟迟未能出现，唯一的解释，就是“多一事不如少一事”，“他人事，管他娘的”。

当然，前提是经过此处的那些人，看到了躺倒在地的孩子。他们是否看到了，无法确证。这也正是一些论者的猜想。这样的猜想，与认为在举手之劳施惠于人之下“举不举手属于他人的自由，无关道德”并不相同。不肯定路人是否看到，多少给人一些希望，那就是如果看到了，他们可能会救，而“举不举手属于他人的自由，无关道德”则认定即使那些人看到了事实，未予施救也无可厚非。

人类对道德的思考自近代以来已趋于复杂，结果论的功利主义道德思想、非结果论的道德义务理论，在论辩、诘问中相互阐发，得出各种判断，论辩中设置的各种道德困境，加深了人们对道德的认识，也显示了一些“道德常识”的学理窘境。道德自由论反抗决定论，很大程度上解放了生活，但也使一些浅薄的自由论者认为道德是纯粹的个人选择，只要不加害他人就行，所以，见到一个人倒在地上抽搐，径直而去,也并不违背道德了。

当代世界也存在着一种基于人的内心探求道德发展的理论,"美德伦理学"认为人并非是按照规则而生活的机器,而是能根据理想、听从内心柔软的声音而行动。在结果论与非结果论、自由论与决定论、情感与理性、行为与规则之间,并非没有共识空间,至少生命价值原则可称至高无上。因此,毫无危险可以挽救濒危生命而不为,这就是无可怀疑的道德缺乏。

又有一些人坚称道德不可以成为法律约束的对象,而事实上不少现代国家规定了举手之劳救他人于危亡而不"举手"的行为,要受到法律追究。

今天,道德生活遭到双重损害,既受到粗暴的决定论的伤害,也受到浅薄的自由论的砍伐。我不想重复虚妄的道德怎样制造了遥不可及的标准,从而事实上开辟了道德水平下挫的途径;我也不想去探讨虚伪与堕落几成必需的社会体制怎样制造了社会性的道德虚无;这些都是客观存在的,而且力量巨大。然而,我们总不至于说,因为如此,所以我们日常生活的基本伦理也失去了存在的意义,并且失去了正当性。如果我们认为在某种情况下,基本伦理是无意义的,是不正当的,那么,我们又有何理由去指责棍棒式的道德律条的虚妄,有何理由去改变把虚伪与堕落贯注到日常生活的社会体制?我们应当的态度是,虚妄的道德、强迫虚伪的体制阻碍了道德的实现,而道德生活仍然是值得追求的。

教育岂能制造歧视

无锡市儿童医院,测智商的学生已经预约到了一个月后,原因是一些老师要求差生进行这一测试。

这一新闻有似曾相识之感。翻检旧稿,早在1995年,我的一篇文章就议论过北京市一些小学对"差生"推行测智商的做法。学校要求一些孩子测智商，说的是“开个弱智证明来”，而且交代“医生问什么全说不知道”。这样的测验，弱智自然是成群的。学校说，“弱智证明不放档案，但毕业考试成绩不及格也可以升学”，而实际上“弱智证明是和升学率、及格率以及教师的奖金挂钩的”。

在网上搜索，又可见这样的做法不仅不能说绝迹，而且已遍地开花。近来，媒体报道无锡的“差生”被测了智商；稍早一些，媒体报道广州市白云区穗丰小学组织了13名学生到广东三九脑科医院测试智商；2010年5月，《新华日报》报道南京市各大医院“智商门诊”成为最热的科室；2010年1月，《重庆晨报》报道该市渝中区一所小学也组织了“差生”到医院进行智商测验。

报道中，无锡已经出台了禁令，“坚决制止和纠正要求对中小学生进行‘智商测试’错误做法”，称要对存在此类错误做法的学校和老师在各类评优评先中“一票否决”。但我也知道，1995年媒体报道北京有学校组织“差生”测智商后，教育部门也进行了禁止，然而，结果如何呢？2011年8月《检察日报》报道，北京仍有学生在暑假前被学校要求测智商，称这样就能使学校对学生的教育“对症下药”。

让学生测智商的做法，在多个地方屡屡出现，原因都是一个，学校或老师认为“差生”拖了后腿，而智商测验分值低，“孩子的成绩就可以不计入班级成绩和考核”，这样老师就能够通过绩效考核，学校也可以统计出好分数。

教师和学校为了奖金而对“差生”进行定向排斥，当然是重大问题，医院能够随便开出“弱智”证书，也堪称奇观。然而教育主管部门不去改变其“绩效考核”的方法，却保留“智商低的学生不计成绩”的条款，又何辞其咎？教育主管机构、学校、教师，以及医院，都走上了向学生批发“弱智”称号的道路，这就是我们这个社会的特色。

没有谁反省自身，所有的机构都可以大吐苦水，诉其委屈。“弱智”帽子大批发的现象后面，有着如此中国式的景象。教育主管机构会说绩效考核之必要，而除开弱智学生的成绩又可以使绩效考核实事求是。学校和老师会说，绩效考核太严格了，拿不到绩效奖金是多么冤枉。医院则要说自己是何其无奈，家长就要“弱智证明”，甚至学生就是“问什么全不知道”。于是，一个荒谬的事情，经过多个部门联合完成，却没有一个部门觉得自己有问题。

教育原本是使人获得发展，义务教育原本是给人以平等的受教育机会，并使各种才能得到平等的发展条件。然而，中国的教育不仅只肯定学生的知识学习能力，而且发展到将部分学生钉上“弱智”的标牌。这样的教育，说它违背了宗旨，已嫌过轻，准确地说，这是作恶。“弱智”的称号后面，学生是否弱智，真真假假，其中既有才能的扼杀，也有失教的责任，还有隐私的暴露。一个国家的国民教育，发展到出现作恶现象而不以为意的程度，令人叹为观止，世界上有哪个国家的教育会如此变态？

近来，教育的新闻还有不少。西安市的一所小学推出了“绿领巾”，专门发给“差生”佩戴；包头市的一所中学新出了“红校服”，专门配备给“优生”穿着。这些做法，据说“初衷”都是不错的，用以激励学生上进。社会歧视是绝对的丑恶，教育在任何社会都必须是阳光的事业，而在我们这个社会，教育机构竟能想出各种招数给学生印“红字”，给学生打上优劣标记。弱智证、绿领巾、红校服等等，不过邪门到耀眼，像座位按分数编排这样的做法，行之广泛而且行之已久，有哪个学校、哪个教育主管机构认为不妥当吗？甚至整个社会都已对此视而不见，连异议都不会有了。

在“激励上进”、绩效考核的名目下，教育机构生产歧视，明目张胆抛弃一些孩子，公然将平等教育原则置换成“优劣分等”，这是教育的悲哀。而整个社会对教育机构的歧视行为感觉钝化，表明我们这个社会已经多么习惯于歧视的存在。

中县样本不特殊

北大博士研究生冯军旗以挂职河南某县两年，完成《中县调查》的学位论文。《中国青年报》2011 年 10 月 26 日报道，这篇论文披露了县乡政治生态，“为中国未来的改革路径选择，提供了一个真实而残酷的考察样本”。

中县是一个被隐匿了真实名称的县份，这个县的真实县名是什么，并不重要。作为一篇学术论文，“中县调查”的意义不在于解决某个县的治理问题，而在于让人们看到县级政权的一种运作方式。作为个例，它是真实的；而作为样本，它并不特别，它的代表性正在于不特别。《中县调查》所揭示的细节，没有任何超出人们生活经验的成分，在国人的生活世界中，没有哪个细节会感到陌生，感到惊奇。人们甚至久处其间，习焉不察，而因为文字记录产生的反思性效果，才使人阅读之后惊醒，我们原来是生活在这样的处境之中。

报道中说，在中县，官员穿着与行为有不言而在的规则，例如官员不能穿得太便宜。这算是仪表的讲究吧，哪里都一样的，官员仪容修饰从“简洁”到需要一定的价格定位，这没有什么不对的，只要不发展到一味地高档化。宴席多，喝酒多，以至于“速效救心丸”成为“官场必备良药”，可见酒席不仅是社会的财政负累，也是官员的身体负累，这种于公于私都不得好的风气何以不能止息，应当另作探讨。

这些只是“小 CASE”（小事），紧要的问题还有很多，包括：县乡权力由一些家族分享，领导岗位与非领导岗位的巨大差异，县委书记俨然“咱县的皇帝”，政绩背后巨大的地方债务，做假政绩者晋升而“与民生息”者不受重用，官员推选变成实际上的普遍贿赂，违纪查处中明显的“问题区隔”使通行于官场的利益输送被切割开来，不被查处，各级官员都在上一级行政中心居住，而不是任职地的居民。

这些现象，当然也并不令人震惊，只不过不曾像《中县调查》这样，进行系统化的揭示。这个系统化的揭示，不只是使每日每时都可以得见的底层政治病状得到整理，而且可以使人知道，那些在报道中这里这样、那里那样的零星现象，并不意味着某个地方只有某一种弊状，而是每一种弊状实际上都发生在每个地方。例如，村官的居所在乡镇，乡官的居所在县城，县官的居所在市里，官员白天到治所上班，晚上回居所睡觉，治所成为空城。这基本不被视为一个问题。有人或许以为，这是自己那个县乡才有的事情，并不普遍，所以没有被治理过；但在中县调查，随便一个样本，你就可以发现，那里的弊状，几乎每一种都能够在自己的周围对应；不以为怪，只是因为怪事普遍到了常态化；不被治理，只是因为怪状已经成为正常，甚至治理将造成“宦情大伤”的后果。

中县不是特别恶劣或者特别优质的个案，它是平凡的。调查中只有平静的叙述，平常的情节，没有重大案件，也没有重大典型，而正是那些平常细节，编织或者说复原了一个县的真实政治。这个真实，当其发生，并作为县民们的政治生活环境，它并不令人震动，并不令人不可忍受。而当它被文字所固化、记录并通过阅读而复现，却是令人震动的，它使人们观照自己的政治生活，审视自己所处的环境，从而让人记起我们应该有着怎样的政治生活，从而产生了现实痛感。

我们在生活现场中的真实感未必就是确切的真实，例如生活在中县的人们未必有政治痛感，如同我们的感觉被日常生活钝化，当怪状成为日常生活的组成部分，我们就能习惯起来；而我们将目光延伸到历史、时间、世界、应然生活之中，新的尺度将定位我们的存在，于是反思呈现了，比较出现了，真实浮现了，这可能是更加真实的。这就是为什么我们会为阅读《中县调查》而震动，并明白自己的真实处境。

报道最后说，冯军旗回到北大，“冯县长”也变回了“冯同学”，“确实失落过好一阵”，“不然为什么那么多人想当官?”博士毕业后，他放弃了进入某省文化厅的机会，“如果是组织部，也许我就去了。”现在，冯军旗在做一名助理研究员，“他骑一辆二手的永久牌自行车上班，每当有黑色桑塔纳3000轿车从身边飞驰而过时，他就会想起在中县的那些日子”。

感谢冯军旗，不只是他的调查，而且因为他曾经做官而提供的真实感受。这篇报道有着寓言般的结局，引发人们关于官场的制度、文化与诱惑力意味无尽的思索。这个格局内有残酷的生存机制，这个格局外有着更加残酷的县民生活，然而改变这样的政治生态，可能才是残酷的真正开始。只是，我们并不知道对这种生态的改变将是何时，只能寄望于“未来的改革”。然而，未来是何时？何种方式？未来又在谁的手中？四顾茫然。

“三代无大学生”

中国人民大学自主招生，为县及县以下中学辟“圆梦计划”，推荐条件为成绩排名所在学校前10%，家庭三代无大学生，农村户籍。

成绩居前10%，农村户籍，无异议；家庭三代无大学生，争议剧烈。我是赞成派。

名校招生，城市人越来越多。农村户籍人口占多数，农村学生在名牌高校是绝对少数，这里面不排除城市学生因社会资源占优而获优先的因素。例如近年各高校自主招生，无论凭特长，还是凭门道，农村学生都不能指望。

即使招生录取完全是分数决定，这也并非教育公平，而是掩盖了不公平。农村基础教育，无论资金、教师、设备，都非城市可比。城乡之间，教育资源配置不平等在先，只讲分数平等，实际上是不平等规则。有的国家为实现高等教育的平等，高校录取中为弱势族裔预留比例。这不是教育不平等，而恰恰是解决教育上的社会不平等问题。

按中国的户籍管理，上大学就得以“跳出农门”。尚不知人大所说三代内，是曾祖、祖、父三辈，还是祖父、父、自己三辈。若属前者，要说有农村学生因三代内有大学生而不获推荐，基本属于虚拟和想象。若属后者，学生可能因有兄弟姊妹，且其中有人已上大学，从而不获推荐。这其实也不可谓失之公平，而应该说，人大将资格给予那些从无大学生的农村家庭，体现了“圆梦”的初衷，对那些家庭来说，从未有过大学生而仍然给予子女教育的机会，圆其家庭梦想，值得。

对特别弱势的人群，给予一定的优先，并非有碍公平。有碍公平，是给强者加分，而非给弱者照应。这个社会，愿意做强者的人比比皆是，没有人愿意做弱者。若说推荐三代内无大学生的农村孩子有失社会公平，试问有哪个家庭愿意世代没有大学生，而专候这一“特权”的出现?

推荐本身就是一种优先机制，人大“圆梦计划”名额很少，不足以改变学生多来自城市的结构，也未保证县及以下中学所有成绩排前10%的农村学生都能获得推荐。指标投向三代无大学生的家庭，学校有权自主，且合乎社会道义。与其对三代无大学生的农村孩子被推荐不满，何如向自主招生普遍偏向城市而撒气?那里面，通过关系而假造特长和素质的情况实在多到不可胜数。

有人说，三代无大学生是讲出身。讲出身，不假，美国非洲裔学生读大学分数远低于白种人也是讲出身，属于平权。“我祖爷爷、爷爷、父亲读没读过大学，跟我能否去读大学有半毛钱关系吗?”没有关系，人大也没说有关系，只是不推荐你上人大，你去高考，谁也没说你不能读大学。人大让谁推荐入学，没有剥夺任何人上大学的机会，不必为此诉苦。

平等，人人在口中，但未必在心中，或者也在心中，但怎样是平等，平等是否意味着不可以照顾弱者，应稍动脑筋。真正要盯住的，是有门道的人假冒“三代无大学生的农村户籍考生”，使贫寒子弟可怜的一点机会都被剥夺。这个社会，什么样的妖蛾子都可能有。

移民为何而移

胡润研究院与中国银行私人银行联合发布《2011 中国私人财富管理白皮书》，称 14% 千万富豪已经或正在申请移民，还有一半在考虑移民。这些人平均财富 6000 万元以上，平均年龄 42 岁。富人移民的问题，为媒体话题一时之选。

这份白皮书的数据，有多大的可信度，可能还见仁见智，但以专门研究“中国富人”的胡润和专门为富人打理财富的中国银行私人银行联合发布，应该也不会太离谱。诉诸经验，富人移民也实在是日常可见，不可谓稀少。

富人为什么移民，这是一个问题。有人说是为了财富安全，有人说是为了自己或子女更好地生活。富人为这些原因而移民说明了什么，是另一个问题，这个问题看法上分歧就比较大了。

例如富人担忧其财富安全，有人会认为这表明社会需要重视公平，否则富人都不安心；有人会认为这表明财富分配是何其不仁义，以至于富人赚钱都赚到怕了；不免还有人会认为这表明了“让一部分人先富起来”的失败，因为这样并没有消除富人的政策恐惧，或者并没有使政策得益者与执政者站在一起。

为了更好地生活而移民，这也有多种解读。例如，有人会认为这不足为奇，因为每个人都有过自己认为的好生活的选择权利；而有人会认为，这表明即使富人，也失去了在中国获得高品质生活的信心。

这些解读都不是没有道理的，由此可见财富阶层移民本身所涉及的问题的广度，以及社会意见分歧的深度。任何人都有权追求自己希望过的生活，这毫无疑义，但一个社会出现财富阶层移民风潮，却不能不说是深刻的社会危机。问题的严重性，在于伴随移民而产生的财富转移和智力转移，更在于这个让富人得以成为富人的社会似乎被视为飘摇的船只，使富人们急于弃船而去，只有无力移民者不得已而在此撑持,并继续充作使人富起来然后移民而去的“群众基础”。

这个社会固然要反思财富的分化,固然要反思社会的断裂,但尤其需要反思的是,是否为建设一个“美好生活”的未来而开放了门径。富豪阶层的移民,有多少是因为财富产生的不安,有多少是因为享受生活,有多少是因为感到缺乏一个充分吸纳和包容的制度改进空间,这是不能不思考的问题。我并不以为这样的空间,仅仅为富豪所享有,这样的空间应该为所有民众参与制度改进提供通道。而实际上,空间和通道可能是堵塞的。

事实上,正在移民的不只是富豪,还有官员的亲眷。所谓“裸官现象”,就是官员亲眷移民而去蔚然成风的概括。正在移民的还包括中产阶层的相当一部分人,他们或自己寻找移民渠道,或者将子女送到海外读书,2011 年 8 月,媒体报道中国首部华侨华人研究蓝皮书《华侨华人研究报告(2011)》发布,报告指出,自 1978 年改革开放至 2009 年底,中国各类出国留学人员(即国家公派、单位公派、自费留学)的总数为 162.07 万人,留学回国人员的总数为 49.74 万人,不足三分之一,有评论指出,近三十多年中国的海外移民,是“历史上第一次不是因为战争原因而出现的中产阶级的大移民”。我还曾见报道说,在世界一些地方,中国移民之多,以及购买豪宅、一掷万金等行为之张扬,已达到近于“中国移民过度存在”的水平。

因为人们有能够移民与无力移民的区别,从而产生对移民者的愤怒,这未免简单。那些吸刮民脂民膏将亲眷家人送往海外的人,足以令人愤怒,但大量的人离开这片土地,仍然是依靠自力。即使“裸官现象”,也能够让人看到,这个社会中有弃船心态的人不止是富豪和中产阶层,还包括官员及其亲眷。这样,我们就能够更加明白,“有条件和机会就移民”后面,是何其沉重的社会问题。

很多人在讨论我们应当拥有一个怎样的社会,使人们能够留恋故土,而不是一有机会就移民。例如,更公平的市场环境,更有保障的财产权利，更加公正的公共分配，更加轻松的生活节奏，更加幸福的生活方式，更加符合人们意愿的价值理念，等等，以保留人们对这个社会的希望。

这都是题中应有之义，而我想的是，如果人们只是被安排到这样的一种社会状态之中，那么这种状态是否能够达成、何时能够达成，实在是可疑的。建设一个“好社会”，应当是所有人都被包容其中的事业，应当是社会共同参与的结果。如果人们难以参与公共进程，难以为“好社会”保有希望，那么，理想的状态就很难让人“信得足”。一个社会，需要有吸纳并消解民众的怨气、开放民众参与的渠道，没有什么能比这个渠道更有力量、更能挽留人们的心。“一有机会就移民”的现象，从一个侧面证明，向社会开放体制改新的道路，已是不可拖延了。

制度化的歧视是罪恶

残疾人乘坐飞机的问题，因一份调查报告而引人关注。民间公益组织衡平机构的《残疾人乘机状况调查报告》显示，全国航空公司普遍以未提前告知、未提供医疗证明等各种理由拒载残疾人；过半航空公司还规定，如果残疾人引起其他乘客不适或反感，可以拒载残疾人。

这份报告告诉了人们，航空公司拒载残疾人是何其普遍，而且其理由是何其相同。而真实发生的残疾人被拒载事件，这些年来一直断续有之。其中，还包括机场、航空公司为拒载坚持旅行权利的残疾人发生肢体冲突，以及对外籍残疾人拒载，航空公司以特殊的方式显示了我们的人道水平和制度的优越性。

社会上大多数人肢体健全，不会有残疾人的感受。而像残疾人乘机被拒载这样的规定，带给残疾人的何止于感受而已。这样的规定不仅制造残疾人的心理痛苦，而且直接限制了残疾人的行为能力。

残疾人的行为能力受到生理的限制，这是不幸；而歧视对待对残疾人的行为能力制造了社会性的限制，这是丑陋；而将歧视上升为制度，对残疾人的行为限制变成一种“正当措施”，这就是罪恶了。

丑陋总是可以自作合理性解释。社会歧视，作为丑陋现象，合理性解释总是很多的。残疾人在升学、就业上的权利不能得到保证，有人会说，“正常人尚且面临困难，残疾人自然要靠后”，正常人、残疾人，这就是一道隔绝残疾人权利的篱笆。同样的逻辑，社会就可以对任何一个概念上的少数人加以伤害，仅仅因为他们与多数人不一样，不是“正常人”。

罪恶更是往往可以扮作天使。像航空公司拒载残疾人的那些规定，实际上是将残疾人排斥出去，还要拉来“安全”作为装饰。它甚至还装作是为残疾人着想，“一旦飞机遇险，残疾人将无法撤离”，就像飞行是最不安全的旅行方式，随时都有遇难危险一般，又像万一飞机遇难了非残疾人就有把握撤离似的。2010 年 12 月，两位残疾人在回返深圳时遭遇拒载，被迫签下出事后航空公司免责的协议才完成行程。

残疾人乘机提前申请或告知，提供医疗证明，可以是人道的体现，也可以是野蛮的强制。基于人道，如果残疾人乘机时将需要超出服务规程的特殊条件，或者将发生服务上的特殊要求，为便航空公司预先准备，残疾人提前申请、告知或提供医疗证明，这是可以的，它意在尽力帮助残疾人完成旅程，使其实现行动的自由。而作为野蛮的强制，是不管残疾人是否完全适合旅行，都必须提前申请或告知、提供医疗证明，否则就加以拒载。

航空公司竟然可以拿“其他乘客不适或反感”拒载残疾人，这更加可耻，因为这不仅显示了航空公司对残疾人的嫌恶，而且将这种嫌恶栽赃到别人头上。其他乘客对残疾人乘机是否不适或反感是一回事，哪怕存在不适或反感的乘客，都不影响残疾人的旅行权利要得到保障。如果有乘客不接受具备飞行条件的残疾人登机，航空公司可以做的是帮助残疾人登机，这无可退让，必要时可以强制执行，包括将反对残疾人登机的乘客请下飞机。

我们可以发现，残疾人乘机旅行并非总是被拒载的。被报道的拒载残疾人事件并不算多，当然有更多的拒载可能未被报道，然而在拒载事件的报道中，我们也看到，当事人大多表示自己曾经多次正常乘坐飞机，未被查验提前申请或者医疗证明。但我们也要了解，可能会有为数不少的残疾人因为那些歧视性规定而自己取消了飞行计划。歧视性规定不废除，航空公司就可能随时拿出来拒载残疾人，使得残疾人无法正常预期将受到何种对待，他们的正常生活由此变成了一种侥幸生活。

如果这个社会失去了区分平等与歧视、权利与非分要求、正确与错误、道德与邪恶的能力，又何以能够想象建成一个“人居社会”。如果我们能够容忍生活的一个方面、社会的少数人群遭受歧视对待，不发一声，又何以阻止歧视与不公处处蔓延？每个人都在一定的方面受到不公，每个方面都对少数的人施加歧视，社会就会无人无处不在歧视之下。

给怎样的信息大家看

联合国发布《2011 年人类发展报告》，媒体报道各展身手。

新华社报道，强调该报告的主旨是“可持续性与平等”，称报告指出，世界各国同时解决健康、教育、收入和性别不平等方面的问题，便可有效实现环境的可持续发展。

《北京日报》摘引新华社报道，强调人类发展指数排名涵盖 187 个国家和地区，挪威、澳大利亚和荷兰在指数排名中位居前三，刚果民主共和国、尼日尔和布隆迪排名最后。

中国新闻社报道，根据报告，中国性别不平等指数排名情况好于美国。在全世界 187 个国家中，按照性别不平等指数排名，中国在全世界排名 35 位(指数 0.209),高于美国的 47 位(指数 0.299)。

《新京报》报道,联合国公布人类发展指数排名,在 178 个有统计数据的国家中,挪威第 1,中国列 101 位,称指数涵盖经济和社会生活的多个方面,排名可以比较完整地反映出各国人民的生活现状,中国排名属于中等人类发展水平国家。

并未读到报告的全文,我无法评价几家媒体的优劣,但能够了解它们的区别。显然,各家媒体希望向读者传达的信息,各不相同。换言之,各家媒体认为不重要或者读者不必知道的信息,也不一样。

对读者来说,不能及时读到报告,不能全面了解联合国开发计划署的工作,只能通过媒体报道来了解相关信息,这是显然的事实。阅读多个新闻来源的信息,以建立对一个事情相对全面的认识,这也是应当的。

但 2011 年人类发展指数到底排列了 187 个国家和地区、187 个国家,还是 178 个国家?报道不一。新华社消息是 187 个国家和地区,中新社消息中有 187 个国家,《新京报》称为 178 个国家。信息准确,是个问题。

更重要的,应是信息侧重与信息全面的平衡问题。新华社报道突出报告主旨"可持续性与平等",《北京日报》摘引新华社报道,但重点强调排名,只是新华社报道中并未出现中国排名第几的内容。中新社也报道排名,但只报道中国在性别不平等指数这一单项的排名好于美国。《新京报》报道中有排名前三位和后三位,并报道中国排名第 101 位。

就读者关注度来说,2011 年人类发展指数排名,应是最高,中国的排名情况又首当其冲。新华社报道提及排名,却未说到中国的排名,取舍令人费解。中新社报道排名,完全不讲综合排名,而单单报道性别平等上中国排名好于美国,尤其令人感到难以理喻。相比之下,《新京报》的报道应是最好的。

这些报道当然都不存在信息不真实的问题,但对于读者准确了解信息以及世界是否有同等作用呢？新华社报道未提及中国的排名，是无意忽略，还是认为这一信息不重要？中新社专门做了排名的报道，可见是在意排名的，却只拎出一个单项数据，而没有中国在报告中的总体排名情况，真是让人跌落眼镜。

给怎样的信息大家看，涉及是否准备让人们建立真实的认知。看重排名是正常的，无视排名才不正常，因排名不佳而故意忽略或装作不看重排名更属于扭曲。在人类发展水平上，中国排名第101位，这个排位或许并不十分好看，但首先需要正视位置，看进步是一个方面，更重要的是从比较中看进步的速度，看实际到达的水平的不足。

观察一个社会的状况，最重要的或许不在于那些境况最好的人能够有多好，而在于普通人有多好，尤其那些境遇不佳的情况能够有多糟。每个社会都有境况很好的人，但大多数人的状况才标志着一个社会的发展水平，那些遭遇最差的人会差到何种程度，尤其不可忽视。以此观察中国的人类发展水平，才能够获得准确、真实的认识。

排位可供确认一个社会比较下的状况。中国在人类发展指数上的排位，与中国经济在人均水平上的排序都在100位以后，这就是中国发展的实际，这无须回避，但需要改进。一个社会的一切努力，不在于竞争排名，而在于增进其民众的幸福。

优待形式的歧视

艾滋病人多次贩毒被当场释放，警方称难处理。报道来自东莞，情况却是全国一样，例如我，很早就知道艾滋病人犯案，捉住也会放了。

新闻写得不能说不惹火。东莞油甘埔派出所出警抓住艾滋病毒贩，当场释放，录像历历在目，而且记者问起来，似乎还怪话连篇："他这样的人（艾滋病人）监狱根本不收，坐牢也要身体好才行"，"（毒品泛滥）就是当年的林则徐，也不能一下子查尽"。

我注意到网上反应，可以说是冷清。尽管上了新闻首页，一天下来，这个新闻的网友评论，在网易不到 900 条，在腾讯少到不足百条。在新浪，这个新闻过于离奇地“已有 0 人参与”，所以我不能不怀疑网友评论是否被禁止。由此，我又不得不怀疑网易和腾讯是否对这个新闻的网友参与设置了什么限制。

然而，即使是这样，艾滋病人贩毒被当场释放，本身却有着虽然令人讶异却又容易令人无语的特质。报道中说，《中华人民共和国看守所条例》、《强制戒毒办法》、《中华人民共和国监狱法》等均为看守所和监狱拒绝艾滋病人留下了空间，而且依据法律患有传染病的“犯罪嫌疑人”也不应在医院关押。这是制度本身有问题。

不过，众所周知，更高的法律规则是，法律面前人人平等，谁犯了法，都应当承担责任，不可因身份而得免，不管是因为位高权重，还是因为三亲六故，或者因为患了艾滋病。对艾滋病人不得歧视，应该包括不得在承担法律责任上区别对待。一般人对歧视一词不是这样理解，但实际上，平等对待包括承担好的结果和坏的结果，艾滋病人没有合乎条件的关押处所，这就是司法设施建设上对艾滋病人的歧视。

艾滋病人犯案不被处理，这不是什么“法外特权”。一切特权，都是因其高人一等，特权享受总是令人羡慕和嫉恨。艾滋病人不获法律处理，却是因为嫌恶、恐惧以及无视其权益，这就是歧视。没有人愿意患艾滋病，哪怕患病可以不受法律处理。艾滋病人犯案不被处理，以一种特殊的方式揭示了艾滋病人的社会处境，他们是不被正视的群体，是在正式的社会机制中不被正常对待的群体。艾滋病人或许可以获得一定的服务，那似乎只是因为恐惧，而不是因为关爱。某种程度上，艾滋病人成了“不可接触者”，同时又是被无视的“不可接触者”，因为社会并没有为这些“不可接触者”安排不与之接触的条件。

历史上，有一些疾病是“不可接触”的，人们采用将所有患者与世隔离的做法，事实上是使之被抛弃到无人可见的场所。印度种姓制度，则制造社会身份属性的“不可接触者”，那就是贱民。我们生活在现代社会，因而不可能宣告或者制造“不可接触者”的概念，于是产生了一种基于嫌恶、恐惧和无视的回避办法，类似于一方面显示了具备正当的文明理念，一方面内心里存在着巨大的阴影。

今天，关于艾滋病的科普已经到处宣讲。但实际看来，“日常接触不会传染”的道理，似乎意在打消人们的日常恐惧，不使艾滋病人因为无形的隔绝而出现怨恨行为。而社会在各个方面，甚至在司法设施上，都没有为把艾滋病人吸纳进社会体制做准备，这就是为什么艾滋病人没有关押场所。由此，司法上艾滋病人得以获得基于歧视的责任免除，而社会则产生了“艾滋病人非同一般地可怕”、“法律有例外”等认识。

从艾滋病人犯案不受处理，我感受到的不是艾滋病人的“特权”，而是艾滋病人这个群体，因为疾病而遭受的深重歧视。

知识分利渠道

中国的科研经费，60%并不直接用于科研，这是中国科协的调查结果。

近日这个数据广为流传，其实关注已经迟到8年。中国科协2003年就完成调查，报告也于2004年即告出版。直至2011年8月底《中国青年报》发表《科研经费催生多少富翁》，再加近日《经济观察报》发表《科研经费江湖》，连续引用科协数据，科研经费仅40%用于项目研究的数据才广为人知。

饶有意味的是，《中国青年报》报道科研经费催生富翁后，中国科协还专门澄清，2004年出版的报告中，只说了“从全国来说，资金用于项目本身的比例在40%左右”，而并非“科研经费流失”的内容，并称将对不实报道保留追究责任的权利。

不管怎样，还是要感谢中国科协的调查，使人了解60%的科研经费并不用于研究。没用于研究,当然未必意味着流失,例如变成了设备啦,耗费了劳务啦,某种程度上还包括必要的管理费用,都不可谓“流失”。

然而,人们连一把蔬菜从地头到超市价格要涨多少都算个不停,科研花 40 块钱就要投 100 块钱,又怎么能不关心?科研经费,六成不能搞科研,媒体论断其中有流失,既符合常识,也有大量的经验事实可以证明。科协调查的 8 年后,中国的科研经费还有没有四成用于科研,谁有把握呢?

在正常的支出外,有哪些招数把科研经费变到不搞科研,报道说得已经不少,无须赘述。科技部部长万钢在 2010 年中国科协年会上披露,中央财政科技投入保持年均 20%以上的增长,我国科技发展基本走出了经费短缺的时代。科研经费不再短缺,很好;科研项目的主持人员、承担项目数量多的单位,收益也不短缺;评审鉴定的打点也不会短缺,所以,科研成果应当也是不会短缺的。然而,中国科研的质量是短缺的,中国科研的风气也是短缺的。中国的科研领域开始变成一个肥缺地带,有肥有缺。

在某种意义上可以说,科研经费是专家被纳入分利过程的一种途径。唯其如此,我们就无论遇到什么变化,都不乏专家来释疑解惑——“一切正常”。从油价高不高、税收重不重到空气污染没污染、食品添加剂有毒没有毒,无不如此,也算是涵盖人文社会科学与科学技术各方面,都有贡献。如果各级各部门没有“项目”投入,没有 60%经费来投入科研的黑洞,能够营造出这种“天下英雄入吾彀中”的良好氛围不?

由此,科研领域里的诸般乱象,又及乱象下的利益共同体格局,应可理解。科研经费,与其说是知识进步的花费,不如说是招纳门客的费用,输诚纳智,费用多花些,用得糊涂些,实在不算什么,这笔钱,出得起。

进而言之,要说花钱,哪处又不滥呢?“三公”支出,滥是不滥?

官员腐败，滥是不滥？工程招标，滥是不滥？“阳光采购”，滥是不滥？只要公家的事情，莫非如此。科研经费，属于滥在科研方面的体现，也就是知识冠戴人物参与分利的需要。要说滥象硬是看不到，那是污蔑人眼睛，但如果一切规规正正，利之不存，分崩离析，哪还能寻到现在这份和乐的路径？

媒体不应被权力的江湖气打动

记者节的时候，有一些与记者有关的新闻。云南电视台的一个频道总监，因为诽谤省领导被双开了；福建龙岩的一个记者，因调查举报医院院长被砍伤。广东省东莞市市委书记刘志庚出席当地的记者节活动，讲话时脱稿一句：“谁对不起媒体，我就对不起谁”，赢得掌声一片，也是新闻之一。

在中国，官员与媒体，应是关系密切，都属“为党工作”。但官员与媒体实际上关系又相当微妙，总体情况，当然是好的，官员运用媒体和记者，迹近如臂使指；但渐渐也多有关系不睦的时候，记者采访被拒绝、干涉、扣押、殴打的情况不少。刘志庚表示“谁对不起媒体，我就对不起谁”，掌声随之而起，应是相当给记者提气。

然而，恶语总是令人心寒，好话有时也经不得细想。譬如这“谁对不起媒体，我就对不起谁”，猛然一听，提气带响；细想就不免觉得有些江湖气。主政一方的官员，权倾一方，对得起谁，对不起谁，都有很强的兑现能力。媒体得到官员厚爱，仿佛可喜。只是媒体原本该是什么角色呢？就工作而言，媒体需要的不过是合法的采访报道权益得到保证，无需为“对不起”和“对得起”所左右。

固然，现在媒体环境不可谓很好，时而受到“对不起”的对待，若有任何监督事宜，尤其如此。主政一方的官员表示一定要“对得起”媒体，似乎颇可保证采访报道的顺利。然而，事情又令人不敢放心，没有制度去保证媒体权益的实现，总归是问题。另外，因为权益要靠权力去保证，也使得媒体与官员原本应有的公共场景，只能交予官员的个人脾性，权利与权力之间的关系，继续行走在有治法无法治的路上。而另一方面，个人脾性可以治理社会，也表明社会沦落为权力的江湖，而非公共政治的空间。

社会是权力或者力量的江湖，还是公共政治的空间，关系至大。与之相比，靠个人靠不住，靠个人不长久，靠个人容易人亡政息；以及靠个人，个人未必不此一时彼一时。这些都是次要的问题，虽然，说得也属实。包括媒体在内，社会各种角色之间，是用阳光、公开、法治来处理各项事务，还是用“我就对不起你”，或者“我要对得起你”来处理事务，区别是决定性的，对得起或者对不起，表现为相反的态度，而内在的决事机理并无不同。恩威之别是皮毛，恩威一样是实质。

刘志庚要求东莞各方面都要“对得起”记者，否则他就要“对不起”有关方面。脱稿之间，气息由台面政治归于权力江湖。回到稿子，他要求记者笔头对准群众。如果记者没有对准群众，是不是要失去“对得起”的待遇呢？笔头镜头对准谁，也是表象。对准群众，可以是如实报道，也可以是美化或者丑化；对准官员，也可以是如实报道，可以是颂扬或者陷恶。重要的是，如实报道，还有监督之时，官员多所不喜。若要监督权力，笔头势必对准官员，只讲笔头对准群众，监督也不屑做得了。

记者听到官员发话“谁对不起媒体，我就对不起谁”，很感动，想必是平日被“对不起”的遭遇不少。不过，无论如何，记者不能因“良言一句三春暖”，忘记了媒体该做的究竟是什么。权力江湖，或将如此，或将如彼，媒体的前途系于良好的法治，而非江湖的“关怀”。

理曲气壮的特色逻辑

广东省佛山市南海区红十字医院把活婴当死婴扔掉了，幸得婴儿家属察看垃圾袋，救回一命。这件事有几天了，中国红十字会（简称:红会)总会回应:责成广东省红十字会启动取消该医院冠名“红十字”的工作。

查2007年1月4日发布,自发布之日施行的“红十字”冠名规定,4类医疗机构可以申请冠名:由红会创办、由红会设置、国内外红十字会资助援建、历史上与红会关系密切或对红十字事业有特殊贡献。不知南海区红十字医院因何种原因而冠名。

我们知道,红会的事情总能做得怪趣横生,天价宴、郭美美、强制缴费,热闻频频。“只要按时交费,红十字标志随便用”,也曾是热闻之一,可见冠名规定向未严格执行。但取消冠名,红会也能弄得蹊蹊跷跷。

根据规定,取消冠名要由当地县级以上红会提出意见,报原核准红会审核,报总会备案。南海区红十字医院理当取消冠名,但为何由总会“责成”,由省红会“启动”?地方红会消极不作为,总会不得不亲自出马?还是总会过于积极,以显清正廉明?不清楚,反正医院扔掉婴儿后群情沸腾,地方红会毫无反应,总会则不顾程序,御驾亲征,这是红会的又一件怪事。

红会是一个好单位。以前人们捐款,它可以不报账;名声败落后人们不捐款,它又可以把小学生强拉去缴纳会费。冠名可以买卖,出了事红会可没有什么责任,只要充当执法官去把冠名“取消”一下就够了。主持一个慈善组织,真是写意啊。

像红会这样,出事了没有责任只有“责成”的机构很不少,它们讲起道理,经常也是独到的。举一个小例子,黑龙江鸡西市出了一个“居民背水10年”的新闻。中国广播网2011年11月9日报道,鸡西有一个社区,3万多户居民不敢喝自来水,每天买水或找水背回家。没有人管这件事,记者问为何不改善水质,自来水公司经理表示,“老头、老太太、小媳妇啥的,早晨四五点钟,五六点钟起来没事干背一小壶,上山背点水去呗。你说你半夜12点你非要锻炼身体,我能制止得了你吗?”

自来水公司供了水，这就算正常生活，你敢不敢喝他可不管。我们知道一些地方擅长辟谣，居民惊恐，必谓之谣言，以策稳定。如果居民不肯吃鸡，官员还要亲自上阵，在电视里吃了，表示很安全。鸡西市3万多户城市居民10年不敢喝水，官方连个谣都不辟，也没有人秀喝水无害。这是因为水真的不能喝，所以无法辟谣和表演喝水呢？还是因为水真的能喝，所以不敢喝是你自找呢？我想，这主要是因为这3万多户居民“情绪稳定”，没有造出什么乱子来。为什么提倡“不找市长找市场”？明白了吧。这也可见习惯真的要靠培养，自来水积久不能饮用，自己找水就成了习惯。3万多户每天背水，鸡西市应该被授予“全民健身模范城市”。

有一个单位叫文明办，专管增进人们的文明，出口成章不足以形容其才华。大家都不太文明，文明办就来创建。创建有检查，活动实打实地高潮迭起，闹出不少怪异行为。近日媒体报道一事，可见文明办之文明水平。河北省唐山市滦南县连发投毒案件，多人因捡食食品受害，造成3死5伤，县文明办正在创建文明县城，其主任在电视上表示案件发生主要有两个原因，一是公民防范意识较差，二是部分群众有不良生活习惯。如果大家不捡食食品，如果捡到任何东西都上交，就不会中毒了。这样说的时候，文明办主任一定觉得这是一种见解，而不觉得是一派胡言。这种不自知的冷酷逻辑，比起有意的歪曲来，可恶程度有所不如，但论五迷三道那就更甚了。

巧舌如簧，口辞滔滔，现在不是贬义，而是一种治事基本功。这个社会的“好单位”、“好职业”很难进的，“逢进必考”，但应者如云，只因这样的单位与职业，怎样做都行，冷血也无妨，出丑绷得住脸面，好处就应接不暇；如果能理曲气壮、理穷辞达，那就更是人才。若能掌握这个社会中思维与语言的特色逻辑，那就随时能脱颖而出。

需要有国家广告吗?

《中国制造》广告片,《中国国家形象片》,是2011年初很有人气的话题。随后,香港浸会大学学者孔庆勤在"察哈尔公共外交年会"上表示,《中国制造》广告片总体有效,而《中国国家形象片》效果不良。

证据似乎是明白的,《中国制造》在欧美电视台播出后,五成多的受访者表示广告没有对他们造成任何影响,八成左右的受访者认为广告令人记住了《中国制造》而且对这个概念反思强烈;而《中国国家形象片》在纽约时代广场播出后,英国广播公司调查显示,对中国持好感的美国人从29%上升至36%,上升7%;而对中国持负面看法者上升了10%,达到51%。孔庆勤的说法与以上数据基本吻合。

但其实,证据的说服力量有限。"中国制造"和"国家形象",都是目标诉求很大的广告,我们甚至可以怀疑如此巨大的诉求,是否适合作为一个广告的主题。

即使被认为"总体有效"的"中国制造"广告,我们能否认可八成左右自称记住并反思"中国制造"的人自称属实;即使我们认可回答的真实性,又何以确定这是因为看了广告,而非中国制造的产品在欧美市场上随处可见而产生的效应?

《中国国家形象片》的效果,恐怕更加难以认定。它只在纽约时代广场播出,有多少美国人因为观看广告而改变对中国的看法?有多少人是因为播出行为而非播出了什么而产生一种中国评价?又有多少人对中国的看法与广告无关,而只是与广告播出前后中美间的其他事务,以及媒体对中国的报道有关?

如果是要售卖一件商品,广告投放的效果应该相对容易评价,即使是如此局限性的广告行为,评价其效果还要与其他营销手段的作用进行区分。像"中国制造"和"国家形象"这种超级诉求的广告,效果评价是相当困难的。"中国制造"的总体形象,恐怕更多地体现在具体的中国产品之中，而非可以由广告来改善。可以影响国家形象的因素，更是无所不在，更非广告可以实现修饰。

在接受学角度说，受众并非一个定向靶，输入一种带有某种意图的信息，就能够形成某种定向的接受，这种直接效应并不存在。在信息来源丰富的条件下，单一信息的作用，以及单一信息的效果，都进一步缩小。因此，一个国家的制成品形象，一个国家的形象，靠的其实是一点一滴的累积，而不是靠广告塑造，也难以通过广告而改变。相反，广告不当，可能反而产生相反作用，就像我们消费某种品质不良而在广告中鲜亮无比的产品所产生的感受。

孔庆勤认为，《中国制造》与《中国国家形象片》两个广告片产生了不同作用，在于前者广告踏实，而后者试图改变受众观点，犯了欧美受众的大忌。我并不接受孔庆勤对两个广告效果的判定，但同意他“试图改变受众观点是一种大忌”的看法。

《中国制造》广告片的效果，是不是真的超过了《中国国家形象片》，以及引起的反感度的差异是不是由广告手法所决定，至少从报道上看，孔庆勤的结论是失之简单和粗陋的。然而，“试图改变受众观点”确实是包括广告在内的信息交流的大忌。

如果很多人看了《中国国家形象片》很紧张，“第一个想法是：中国人来了，而且来了这么多”，那么《中国制造》难道不也会让人产生同样的想法吗？“中国货来了，而且来了这么多”。如果说《中国制造》用“踏实、平和”的生活物品传递了“携手中国制造”的信息，那么《中国国家形象片》不也是在用一张张具有国际美誉度的中国名人的笑脸来展现中国人“踏实、平和”的形象？

技术分析不足以解释两个广告的不同效果，甚至两个广告是否真的存在不同效果也未可知。《中国制造》与《中国国家形象片》的差异性评价，到底是广告造成还是其本身就存在而反映为广告效果，也很难说。关键的问题是，是否需要一种关于“中国制造的”和“国家形象的”总体性包装和宣传。为什么没有看到其他国家在其制造业和国家形象上的总体性广告？我们自己对某个国家的总体性评价难道是通过相应国家的广告获得的吗？

为什么会有大气良好的灰霾？

微粒挑战了中国的环境评价。PM2.5,不及头发丝1/20的空气悬浮物,成为争论的主角,关注的焦点,乃至被认为涉及“国际斗争”。

如同不安全的食品和洗涤用品普及了化学,天气在教我们认字。现在,人们都认识了“霾”,在汉语里面,这不再是一个生僻字,因为我们所处的环境“灰霾天气频发”。没有下雨,也没有阴云,但天总像蒙着一层纱布,灰、沉、压抑,这是“灰霾”,中国不少城市面临的最大污染问题。

PM2.5,大气中直径2.5微米以下的颗粒物,正是灰霾的元凶。我们的大气中有太多的PM2.5,它被我们吸入,进入我们的肺泡。它是那样微小,所以能够悬浮得那么久,传送到那么远。它是那样微小,所以进入身体后更加不像异物,更容易产生“血肉联系”,参与到呼吸、心血管、神经系统,加入免疫、生育和遗传过程。

这样的描述如同科普读物中常见的礼赞,我们对微观世界的神奇感往往如此。然而,PM2.5是污染,它在大气和身体里充分而顽强地存在,代表着污染布满天空,深入骨髓。它是如此恐怖,却不在大气质量评价体系之内。这就是为什么即使我们看不到蓝天,大气质量仍然可播报为良好。

现在我们知道一旦按照世界卫生组织的标准,全国空气质量达标的城市将会从现在的80%下降到20%。现在我们才知道,即使把最大危害不算成危害,我们的空气达标率仍然只有80%。现在我们才知道,我们一直在享受着一种特色化的“空气标准”,不被世界卫生组织认可的空气质量,在我们这里就是达标。这就像我们饮用“强壮一个民族”的牛奶,实际上产生着结石,而剔除掉三聚氰胺之后,我们就制定一个蛋白质含量和细菌控制都不能达到国际标准的标准，使得牛奶仍然合格。

我们坚决反对“双重标准”，但绝不反对把自己降到低人一等，就连呼吸的空气都被认定不配按世界卫生组织标准来评价。就是这样，我们还有交纳“呼吸税”的危险，坏空气也是可以收钱的。当然，如同我们不能拥有一个好的水环境，并不表示所有人都得不到干净的水；我们没有一个好的食品安全环境，并不表示所有人都得不到无污染的蔬菜。我们有的是办法，做到“应保尽保”，使值得拥有好空气、好水和好食品的人获得安全，而使更多的人消费与“发展不够”相适应的污染品，并贡献其消费“合格品”之后的税收。

我们并非不了解 PM2.5 对空气质量的严重影响，并非不了解 PM2.5 对人体健康构成的极大危害，我们也并非没有测定空气中 PM2.5 的技术，这种技术并非需要巨大的成本，然而，我们并不把 PM2.5 列入空气质量评价标准。从前，这一点甚至没有受到质疑，现在，人们极为关注这一问题，得到的回答是“时机不成熟”。

我们需要一个怎样的“时机”呢？我们是坚持一个“80%合格”的读数，还是坚持一个健康和安全的标准？我们的环境标准到底是以人为本，还是以保证“大多数合格”为本？不保证人民健康，但可以保证多数合格；然后，又从环境合格来证明没有危害，从而将受害的人们归于自身身体素质不佳；最后，如果环境情况有所好转，再把标准提高一些，那又可以被赞颂为巨大的德政。

我们呼吸着坏空气，却像那些呼吸着好空气的人民一样，满意着“合格”的生活。我们总是事后才知道我们原本是低标准的合格，但又因为终于真正地达到了标准，于是歌颂不已，而根本不在意一直处在不合格之中。如果我们一直不能达到标准，那么也将一直不知道真正的合格是什么，顶着特色的合格标签，又成为我们心安理得乃至骄傲自得的源泉。

据称，环保部正在制定我国的 PM2.5 标准，一些地方在将

PM2.5列入监测并进行公布。这是因 PM2.5 引起的空气质量到底优良还是极为糟糕之争的结果，剧烈的争论一定影响了环保部的“时机”判断。但我们不能知道的是，我们还在独享着多少低于国际通用标准的鉴定，把不合格变成合格，把不达标变成达标，仅仅是为了使我们听起来有着健康和安全的保障。

“天堂”很近

如果不是幼儿园校车事件，可能绝大部分中国人不知道有一个叫“正宁县”的地方。事实上，即使有了校车被撞事件，媒体一般还是用正宁县的上级区划单位“庆阳市”来标记这起死亡超过 20 人的校车被撞事件。

一个不发达的地方，除了报告灾祸和苦难消息的需要，通常是不会出现在人们的视线里的，这是规律。这个规律决定了灾祸与苦难是那些地方的唯一信息。它一方面塑造了一个地方的他者记忆，另一方面预告了不待泪水收干这地方又将被遗忘得干净彻底。

正宁县榆林子镇的这起校车被撞事件，首先是以人员死亡的重大而引人注目，然后是一辆 9 座车上塞进了两名成人和 62 名孩子。人们再度创作“天堂体”的抒情，说着“天堂里没有拥挤的校车”。我不能说这种抒情属于滥情，唯一的理由是不期而至的死亡确实随时随地，我们生活在与天堂距离很近的地方。但“天堂体”创作虽然颇为合乎程式化的悲剧生活，其实却失去了调集感情的作用。

悲剧是重复性的和经常性的，不期而至的死亡，样式是套路般的和程式化的。“不幸者各有各的不幸”，不适用于这里。所有正常生活都可能顷刻变成群死群伤，“特别保护”的群类之外，生机经常也是危机。幼儿也不能免除这样的遭遇，可谓“生而平等”的另类证明。既然幼儿可以供给三聚氰胺奶粉，又为什么能避免乘坐沙丁鱼校车呢？

而大火中“让领导先走”的要求，表明孩子虽然在家庭里居于中心，但进入大的社会情境，却只有微不足道的价值。这也就是为什么孩子们挤在校车里，而领导们的名字挤在校车被撞后的新闻中。相关的领导都是需要“积极处置事件”的，这样就可以使死亡变成一件与诸位大人无关的意外，乃至一个积极表现的舞台，从而不仅挖通了避免责任的通道，而且为良心的睡眠或假装睡眠提供了床铺。

很多人转发信息，称某国的校车是如何坚固，某国的校车是如何醒目。但其实地方当局的信息才更具意味，那是私立幼儿园，校车也属于私营，超载刚被勒令整改，但车主置若罔闻……我们这个发展快到“全世界羡慕我们”的社会，除了有着庞大的打工队伍和他们远在乡野的留守儿童，也不能为幼儿提供公立的育托场所，当然也就不会提供公营的校车。当然，我们的道路上跑着世界上最高密度的公车，每一辆的价格都超过沙丁鱼校车的几倍，但我们也是公私分明的，私营的校车，与公有的官车，不能混淆。

提供公立幼儿园是困难的，福利总是困难的，普惠性的事情没有不困难的，据说，“发展中”的社会，应该如此。同样，减少公车也是困难的，减少公吃、公游更是困难的，估计这又是“发展中社会应该如此”。如果我们只有让一部分福利付诸起来的能力，那么好钢用在刀刃上，“没有免费的午餐”，真实的意思就是“没有普遍的免费午餐”。

一个坏消息，换来了很多好消息。榆林子镇的孩子死了一批，引来校车检查、校车护送等行动，庆阳还有更好的消息，“2012 年停止更新公车改买校车”。这些积极的回应，都是必须肯定的。不过，不死人就不去解决问题，哪怕问题如同秃子头上的虱子，则又构建了幸运与残酷的联系，使那些人的死亡看起来像是大多数人获得幸运的前提。当然，幸运不是幸福，幸福可能持续，而幸运绝不具有可持续性。同样的死亡故事会继续出现，使得“天堂体”成为创作的一种常备类型。

“天堂”很近，“天堂体”创作很频繁，这有因果关系。自发的燃烛献花固然庄重，但过频则弱化哀伤的意味；“天堂体”固然深情，过频则衰减情感效果。所谓“生活还要继续”，意味着人们将习惯于任何看似不可承受的事情，日常化是去悲剧化和喜剧化的。

悲剧频发的最糟糕后果，是使我们淡然于悲伤，悲情无以发生，甚至不以悲剧为悲剧。这样，我们将能够视悲剧为正常，那就成就了“人间天堂”。

留守是一种发展成本

农村5岁以下留守儿童已达2300万人，占留守儿童总数的40.19%。这是全国妇联儿童部部长在“2011儿童早期发展国际研讨会”上透露的信息。

从这个信息很容易推知，留守儿童的总数达到了5723万人，约占中国总人口的4.1%。在世界上，人口达到5700万的国家，不超过25个。这就是留守儿童在数字上的总体描述。

数字分析还可以继续做下去。

我们还不知道留守儿童中儿童概念指的是哪一年龄以下。按2010年全国人口普查结果，0～14岁人口占总人口比例为16.6%。如果留守儿童中的儿童概念指的也是14岁以下，那么留守儿童占到总人口的4.1%，就表示全国每4个儿童中有1个留守儿童。

再分析人口的城乡分布，现在约各占一半，农村稍多于城市，那么农村留守儿童5723万，意味着占到农村儿童总数的一半以上。考虑到城乡生育率的差异，那么农村留守儿童所占比例，应是农村儿童总数不足一半但接近一半的样子。这就是说，一个人如果出生在中国的农村，那么有一半的可能性在儿童时期失去与父母在一起生活的天伦之乐。

全国妇联儿童部部长邓丽表示，5岁以下儿童留守在农村，可能会产生安全问题、监护不力的问题、营养问题，但最典型的还是亲情缺失的问题，产生的心理问题会伤害一生。这个分析或者说知识讲述，没有问题。但问题出在哪里？儿童部部长似乎出现了一定的偏差。邓丽表示“5岁以下留守儿童的父母通常都是新生代农民工”，这些农民工将孩子撇给父母后会多年不回家。她认为，产生这一现象的原因除了城市生活成本高之外，也跟父母对孩子早期教育的意识比较薄弱有关，因此，她呼吁父母将孩子带在身边。

但同样在这个研讨会上，国务院发展研究中心副主任韩俊说的却是农民工子女随迁不断增加，而且最近几年越来越多的农民工家庭将6岁以下儿童带在身边抚养，农民工子女随迁有低龄化趋势。

这样，留守儿童中5岁以下占到4成，是不是新生代农民工对孩子早期教育认识不足所致，就不无疑问了。按照韩俊的说法，新生代农民工对孩子早期教育意识薄弱并不存在。这样，留守儿童中5岁以下占到4成，应该另找原因。

当然，我们并不了解韩俊说的情况，和邓丽分析的情况，哪一个更接近事实。但我至少可以说，邓丽呼吁父母将孩子带在身边，显得过于简单。即使5岁以下留守儿童占4成确实是父母不肯带在身边，但这恐怕也不只是因为新生代农民工对儿童早期教育不重视，不只是城市生活成本高。

在城市打工的农民工，可能还担心带着孩子，会带来求职上的困难。有的工厂要求工人集中居住在宿舍，以更便于劳动生产率的提高；有的企业更愿意聘用未婚或者配偶、子女不在身边的工人。企业虽然只给工人支付工资，而并不管他们对情感性的需求，但实际上企业可能对工人的社会和家庭属性是有着反向要求的，那就是你尽量不要有什么社会关系，像孙悟空那样从石缝里蹦出的最好，那样就不会有什么麻烦事，也不会有什么烦心之处了，这利于工人在装配线上集中精力。

其实，农民工的问题不只是孩子不在身边，很多夫妻也是别离而居，有的夫妻分处不同的城市，有的夫妻虽处同城而未能生活在一起。打工导致“家破人亡”，大概还是少数；但打工导致“妻离子散”，却是普遍的现象。这没有算作发展的代价，没有计入发展的成本。

统计数字的好处，是便于让人掌握大致情况；统计数字的坏处，是它剔除了生活的细节。数字无论大小，只是数字而已。看到数字，感到严重或不严重，都只是判断，不会对应到任何一张具体的面孔。作为一个总体概念，留守儿童或者打工夫妻，面目都不甚清晰，生活的细节和细节后的身心体验更被抽离。而事实上，每一个人生的初年、每一个妻离子散的煎熬，都是具体发生的，其中有无数的故事，挤压身心，啃噬灵肉。我们并不了解，我们只知道数据，甚至我们连数据也并不知悉。

健康绑票者

药价黑幕，永无尽头。从出厂到零售，差价中冠军谁属，无人能知。刚说甲药差价能到20倍，又听到乙药利润可达6500%，眼镜跌下还不及落地，复报广州同种药价利润更至9173.5%。

谁都知道，这是利益链的作用，链子上面有药厂，有药品经销企业，有医药代表，有医生，有医院，甚至包括负责招标和定价的管理部门。但没有办法，价差10倍成常态，高者可达90多倍，利益如此巨大，谁肯收手？

药是用来治病的，也是用来养肥“医药产业链”和“医药权力链”的，所以谁有了病，立即架上砧板，你的痛苦正是产业链和权力链的暴利来源。链子上的人都把钱拿足，最后出手对病人的却是医院和医生。治得好治不好另当别论，钱一定要榨干。治好了要倾家荡产，这算福气，因为治不好也要人财两空。

每当谈起药价高，医方的理由总是一个，财政投入不够，不靠药，生存就困难。但实话说，以目前医方卖药的劲头和利益，我看想靠财政投入来赎买其卖药的干劲，没有希望。

又有一种道理，是说要让医术值钱，才能扭转卖药求财，我看这同样是鬼话。你想要医术值多少钱呢？如果医术要值跟今天卖药一样多的钱，对病人来说还是一样。

另一种道理，是说健康无价，医术无价，只要病好，哪能在乎钱呢？问题是社会上并不是谁都有钱，医院可不会不要钱就给他看病的。

还有一种撒泼的说法。你说医方不良，行医的就怒火中烧，“有种你病了别找我”。这种二百五的话，跟拦路打抢的人说“谁要你走我的路”一样混账。如果社会让这种二百五逻辑畅行，那就谁也别想活得好，因为谁都不愁找不到机会乘人之危、落井下石。

上面说的是卖药的医方，实际上在药品链上，哪一个环节，都可以说出类似的理由，力证自己暴利合理、暴利无奈、暴利不可消除、消除必将全社会受害。

我以为，“医药产业链”基本上就是一个腐败葫芦串，不是哪一个环节，而是所有环节都在获取暴利。这就像一段时间的中国足球，整体上就是黑幕勾当。有人形容房地产绑架中国经济，其实医药产业才真的是绑架了人们的生命和健康。它更甚于房地产，因为人未必都要买房，却绝对不免于患病上医院。

源流上讲，账自然要算到权力头上。曾经，医药政策放开，医疗保障减少，遂使医药产业变成绑架集团。现在要治，不投入财政资金、不健全医疗保障，肯定是不行，但也得清除这个产业的绑票利润，否则再多的钱投进去，不过为黑幕买单，而且永远买不清。

你为什么要敲邻居的门？

武汉《长江日报》、长江网联合组织了一次“敲门”活动，主题称“敲开心门，幸福从信任开始”。活动出动大学生志愿者 200 名，进入

4个社区。志愿者敲开居民家门，再邀请他们敲开邻居家的门，送上简单祝福。结果是，志愿者敲开336户人家，这些居民中三分之二敲不开邻居家的门。

报道中有敲门成功现温馨的描述，有敲门不易的感慨，有专家对敲门促和谐的意义解读，而唯一没有的是对敲门为何多不成功的探讨，于是，矛头所向变得简单，那就是对信任缺乏、邻里冷漠、人际关系疏离的批评。

我想，“敲门”活动如果作为当代城市邻里生活的一个实验，应该是有意义的，但直接指向为对“信任”、“冷漠”、“疏离”的一次检测，不只是太直奔主题，而且方向未必准确。现代城市生活确实显示了与四合院、平房区、里弄、街巷时代的巨大差异。一家开饭，四邻飘香；一家吵架，四邻劝解，那样的日子已经成为历史。守望相助，在有的社区变成了楼道值勤，更多的社区则是物业管理，一种付费的服务。这种变化可以说是不可逆转的，是好是坏，也不可以简单给出结论。

“人不能两次踏入同一条河流”，时间是不可逆的，时代也是不可逆的。工业力量兴起了，田园牧歌就成了绝唱，你不可能像穿越剧那样，自由地选择时空。有些东西发生了就发生了，不可能同时拥有另一种经历，例如你不可能既拥有从一而终的经历，又拥有离婚的经历。里弄生活与单元楼生活，也不可能同时拥有，里弄生活有里弄生活的特性，单元楼生活有单元楼生活的特性，你不可能在单元楼里拥有里弄生活，更重要的是你甚至不能决定自己要过里弄生活，因为城市正在消灭里弄。

邻里关系作为社会关系，敏感性在于私人空间与社会空间的张力。传统邻里关系或许使人感到温暖，但同时也意味着隐私的缺乏。家门之内，就是私人空间。当人们对私人生活的隐秘性越来越在意时，不愿意家门被别人敲开，就是顺理成章的。择邻而居，正在以身份识别的方式实现，而非以熟识程度鉴别，人们甚至有意避免与熟人居住在一起，人们也越来越少邀请熟人到家里做客。这与其说是信任度下降，不如说是在人们在私人生活有可能展开时，选择了一种更加完整的私人生活。

人们正在摆脱在规定中生活，而更多地倾向于选择性。人们必须选择在一个地方居住，但并不意味着人们也必须根据住址的邻近性来展开交往，这正是对规定性的抗拒。社区有公共生活，那是在社区会所或者网上的小区聊天室完成的，而不是进入人们的居室。社区的概念也在发生变化，一家网球俱乐部的会员之间，联系要远远超过居住社区的成员。虚拟社区的出现，更使社会交往扩大到身体不在场的状态。

你为什么要敲开邻居家的门，这本身是一个问题。因为我们就在隔壁，所以应当相互走动，这是想当然。为什么住在隔壁就要相互走动？社区安全，有物业保安；心理交流，有亲朋好友。住得最近，也许反而多了一层对窥视和监控的防范。正因为在地理上相距是如此之近，而且基本上永无改变，所以隐私的敏感性将使得相互关系中各不相扰和各不热心交往变成一种生活的礼数。这是私人生活水准提升带来的结果，但你不能既拥有完整和心安的私人生活，同时拥有邻里之间相互热忱关心的无间状态。

当你要去敲开别人家的门时，会认为敲门失败表明信任关系的缺乏，我们甚至可以用邻居被盗而无人关心的事例来证明相互热心是多么必要。但换一个角度，你也可以用能够随便敲开一家的门来诉说安全防范意识需要增强，可供引证的事例将是有人冒充水暖工入室抢劫。相悖的解读都不能说没有道理，但根本而言，所缺乏的是对当代生活中个体心灵的关注。个人生活首先是私人事务，然后才是社会交往。

理解和尊重私人生活在先，思索私人生活所带来的社会交往变化在后，这才是应有的态度。但一种常见的错误是，我们首先看到社会交往的变化，并强调了社会交往的欠缺，从而对个人生活的私人化进行社会化的批评。这就是为什么会去敲别人家的门，它的预设目标是，人们应当随时接纳别人敲门，邻居就应相互串门。这是生活在当下而心在过往的表现。

公务建筑的威风

云南红河州政府大楼被指奢华，官员回复称“总共才花4亿多”。

4亿多，多不多？眼光不同，见解不一。升斗小民，眼界小，没数过大数，掰着手指花钱，4亿多就不得了。大官巨贾，眼界大，4亿多就不算多了。这算是数字的阶级性吧。

4亿多算不算多，还可以从办了什么事、办了多少事来说。4亿多盖个楼，真是不少。不过，据说红河州政府大楼，包括州政府、州委、州人大、州政协，集中的机关、部门无数，还加红河会堂，还加千亩市民公园，才有4亿多。这样，4亿多就真不是大数了。

这当然是以“中国国情”为背景知识的算法。公务机关要率先翻修大楼，率先改善条件，这是一种当代“中国国情”。因此，我们可以看到巍峨的公务建筑在各地耸立。前不久媒体报道，深圳有一个人专门拍摄各地公务建筑，两年拍了40多处市县级政府大楼，结论是“大楼规模与贫富无关”。这两天在央视纪录频道看《大明宫》，大唐帝国气象亘古未有，吞吐天下之心，建设大明宫竟也要到立基近半个世纪以后。至于古代的地方，因有“官不修衙”的陋习，公务建筑向属简败。抚今思昔，论公务建筑之华美，定是“还看今朝”。

国外境外的情况，已有不可尽数的图片文字在网上，公务机关的办公楼或逼仄难显雍容，或老旧不堪观瞻，多属收拾干净而已。这样的建筑，不能令人起敬起畏，也不能令宏大的抒情诗油然而生。处身世界，当代中国的公务大楼可谓鹤立鸡群，对得起GDP全球第二，远超人类发展排名100名开外的水平。为国争光，抑或为国增辱，雄视世界的公务大楼算一项。

正是在古今中外进行准确定位的基础上，我们才能谈红河州政府大楼是不是奢华。纵论古今，对照中外，红河州政府大楼，可称庄严盛大。若只论今日中国，红河州政府大楼就只是平均水平上下了。如果它还集中了红河州几乎所有的公务机关，造价上甚至可以说节省，因为同样是“中国国情”，一个公务机关应该有个独立的楼堂院所。

问题不在于红河州政府大楼是否奢华，而在于中国的政府大楼是否奢华。红河州的大楼不算奢华，是因为它处在中国的政府大楼总体奢华的背景之下。在政府大楼如林涌现的情况下，红河州大楼并不出位，然而即使从这个可称节省的大楼身上，我们还是可以窥斑见豹地了解中国政府大楼的奢华程度。

问题可能还不在于中国的政府大楼是否奢华，而在于官员怎样看待政府大楼的奢华。我们可以从“才花4亿多”的态度上，了解到奢华的风尚是怎样改写了奢与俭的定义。政府大楼的同类项比较，使奢华与节俭站在了新的平台，从而使奢华变成了高级中的高级，并且使一切非最高级的公务奢华得以心安。

我们还可以探讨市民面对壮观的公务大楼是何种心理。在很多中国城市，公务大楼既是城市视觉的中心，又是权力运行的中心。作为城市视觉中心，公务大楼是城市建筑美学的亮点，使市民得以产生一些城市变化的自豪感。而作为权力运作中心，公务大楼显示了权力对公共财富的占用，使市民在心理上产生出抗拒。市民内心是五味杂陈的，而权力覆盖了城市，它不仅运行在空气中，而且形诸感观，时刻统御着、君临着生活。

出现在公务大楼前的阔大广场，虽以市民广场、人民公园定名，其实并非市民广场或人民公园。因为超大的公务建筑往往并不建在市民生活的中心，离人民的日常生活区域很远，它在新的规划区。阔大的广场不过是为着夸张建筑的宏伟性，它是装饰美学上的铺垫，巨大的空地更显建筑的宏大，也显示空置千亩土地的权力气概，但冠上一个市民或者人民的头衔，比起称为“权力广场”来，在语言上具有很强的正当性。

公务建筑就是权力的形状，它的外形也展示着权力的精神气质，建筑是凝固和外化的精神。钱多钱少，并非最重要的事情，因为无论多少都已被权力合理解释。而公务大楼所展示的那种巨型化、神圣化、威权化气质，可以使人看到权力的凛然威风。

真的大难临头了吗?

联合国气候大会，又在德班召开。从哥本哈根、坎昆到德班，成果不能说没有。会议仍然能够开得下去，就表明各方还是致力于谈。虽然谈也不见得能够谈成什么，但比连会也开不成要好。

德班会议的前景，并不乐观。《联合国气候变化框架公约》执行秘书克里斯蒂安娜·菲格雷斯说，寻求设定《京都议定书》第二承诺期并不容易。而寻求《京都议定书》第二承诺期续约，正是这次大会的紧迫任务。

早在哥本哈根，舆论就称各方错过了拯救气候的最后时机。这或许是危言耸听，但至少是极大地传播了气候危机的意识。其实德班会议才是最后的机会，《京都议定书》第二承诺期不能续约，减排计划就无以为继，而《京都议定书》的第一承诺期转年就要结束了。

即使《京都议定书》真的无以为继，气候是不是就不能给人以生路，也还是谜。各国政治家们在气候大会上各不相让，总不至于是人类灭亡就在眼前，仍然各执己见吧，真有电影《2012》那种滔天洪水，我想谈判就不至于如此激烈了。

自然，我们可以看到很多危险的信息，例如海平面上升，将要淹没多少个低海拔国家，太平洋、印度洋的一些岛国，在气候大会上也有过声泪俱下的陈述。还有“政府间气候变化专门委员会”(IPCC)、戈尔等组织和人物的宣传，使人如坐针毡。

不过，媒体也报道过 IPCC 有过修改数据的行为，其主席帕乔里的家距办公室 1 英里(约 1.609 千米),却并非自行车爱好者,也并不乘用专为他配置的电动汽车,他家里共有 5 辆汽车。至于戈尔先生,媒体更称其拥有上千平方米的住所,用电量是美国普通家庭的 20 倍以上。

我们并不知道消息是否属实,但至少气候虽说就要灭亡人类,减排计划却仍然是按国家发达与不发达来进行分配的,发达国家要维持生活水平,即使减排仍然有更多的人均排放指标。这就表明,事情似乎并不像覆灭那么糟糕,否则谁会有心思思谋自己只能承担多少份额。人均能源消耗最大的国家,对《京都议定书》并不感兴趣;本次大会,又有消息说加拿大环境部长称《京都议定书》已经过时,而且当时签署协议是加拿大“犯下的最大错误之一”。

看到人类就要不能生存的预言,再看气候大会上各国围绕减排目标及实施路线所进行的争论,我总感到气候确实从自然现象变成了一种政治。当然,我们也可以说政治家是愚蠢、鼠目寸光的,命将不保还要讨价还价。但历史地看,地球曾经很暖,暖到河南河北都有大象、猛犸等动物,即使在有历史记录可查的时代,杨贵妃爱吃荔枝,那也不是从岭南运送,而是运自四川。

当然,我们又可以说,过去的气候变暖与现在的气候变暖不一样。过去变暖不是排放的结果,现在变暖却是二氧化碳太多。人类排放增加的二氧化碳,是不是足以改变地球作为一个生命行星的属性、使过去的变暖与现在的变暖在生命行星意义上迥然不同,却是可以存疑的。几十年前,人类排放还被视为变冷的推手,现在又作为变暖的祸头。这固然可以说是认识提高了,但问题仍然是前面说的,既然事情急迫如此,为何大家还是各不相让,尤其工业化国家并不肯降低自己的生活水平去减少排放,而是根据技术的可能性来安排减排目标呢?另一方面,如果事情很急迫,工业化国家又有何必要在乎技术和资金的支持,而不是直接助人类度过劫难?

碳指标、碳交易、碳经济、碳文化、碳运动、碳政治,如此等等,碳正在成为一种资源,谁使之资源化?谁从碳的资源化中获得直接或者更大的利益?重要的是,对不发达国家来说,不仅要接受先进的碳观念,而且要承担碳后果,包括过去被工业化国家排放,未来则不能获得与工业化国家同等的人均碳排放额度,也就是不能拥有同等的排放权。

作为个人,谁都应当看到资源与环境的约束,看到高排放造成的各种后果,但后果到底是气候后果,还是资源极限的后果,恐怕还可以细究。绿色发展、生态文明,是毫无疑问的,减少耗费、节约物用,这也是毫无疑问的。我不能说碳概念的后面是阴谋,包括发财的阴谋、扼制不发达者的阴谋等等,我希望也尽力过低碳的生活。但要说人把碳排多了,地球气候就不再能够活人,这是不是也算一种人定胜天?低碳很好,但危害可能需要另说,而不是咬定会把气候搞到万劫不复上。

公考健康特异症

山西长治公考丑闻曝光的直接受害者只是一个宋江明,贵州公务员招考中神秘的体检不合格事件则是一串,至少10人体检"被不合格":即使在公考体检医院里,那些导致他们不合格的指标,在不涉及公务员招考的体检中,也会变得合格起来。

这种奇特的现象,我们有理由称之为"公考健康特异症"。这种症状可以描述为:一个人的身体是健康的,只有在他成为公务员仅面临最后的体检关时,他的某项健康指标会出现问题,此外无论经过多少家医院的多少次体检,他的同一指标将显示正常。

一个叫李伟的贵阳小伙子,可谓"贵阳的宋江明"。跟宋江明一样,公考某岗位笔试面试第一,最后在体检中不合格。报道说,当他在省武警医院的公考指定体检中被认定不合格后,到省人民医院全面体检,医生知道他考了公务员,告诉他不用担心身体,"你的一切都是正常的”。第二天，省武警医院复检中，血常规检查再次不合格，录取资格被取消。

这个细节也可以证明，“公考健康特异症”具有一定的发生率，所以其他医院的医生才会形成公考体检不合格而身体其实正常的直觉判断。贵州省公考部门称，进入体检的人员中，有8.9%的人因白细胞或血小板数量不合格，复检后26人被弃录。我们不知道这些人，有几个有身体健康问题。如果这些人身体健康，而且只在公考体检中不合格，公考的公正性，乃至整个权力系统的诚信度当然要面临严重危机。

李伟因为公考，为贵州的医疗GDP做了不小贡献。他共体检5次，其中两次公考体检不合格，三次非公考体检均合格。他考的是司法岗位，被拒录后，每看到“司法”二字，就会勾起痛苦回忆。另一个考生因血常规检查被弃录，她做了七八次血常规检查，次次正常，她报考的是警察，现在“一看到穿警服的心里就泛起一股不愉快”。

每一个同样命运的考生，以及他们的家人，他们周围熟识的人，都将由此而对于公务机关、公共权力，产生程度不一的不快和不信任感。而公考只是公务机关、公共权力众多行为中的一个方面，公务机关、公共权力无时无刻不在以其行为获得公众评价。随时发生的细小不公，那些无法令人心悦诚服的行为，如同一条条公信力流失的暗道。

现在，贵州方面有一些理由解释或者说推测“公考体检特异症”。例如自行体检“是不是体检者本人体检，有无篡改数据”。再如不同时间和不同环境下数据会有偏差，“晚上也许兴奋了，睡不着，体检很早……白细胞可能就下来了”。对这种情况，他们认为并不代表不健康，更不代表身体有问题，“但我们只能执行体检手册上的标准”，“政策是很严酷的”。这就把问题引向了公考被弃录者的诚信、医学以及国家规定，而排除了检测水平、招录不公、体检对某些参试者的定点清除等可能。

而恰恰在此之前，同样因为血常规不合格而被弃录的山西长治宋江明，最终查明要由公考组织部门主要领导和公考体检医院承担责任。这样的处理，已经使人们倾向于认为成群的贵州公考中蹊跷的体检被弃录人员，有可能是受到招考部门和体检医院联手伤害。

另外，公考招录只能采用定点医院体检结论，而不采用任何其他医院的检测结论，则让人想起开胸验肺的故事。职业病鉴定只能由定点医院作出，定点医院不认定为职业病，那么患有职业病也等于没有患病。为了证明病情，患者必须在另外的医院开胸验肺，这虽然暴露了定点医院的错误诊断，但实施开胸验肺的非定点医院要遭受处罚。不同在于，公考体检作出蹊跷的不合格结论，还没有人去认定其结论错误，使得公考体检变成了一个完全没有道理可讲的领域。这样，公考就名正言顺地可以将考试成功者清除出场。

公务员招录从无所谓章法到逢进必考，曾经发生招考条件为特权定制、特权子弟齐获高分、笔试高分被面试淘汰等丑闻，现在则是人们被“公考健康特异症”排除的时期。公考体检中许多人无法因疾病而淘汰，无法因健康而淘汰，却因为某项“因时间和环境不同而不同”的指标而淘汰。也就是说，公考可以通过对人的健康进行两次莫须有的否定，达到排除入围者的目的。这种莫须有的否定，哪怕再少，都足以使公考与腐败联系在一起。一条为了显示公平而开辟的道路，就这样被花样繁多的“操作”败坏成闹剧舞台。

声名狼藉的官员为何复出

江西宜黄自焚事件中被免职的两名县官复出了。媒体报道说的是，邱苏两位“建国”先生复出消息，由抚州市委市政府所属的“新抚州网”发布，应属权威信息。

两位“建国”先生复出的消息引起热烈反应，这是可想而知的。2010 年 9 月宜黄拆迁引发严重事件，拆迁户烧伤 3 人，几天后其中 1

人去世。这起事件引起舆论沸腾，不只因为拆迁、烈火与死亡，还因为“拆迁户浇灌汽油威胁拆迁人员不慎烧伤自家人”的官方解释，以及县委书记邱建国率队拦截拆迁户、县长苏建国带人抢尸。事发一个月后，消息称邱苏二人负有重要领导责任被立案调查，并免去职务。

事过年余，两人复出了，担任与免职前同样级别的职务，合乎免职官员“一年内不得重新担任与其原任职务相当的领导职务”的规定。邱苏二人的“重要领导责任”已经担当完毕，对两人所立的案子已经撤销，他们仍然是好干部，应恢复任用。

这就是邱苏二人复出后面的信息。虽然二人是因“负有重要领导责任”而被免职，但人们其实并不知道他们负的是哪一件事的领导责任，是拆迁导致公民死亡的责任、机场拦截拆迁户的责任、抢尸的责任还是引起媒体强烈反应的责任？当然，人们也不了解，“重要领导责任”要通过怎样的处理才算到位。至于为何立案调查后从来没有宣布过调查结论和销案情况，这可以说是程序上的瑕疵。总之，邱苏复出，可以解释为没有什么问题。

人们并不感到惊讶，这是因为沮丧已至深处。人们看多了问题官员复出，再来一个，已没有什么新鲜感。人们无言愤怒，乃至无奈调侃。冷眼而观的姿态，“看你倒行到何时”的忍耐，显示官意民意一种默认模式的分离，双方相互不以为然，而且相互不以为意。你是你，我是我，你有你的看法，我有我的逻辑。

在这种冷眼而观、漠然而视之中，媒体评论厚道而热忱，力图作出一些补济时事的建设性努力。《新京报》认为，形式化的“免职”很可能只是给责任官员放了一年的带薪假期。要避免应付舆情的假问责，就得先问责监督部门；邱苏二人应承担行政责任，还是应承担刑事责任，这应由监察部门和司法机关来说了算。

这个说法似乎是发现了问题，其实是走向了问责的浪漫主义。邱苏二人复出，固然可知免职不过是应对了当时舆情，却也完全可以解释为“真问责”。他们是在免职后复出，免职就是“负有重要领导责任”的问责；他们经过了立案调查，就是说他们已被认定并无行政责任更无刑事责任，而只有领导责任，问责早已实现，现在已经期满。问责制并不保证必须问到行政责任或刑事责任。

《南方都市报》认为，宜黄事件的处理更多的是考虑了抚平汹涌的民意，对导致强拆发生的基本权力结构并无真正的触动，但未来试图更加从容地应对基层治理的危机，破除强拆的治理困局恐将无法绕过，基于此，希望政府能够抓住契机为强拆解围，也为基层治理的困境解围。

相较《新京报》，这一评论所见更深，既看到了只图一时抚平民意而接下去又无视民意，导致今后抚平民意的困难，也寄寓了为基层治理解围的希望。然而，逆违民意的官员复出是私情安抚还是秉公办理？如果那只是私情安抚，我们可以说这是不负责任的政治行为。但如果是秉公办理，就可以说代表着体制的态度，呼唤为治理困境解围就有些缘木求鱼了。

真正的问题是，声名狼藉的复出官员后面站着徇私的同侪还是严正的章程？若属前者，或可进献官意须从民意的良言。若属后者，那么只图一时抚平民意，又不顾民意让官员复出，过一时算一时，就是依章办事。这是章程的疏忽，这是章程的深意，谁能确知？这样，献策看到了治理的困境，而我或许看到献策的错表其情。

外交家的道理

资深外交家吴建民接受《京华时报》访谈，解读对外援助校车一事，讲了一通释疑解惑的道理，值得一读。

一个国家不是只有比别人富裕，才可以去援助别人；中国不能给世界留下一个冷漠的印象，一毛不拔做人不会有很多朋友；一个很有同情心的国家、占领道义制高点的国家、关爱其他国家的国家才会受欢迎；捐赠就是表示好意，有困难相互帮，平等互利，无关穷和富；要摆脱弱国心态，心眼小又爱显摆；要有全球胸怀。这些都是很好的道理。

我们这个社会从乐于“国际主义援助”到今天连履行国际义务都可能反弹巨大，值得深思。开放与封闭，走了一个奇怪的曲线。这个社会越来越开放，但也越来越只注意“把自己的事情办好”，从而对世界上其他地方或仰慕其美好或漠视其苦难。而在封闭时期，这个社会贫穷却到处施加援手，同时显出一种对世事的无知。有知的冷漠与无知的热心，就是这个社会在国际视野上钟摆式的轨迹。

这样的视野两极摆动，其实也发生在国内事务的看法上。人们越来越多地追求富裕，但人际之间、地区之间，都进入了一种富裕的自我奋斗。阶层在分化，财富分布在极化，人们的心理距离也在拉长，敌我关系从生活中走远，现在大家都是“人民”，但人民内部互不关切，敌我的战争变成了“人民内部”的冷漠。地区也在分化，城乡差别、东西差别加大了，大家都在努力“先富起来”，“城市像欧洲，农村像非洲”既是景观，也是心态，生活在发达地区的人们接近于世界上更发达的地方，而对同一国度上的不发达地方如同看非洲一样，既遥远又仿佛无关。

人们似乎很在意解决贫困问题，但经常地，贫困也会变成一种反抗的意识形态，一个反对意见的口实。火箭要不要上天、航母要不要建造，都要面对先解决教育缺乏、病无所医、老无所养问题再说的反对，似乎只要还存在贫困现象，做什么事情都属于不当。这与“中国并不富裕，就不要进行对外援助”有着逻辑上的一致。

总体而言，当代中国的国际观念与国内观念其实有着同样的方向，自我立场、财富本位取代了“天下为公”和过盛的道义情怀，情怀变成了一种自我关切以及演示性的对他人关心。当然，我不以为这可以用对或错进行总体的简单判断。自我立场、财富本位有它的问题，“天下为公”和过盛的道义情怀也有它的问题。人必先解决自己的问题,财富至关重要,情怀不可缺乏,他人与世界(而非仅仅世界上的富人和富国)跟自己联系在一起,这些或许难以协调,但只顾一极并以之为正当,则是大谬。

不过,我以为,这些应当作为基本背景的社会思维,用于稀释校车援助引起的强烈情绪,虽然不能说毫无作用,但多少有些不贴肉。校车援助引起强烈的民间情绪,主要在于一种强烈的对比,甘肃庆阳校车事故的惨烈,以及出事校车定员9座塞入64人的细节,勾起人们对中国校车的普遍不满,恰在此时校车援助消息传来,人们情绪激烈,并非不可理解。

《京华时报》问,“小孩子心里会不会这样想:我都吃不到那么好吃的东西,你还给别人”,吴建民答:“心里觉得妈妈这个行动是崇高的。自己即使有情绪,也知道不对。有这样一个是非观念”。一般来说,这是一个好回答;用于校车援助,这不是一个好回答。小孩子可以深信妈妈对他的至爱,而公民对权力并非如此。甘肃那辆校车一直开行在乡镇间,权力的车辆也一直开行在乡镇间,权力的巨大耗费在处处体现,而权力和权力者又是否真切地顾念苍生之不幸?这怎么能拿“小孩子要理解妈妈将好东西送给别人吃”作比?

一个国家、一个社会,应当援助别人,应当兴办各种事业,甚至不是不可以做一些显示形象的事情,但基点在于它确实需要首先顾念其人民的祸福悲欢。外交的道理,内政的道理,没有什么不同,而且内政修明为本,外交纵横为次。如果权力不能服务好人民,颐指气使,花天酒地,社会必然问题丛生,外交的道理就显得奢侈,而且对外形象会成为一种讽刺。

“校董女神”的造像手法

西北大学现代学院PS(photoshop的缩写,意为对照片或图像做一些处理,使之更好看)了两尊雕像,一尊为中国的女娲,一尊为西方的雅典娜，PS方法为换头，神话人物女娲和雅典娜被代之以现代学院校董李、郭二位女士。雕像分立该校图书馆两侧，高约两层楼，题称“现代学府守护神柱”，并坦言头像采自校董。

这种手法的造像，置之僻远乡野，作底层娱神之用，或许适当；置之大学校园，以为文化建设，则大学二字，立即面目无光。

不过，对PS雕像，现代学院宣传部长有成套解释：校园内共竖立了30多尊古今中外名人的雕塑，其中大部分为男性，考虑到阴阳平衡，就竖立了女娲和雅典娜的雕塑；为有成就有贡献的人立像是应该的，但活人不立雕像，女娲和雅典娜长什么样没人见过，换成校董的脸，就是为了永久纪念他们对学校的贡献，学校不想因此被人关注。

但另一位校官现代学院办公室主任说，学校有五六十尊雕像，优秀学生干部、优秀学生、对学院有贡献的人都有，不在乎别人议论校董雕像。

这所学校到底有多少雕像，两个校官说法差距很大。而且一个说活人不立雕像，所以校董要用神的样子；一个说雕像中有学生和学生干部，活人到底立不立像，现代学院也没有统一说法。学校不在乎被人议论神像，还是不想被人关注，说法也不一。

有一点是一致的，就是两位校官都表示雕像只是艺术品。意思是什么呢？是艺术品，那就怎么造都自由了，说三道四甚至是过分了。然而，艺术品也是要受人评论的，公共空间里的艺术品，尤其要接受公众的挑剔。现代学院要塑像以永远纪念校董的贡献，没有什么不可以；但要把校董升格为“守护神”，不免怪异；立校董“神像”却僭据女娲和雅典娜身躯，就更是鄙俚不经。

两尊校董脸女神身的雕像，意味何在，我无法准确说出。两尊雕像使大学精神无所安放，这是确凿不疑的，但用以阐释雕像的意味不算精准。

有人说，这样的雕像乃是媚权或者媚钱，为大学软骨病的表现。但据传二位僭据女娲和雅典娜身躯的校董，为现代学院刘家全校长之夫人和亲戚。雕像不能“吴带当风”，神祇却是“裙带得人”。校长家人升格为学校神祇，若属有病，这是软骨还是硬骨，怕是还要确诊。

又有评论说，这两尊雕像与清华真维斯楼异曲同工。这是过多地看到了大学对金钱支持的重视，但没有看到二者之大异。现代学院立的是“守护神”，清华大学何曾有立“守护神”的概念？二者异曲是实，但也无同工可言。

还有评论称现代学院的雕像是“自负和谄媚的化身”，是被立像者的不朽幻想和造神者的献媚心态结晶而成。我想，这样说，应该有道理吧，但恐怕还是显得粗疏了些。真人雕像，大多寓含“永远”和“不朽”的意义，这是确当的；但两位校董之所以被升座为神，这是献媚还是别有心迹呢？毕竟，升座的校董不是旁人，而是校长的家人。

人有不朽之念，不是什么坏事，不朽之念也大可成为善行的动力。做事做到当得起一座雕像的程度，也不可以说是自负。两位校董于现代学院若有永志纪念的贡献，立像不为过分。只是立像就该立得堂堂正正，不要装神弄鬼，僭据神格。

女娲、雅典娜被现代学院拉差来做“守护神”，有何说法？两位校董到底是神是人，其头像何以能分别爬上女神的身躯？两尊造像到底是表彰校董，还是尊崇女神？有必要人头神身、囫囵嫁接吗？大学应作为问学乐园，以崇实为先，还是成为洋泾浜鬼画符的符号产地？神祇造像取自某位真人，不算出奇，例如洛阳龙门的观音造像，据称多像武则天，但也从来不曾见过像现代学院这样的行为，只是因为没人见过女娲和雅典娜，就大言不惭称“头像取自校董，表彰其贡献”。

权且将现代学院的雕像算作是艺术品，那么它在符号传达中实现了对崇高的消解，就像在蒙娜丽莎的脸上抹一撇胡须那样，在女神像的头像上 PS 校董的脸，标称那就是女神。但这雕像其实不是艺术，而是一种社会行为，它是以艺术的名义完成一个宣传表彰活动，使两个校董在现代学院的场景下达到人神互文的效果。这件事情是大学文化的一个展现，显示鄙俚不经的大学格调。

这件事情又是当代中国的一个社会侧面，形象塑造在中国无处不有，我们可以看到，装神弄鬼、假托圣贤、大言无际、附丽崇高等等，正是基本的手法。“校董女神”的制作过程，也是当代中国的形象塑造运动的一个造像。

补台专家的解释

财政部发布2011年前11个月数据，财政收入同比增长26.8%，税收同比增长24.7%。新华网为指导人们“如何看待”，12月12日请出了中国社科院财政与贸易研究所所长高培勇。

高专家解析得相当系统，使人明白税收高于经济增长正常，税负水平低于工业化国家，税收对物价的影响可以弱化，福布斯全球税负痛苦指数不符合我国国情。

这样的专家释疑，原本是不需要的，因为人们已经没有什么疑问了，知道该“如何看待”任何一种奇怪的事情了。

财税收入高于经济增长，这已经持续很长时间了，人们有过惊呼，也早被解释过，现在已经不再有什么疑问，因为知道“专家解析”的水平很高，而且疑问也不会有什么作用。福布斯税负痛苦指数第二，也是一样，有过惊呼，早被专家解释过了。

这也是所有令人惊讶的事情必有的套路，事情总是正常的，甚至是健康的，而别人对我们的评价则要两分，好的都是准确的，不好的就是不了解情况、评价标准不符合我们的实情，或者属于歪曲。这就是“如何看待”的总钥匙。

在这种“看待”之下，财税收入高于经济发展数倍的增长，属于“补偿性质”，就是说，以前政府收得太少了，现在多收一点；或者政府本来应该收更多，现在只是补偿一下。不了解这是政府的意思，还是仅仅属于专家的补台。补偿到什么时候才算恰当，不再继续呢？专家也没有说法，不知道是否补台只需态度，无须准数。

税负高不高，办企业的有感受，工薪阶层也有感受。这回高专家的说法是“宏观税负水平虽不能算低，但绝不是世界最高的，它低于工业化国家平均水平”。这应算是“咬牙客观”了，承认不能算低。但又加一句“不是世界最高”，令人胆战，难道我们还要冲刺“世界最高”不成？

两年以前，还有一批专家反驳福布斯税负指数，咬牙坚持“中国税负属低水平”，要逐步提高宏观税负水平。为免忘记护国之功，特示咬牙专家如次：中国社会科学院价格与税收研究室副主任张斌、中国人民大学财政金融学院教授安体富、中国人民大学财政金融学院教授朱青等。

税负从低水平到不算低，是这两年的功劳，还是补台专家们还没有达成一致意见呢？存疑。但高专家这回还是说出了一点新的情况，那就是把税负水平跟政府公共服务水平挂钩，表示税收逐年增长，政府公共服务水平没有按税收增长而相应提高，必须加快步伐，满足百姓的期望，还提出必须优化税制结构，使税收对物价的影响减少。

终于不是只讲收税不讲用税，这是一个好变化。尽管税该收多少算高，本身也是一个问题，但收了税不去增进公共服务，而是用在公务机关改善办公工资福利、吃喝、旅游、车辆购置等，这是更大的问题，但咬牙补台的以前从来不曾提醒人们交税要得到公共服务。刚看到报道说，北京有居民买到猪肉，夜晚发荧光，这种事情近年不是头次见，北京有过，他处也有过，但没有哪个地方给出过说法。还有个工商人员说，“听说有检测中心检验过这种猪肉，检测结果说肉没问题”。这就是人们得到的公共服务。这样的公共服务不可穷举。

咬牙补台的专家们不仅不会提醒人们要得到相应的公共服务，还常常忽略人们有多少负累没有计入税收，讲起“税负不高”的时候就大言不惭了。刚看到消息说，河南天价公路逃费案即将再次开庭，这个案件上次因当事人 8 个月逃过路费 368 万元被判无期徒刑，轰动天下。这回起诉指控的逃费额为 49.23 万。账怎么算的呢,律师也迷惑。大概 8 个月逃费 49 万多元,似乎像样子些,但放到世界上,这样的过路费不还是高价吗?这是人们未被计入税负的负担,只是之一,还有之二,之三……负担与低劣的公共服务一样不可穷举。

但人们确已习惯了。高额的支付,低劣的服务,而且被解释"税负不高",以及一切正常。有些事情是有关部门解释的,当有关部门也不好意思解释的时候,就有补台专家,他们总能"咬牙坚持",横下心,闭上眼,说话就底气充足起来。

年度汉字——翻

就在《校车安全条例》公布并向社会征求意见的第二天,江苏丰县的一辆校车侧翻,导致 15 人死亡。这为 2011 年年末不断发生的校车事故添加了最新的记录,但我们不能预计,它是不是最后一起重大校车事故。

该起导致重大伤亡的最新校车事故,可以导出 2011 年的年度汉字——翻。

江苏丰县的校车是侧翻的,甘肃正宁的校车是被撞翻的。甘肃正宁的那次事故中,一辆 9 座面包车塞进了 64 人,被撞翻后,全车无一免于伤亡,其中 21 人死难。此后,辽宁凤城、深圳龙岗也相继有校车事故发生。

校车事故使一次对外校车援助活动受到"援交"的讽刺、议论,这引出外交家吴建民劝勉国人放弃"弱国心态"的谈话,只是谈话看似并未让无校车可坐的国人激发强国心理。接下来,就是《校车安全条例》放出来征求意见,安全的校车似乎有望行驶国中了。说起来不无残忍,这算是校车死亡事故带来的正效应吧,或许也有对外援助校车的间接功劳。只是,丰县事故告诉人们,不要让一些孩子等不到安全校车。

还有一起重大的翻车事故，不能不提起，那就是“7·23”甬杭线的动车追尾。人们都看到了这起事故后巨大的列车车厢翻出轨道，挂在铁路桥上的画面，也经历了那些充满悲情和戏剧性的日子。2011年年初，铁道部部长刘志军刚刚风尘仆仆地过完列车上的春节就被双规，仿佛开启了铁路运行事故之门，一段时间里，高铁、动车连出奇异停车事故，至“7·23”事件而达到顶点。

时任铁道部新闻发言人王勇平面对疑问作出的“至于你信不信，反正我是信了”的著名回答，迅速掀起了全民造句大赛。这句话使他的新闻发言人生涯翻了车。现在，这个著名回答已经成为新闻发言人的反面案例。但人们注意到王勇平其实是新闻发言人中的佼佼者，与他同期受训的首批部委新闻发言人差不多都已经先他下课。这一事实，表明新闻发言人其实属于“曹营之事难为”的苦差。

在动车追尾中失去了声誉的，还有铁道部的事故解释，后来铁道部人员被请出了事故调查组。不过，就算是这样，直到现在，人们仍然未能等到事故原因的最后结论。一个叫小伊伊的女孩因为在宣布没有生命迹象后获救而受到广泛的关爱，她给事故的哀伤添加了些许亮色，她的生命推翻了“没有生命迹象”的结论，证明了匆忙放弃总是轻率的决定。

与小伊伊大不相同的是，一个叫悦悦的小女孩被车撞倒在佛山街头。摄像记录显示，她没有得到救援，而是被随后的车辆轮番碾压，从她身边经过的人有10多个，最后是一位拾垃圾为生的阿姨将她抱起。小悦悦事件深深震动国人，激起翻江倒海般的舆论。路遇跌倒该不该扶，扶人反被称为肇事者怎么办，这些问题既现实又荒诞，显示这个社会的公共道德近乎跌落到蒙昧时代的水平，文明古国的荣耀形象被这样的现实纠结打翻。

郭美美在微博上晒她的幸福生活，引发了人们对中国慈善机构的信任危机，红十字会、河南宋庆龄基金会、中非希望工程等组织备受质疑。这个社会由汶川大地震所调动的普遍慈善意识受到重大打击，慈善机构的冠冕被打翻在地，恢复信任可能不是短时间的事情。

微博正在成为新的力量，一种翻转秩序的媒体。它越来越多地成为新闻的第一落点，也越来越多地成为讨论的第一场境。这里不只有郭美美引爆慈善机构的信任危机，还时常有官员因微博而陷入“裸聊门”、“开房门”的困扰或者困惑，终至“以德为先”写在“德才兼备”后面，成为官员选拔任用的标准。“戴套不算强奸”、“奸幼算嫖幼”等官员怪异逻辑在微博上秽声远播。而娱乐明星不妨在微博上秀其透视服和爆乳装。

重大事件仍然不时出现，表明一些地方民间情绪在翻腾。2010年年底的钱云会事件延续至2011年年初，2011年发生的织里事件、中山事件、增城事件、陆丰事件、济南司法警察交通事故被围困、兰州军车与市民冲突被围困等，起因或简单或复杂，背景或深厚或浅显，但无一不显示出社会矛盾的普遍存在。拆迁致死事件经过年中对地方拆迁暴力行为的一再强力约束，报道有所减少，但江西抚州钱明奇的犯罪行为显示了一种新的倾向，利益受损者从以死相争到以死相搏，巨大的负面情绪积蕴应当正视。

徐武翻墙而出，演出了飞越疯人院的现实版。智能手机IPHONE4S和平板电脑IPAD2“越狱”不成，使“科学上网”受阻。众声同呼，翻新个税起征点500元。五道杠出世，网店卖翻版少先队臂章。药家鑫、李昌奎案件诉情曲折，草根舆论翻转精英思维。故宫连陷五门，国家文化脸面翻作二丑面孔。地震“绊”倒日本核电，中国售盐翻番不止。“脊梁奖”已成笑谈，受罚主办机构翻身又是好同志。夏日家门口看海，城城翻波；冬天PM2.5爆表，京城热议。康菲渤海湾漏油，堵之不绝；大连中石油灭火，大翻烧饼。限娱令迫电视台头牌让道，限购令让房地产宠儿地位翻盘。“救温州”、“救美国”、“救欧洲”，经济景气出现忧虑，翻车或是危言耸听，但高歌猛进已经困难。

观念碰撞在加剧，分歧强度在加大。教授突然作色，“三妈的”连连掼出，显示激情已经燃烧，精神已经绷紧。观念差异越来越进入相互标签化而无讨论可能性的境地，观念冲突不仅在差异的观念之间展开，而且在差异的态度之间展开。大略相似的观念内部，态度差异形成了激烈的冲突。激越的调子正在响起，不耐的情绪在上升。翻脸变得简单，争执变得平常，预示着更加多向而且尖锐的对立在形成之中。

控的必要与失控的可能

忽然传来消息说，“控”和“伤不起”当选了2011年度的国内年度字词，而“债”和“欧债危机”则当选了国际年度字词。

两组字词都不能说是“正面”，但意蕴还是很不相同的。控在规制的过程之中，而债是一种失控状态；伤不起是情绪性的感慨，而债务危机是严酷的事实。两相比较，颇可体现“国内形势好于国际”的精神。

发布年度字词的单位是国家语言资源监测与研究中心、商务印书馆、新浪网和《中国青年报》，都是研究机构和媒体。非官方性质，并不影响权威性，但也不增加权威性，虽然为表明权威性，年度字词据说经过了网民推荐、专家评审和网络投票三阶段，但用一个字词来表达一年，本身是一个娱乐性的事情，不必太当真。

人有化繁为简的想法是正常的，甚至是必要的。现象是一团乱麻，头绪和条理就是简化，规律和定理也是简化。用一个字来表达一年，则是简单化，这是求简过度，没有什么字可以表达一年。但现在评选年度汉字已成普遍娱乐，甚至已成“新民俗”，那么也不妨姑妄评之，姑妄听之。

最近我曾以个人看法选择年度汉字，选出的是“翻”。用这个字来翻看一年，自然也可以大有说头，其中动车和校车的翻覆可以作为典型，其他如小悦悦被撞翻在街头无人施救，郭美美“翻晒”幸福生活打翻了公益慈善机构的形象，微博兴起导致网络翻转了媒体秩序，

“戴套不算强奸”之类话语雷翻了民众，一些重大社会事件显示了翻腾的民意，徐武翻墙飞越疯人院，众生呼声翻新个税起征点，药家鑫、李昌奎案件中草根舆论掀翻精英思维，故宫连出丑闻使国家文化脸面翻作二丑面孔……也大可以成为年度观察的一种视角。

当然，以“控”字来梳理一年头绪，也是可以串联很多事件的。发布年度字词的单位说，上一年度的汉字为“涨”，于是“有涨就有控，有涨就需控。政府努力调控房价物价，百姓盼望政府能够控得好控得住”。这个解释着眼于民生层面，房价物价是解释的重点。在随后的新闻中，又加了一个解释，“一系列的‘××控’，更折射出‘控’已成为一种生活状态”。

不过，对“控”的解释显然还可以扩展。例如，一些评论已经谈到，从2010年“反三俗”到今年“禁娱令”，最近又规定了电影内容禁止项目从十个增加到十三个，这都是在控。网络清洁行动从网站管理到前不久注销两百多个不良微博，这也是在控。还有公布“三公”支出，整治校车秩序，降低铁路时速，清查地沟油等等，都是在控。还有官员复出要控，城管打人要控，稳定要控，出了事以后死者家属的情绪也要控……名单可以一直开下去。这样，控实际上就是管理。当然，既是管理又都有管得好与管得不好，也就是控与失控的区别，还有当管与不当管，也就是控得其所与控非其所的区别。

年度汉字发布方说，“控字广为流行，具有更为轻盈的意义空间和更为斑斓的语言景观”。发布方之一华中师范大学的一位学者说，“用一个字来概括对中国和世界的看法，唤起大家对母语的热爱，也能彰显我们有足够强大的语言文字处理能力”。我对这样的说法不以为然。任何一个字，你把它拿出来说一道，都不免看出许多日常使用中被忽略掉的意思来。这跟有没有“足够强大的语言文字处理能力”、“轻盈的意义空间和斑斓的语言景观”有什么关系？

例如，我们可以研究控这个动作的属性。控属于一种主动行为，控与被控相对。“微博控”、“技术控”这种构词法中，控其实是被相应东西所控制，个人生活层面的主动选择，反被选择的对象所控制。喜欢发微博的人被微博弄得昏头涨脑，喜欢 IPHONE 的人甚至卖肾去获得一部苹果手机，形为物役，并不见得可喜。而主动施控的行为，则往往导致控与被控之间的摩擦，角力与博弈的劲道，怕是身在其中者才可得知。“政府在努力”和“百姓在期盼”，显示一种奇怪的分离，符合民意的控，为何不能直接借助民众之力？而在一些地方，政府在控，民众则处于被控状态，就更加令人遗憾了。

例如，我们还可以研究控这个字的构造。发端于《说文解字》的拆字学，可以对控进行一番新的意义释解。按照简单的拆字术，“手空为控”。这就使控显得很无力。在一般意义上，控表示一种强有力状态，是使用力量而且有效的意思，显得一切在握。而“手空为控”，则是说控乃是手中空无一物。

我们当然不能承认控在本质上是无物在手的状态，但可以说控内在地包含着不受控或者失控的可能性。控之所以必要，无非事物有一种离手而去的趋向，这才需要使用力量加以重新把握。

油头粉面的垃圾数据

年末读到各种数据，一片可喜。国家统计局公布《中国全面建设小康社会进程统计监测报告(2011)》，尤其令人愉快。这个报告说，全面建设小康社会进展顺利，2010 年实现程度达到 80.1%。

全面小康达到 80%，不知是按人数算，还是按平均数算。前不久扶贫标准刚刚上调 92%，据称更多的人将得到贫困扶助。这是从积极方面说，从另一面说，也就是按新的标准，有更多的人要被归于贫困队列。媒体还热议提高中等收入阶层比例，数据说，目前中等收入群体约占 23%，以每人每天消费 10～100 美元为标准，中等收入群体约占 12%。这样的数据，显然不足以支撑 80%人群达到全面小康的结论。

这个监测报告将全面建设小康社会分成六大方面，分别是经济发展、社会和谐、生活质量、民主法治、文化教育、资源环境，其中实现程度最高的，是民主法治，监测结果说实现程度达到93.6%，在六大方面中处于最高水平。

我们一直听说，我们主要是在发展经济，很多地方仍然认定“发展不够是最大的实际”，现在又转向改善民生、促进和谐。至于民主法治，据信是要在经济发展和民生改善之后才能够有大的改变。然而，这个监测报告恰恰相反，认定全面小康中民主法治的实现程度最高，生活质量、社会和谐和资源环境的小康水平都高于经济发展，只有文化教育比经济发展水平要低一点。

我们一直以为，这个社会的现代化进程，最需要攻坚的部分在于民主化和法治化。现实生活的经验，也时时提醒人们，民主程度和法治水平越来越显出滞后的特性。官员雷语和劣行，屡见不鲜；权力不受约束的现象，触目惊心。然而，小康进程监测报告却是民主法治已经实现了93.6%。按照这一监测，社会的民主进程和法治进程，就不是滞后，而是已经大幅领先于各个方面了。

现实的观感是，这个社会经济发展成就瞩目，普通人的生活改进与经济发展水平不相适应，贫富差距在加大，发展成果共享面临许多问题，社会矛盾多发影响了和谐，而民主法治水平严重制约了社会现代化进程。这个监测报告则反道而行，告诉大家，现实生活的体验和观感是错误的。这样的监测，到底是揭示了真实，还是颠覆了自己的信誉？

我们并不了解这些监测根据怎样的样本来得出，更不明白它有着何种反生活经验和观感的统计方法和观念，只知道它报告了形势大好的消息。它认定公民对自身民主权利实现的满意度达到了82%，对社会安全的满意度更达到了95.6%，由这两项数据又得到民主法治实现程度达到93.6%的结论。

统计局是一只报喜鸟，这是没有疑问的。物价指数、房地产指数、失业率等等，它总能告诉你不高；而收入增长、GDP 增速、财政收入增长等等，则都是很高的。现在，统计局又告诉我们，在一切可喜的局面中，民主法治最为可喜。在统计局来说，工作大概也是兢兢业业，大有所成；在公众来说，它其实是哪壶不开提哪壶，你哪儿疼它说哪儿舒服，最疼的地方经过统计局妙手统计，就成为满意程度最高的地方了。

随后不久，清华大学中国金融研究中心和花旗中国共同发布了一个调研报告，称 24 个城市 5800 个家庭的数据，2010 年年均税后收入达到 89170 元，平均资产总额 715947 元，而这些家庭平均负债仅为 4.5764 万，资产负债率为6.39％，远比美国家庭平均资产负债率(在 20％左右)要低。这当然也是一个可喜的报告，只是不知 5800 个家庭是怎样抽取的，年均收入达到税后近 9 万元，我们只知道 2011 年上半年，个税起征点上调到 3500 元之后，纳税人数由约 8400 万人减至约 2400 万人。

我们读到的统计数据，虽然大多看起来权威无比，其实不乏油头粉面的垃圾。

哪个国家培养了世界公民？

北大校长周其凤在湖南长沙市第一中学演讲，被媒体报道断章取义。对此，我已有过评论，“没有真实，一切价值等于零”，对媒体有意识地曲解真实作出严厉批评，其实也是自己身为媒体人的一份自警。

周其凤校长没有认为美国的教育一塌糊涂，还认为美国培养美国公民很成功。周其凤说的是，“如果是从我们现在是个地球村，在培养世界公民这个角度来说，我认为美国的教育是一塌糊涂。它培养的人，也就是说他们感到骄傲的是他们的总统，哪个总统懂得尊重人家？就想欺负人家，就想把它的价值观强加于人，就想按照美国说怎么办就怎么样办。所以，从这个角度来说美国的教育是一塌糊涂”。

美国培养世界公民的教育是否一塌糊涂，是一个可以讨论的问题。周其凤校长认为一塌糊涂，因为美国总统不懂得尊重人家，“就想欺负人家，就想把它的价值观强加于人，就想按照美国说怎么办就怎么样办”。这样说，好像美国总统是在把欺负人、强加于人当事业干。

美国总统是一个职业，这个职业是否有这样的职业要求，或者容易得这样的职业病，实在是一个疑问。我想，任何一个总统，杰出也好，平庸也好，总该是以维护国民和国家的利益为第一考虑，而非把欺负他国、强加于人作为事业吧。这就是我们日常所揭露的“利益原则”，没有永恒的朋友，没有永远的敌人，本·拉登、萨达姆都曾是美国总统的座上宾。

欺负人而不得益，价值观强加而不获利，这样的事情，美国总统不会干。这不是说美国总统不做欺负他国的决策，不推广其价值观，而是说，欺负人或推广价值观仍以利益来衡量。话说回来，这样的利益考量，恐怕也非美国独有，很难想象世界上有哪个国家的首脑会不顾一切去欺负人或推广其价值观。一门心思欺负人的，恐怕没有。一味将价值观强加于人的，我看除了那些“理想主义英雄”，世界上绝大多数人，如果没有利益，或者只会带来害处，都不会把自己的价值观强加于人。但即便有利益考虑，利益也不能独行，必得价值观上自认居于上风，这才可以给自己争取推广的合法性。

国家利益也是分层的，有核心利益，有一般利益。首先要区分什么是国家利益，什么是国家中某一种政治力量的利益；然后要区分核心利益和一般利益，例如国民的生命权利，这就是核心利益，而国家施行何种治理方式，这就不能算是核心利益，甚至连国家利益也算不上。现代国家的理性算计，在于能够比较稳定而有效地辨认国家利益和非国家利益，以及国家利益的不同属性，少走莫名其妙的弯路。

也有人说,美国总统并不能够代表美国教育是否成功,美国总统不是好的世界公民,不表示美国教育培养不出世界公民。这当然也是一个道理,因为任何一个国家的教育都可能培养出各种各样的人来。受到最好教育的人也可能犯重罪,那连好国民都不算;同时每个国家大概都不免有些具有世界情怀的人。

不过,现代国家,教育首先是培养本国公民的制度和体系。培养国家和民族观念,培养各种技能,掌握各种知识,都是对学生进行合格公民的培训。而贯穿教育的观念和价值基础,在不同的国家确实大不相同,其中必有不符合人类共同准则和合乎人类共同准则的区别。这也就是说,哪怕是培养本国公民,教育也仍然有好坏之别,不能说以培养本国公民为念,就必然地不好。例如当代德国的教育告诉人们,军人是穿制服的公民,这就跟一味强调“军人以服从命令为天职”大不一样,服从机器可以服务于任何长官,而穿制服的公民可能违抗不人道的命令。以培养世界公民为职责的国家教育体系,现在还没有出现,恐怕只要国家还存在,世界还没有成为一个单一国家,这样的教育体系都不会出现。

美国是众所周知的世界民族大熔炉,接纳了世界上最多的种族。这样的人口构成而形成的“美国爱国主义”,恐怕比世界其他地方的爱国主义有更大的包容性,因为其内部就有着复杂的文化关系、族裔关系需要妥善处理。美国教育在培养世界公民上,即使不说比别的地方更强,恐怕也很难说比别的地方更糟。当然,如果以“理想世界公民”来看,说美国教育培养世界公民一塌糊涂,可能未必不可,只是别的地方可能更加不足与论。

跋

杂文家的时评

鄢烈山

看到刘洪波这本文集的电子文本，我的第一个念头是，为什么是2011年的文章选编，而不是这些年的选集呢？转念一想，这些年我们面对的社会并没有多大结构性的变化，言说者面对的主要问题与要申论的基本观点也没有多少实质性的变化。那么，这最近一年谈论的话题记忆犹新，就思维观念的载体而言，就更有“接近性”。如果用这本书做新闻系学生的时评课教材，学生对议题也更易于了解。据我所知，作者一年写的文章，虽然比不上张季鸾、李普曼的社评一天一篇，可也不会少于200篇，选编一本绝不会滥。想当年，邵燕祥、牧惠、何满子等杂文界前辈，在20世纪80、90年代，每年都有至少一本结集出版，有编年史意味。如今虽说进入互联网时代，年轻人可以上网免费阅读作者的专栏博客，但如果有出版社能每年给刘洪波出一本文集，至少对于那些不能上网的中老年人，会是一件功德无量的事情。

我的第二个念头是，作者选了《在公路上找回人民》的篇名做书名，他还真不在乎某些杂文和评论圈中人怎么说。书中同样出现“人民”字样的，还有《是负责于规定还是负责于人民?》、《人民必须不怕麻烦》两篇，后者有反讽意味，前者用的是正解，吁求循名责实。不必讳言，“人民”一词，几十年来被用滥了，不仅有“人民政府”、“人民法院”，连垄断性企业铁路、邮政等也要加“人民”的前缀；更有用歪的，阶级斗争时代的“人民”是作为与“敌人”相对的概念。因此，有些人主张不用这些官方腔调的词语，否则就是什么什么，至少是不清醒。刘洪波并不想刻意显示与谁决裂的姿态。“人民”的本义并不会因为什么而失色，它就是“主权在民”的那个“民”。实际上，“革命派”和“自由派”都推崇的法国大革命重要文献《人权与公民权宣言》，思想源头就是美国的《独立宣言》及17世纪英国的《人民公约》。

再看目录和内文，若要用一句话来概括总体印象，那就是：杂文家的时评。毫无疑问，这个选本是时评：对时事新闻、时政局势、时世民情的评说。这样说，主要有三层含义：一是与专家（法学、经济学、社会学、国际问题等研究人士）写的时评专栏不同，与微博等新媒体上短短长长的时评不同，更不是文史札记之类题材与当下无直接关系的短文；其二，它们是杂文与时评的交集，用杂文笔法写的时评，既区别于“据报载”的时评八股（写手们的“短、平、快”），也不同于全靠逻辑推演的评论（如长平的大多数评论）；其三，不言而喻，不同于官府评论，却是自己的“官方”评论。关于第三点，说点题外话。1950年1月毛泽东首次访苏时，以新闻总署署长胡乔木答记者问的名义发表文章，批驳美国国务卿艾奇逊，嬉笑怒骂如同《毛泽东选集（第四卷）》最后那几篇杂文，自以为很过瘾，斯大林却认为“一文不值”，外长莫洛托夫表达不满说这不是官方声明，不权威，违反了中苏蒙三方同时回应美国的协议。如今，在中国，官家的评论还是有“权威性”的，但仅限于《人民日报》评论员文章、新华社的社评，以其有政治风向标意义；单位和明星等也有了“官网”乃至“官方微博”，“官”字在这里无非经过认可、代表自己立场的意思。那么，刘洪波以职业身份写的时评对于他个人只是“代笔”；这些以杂文家身份业余撰写的署名时评，才是他的“官方文章”吧。

这些文章是杂文还是时评，对于作者来说并不重要。刘洪波曾在长江文艺出版社2003年版杂文选本的主编序言里说，杂文不指哪一种特定的文体和文章风格，可文可诗，可美可刺；如果这样看，杂文就包括有文学性的时评了。同时，他说“杂文是表达思考的文体”，“力图表达对社会问题独立而真实的声音”（刘洪波文集《淳朴的异议》封底答问，2001），这就和时评是同样的追求，“但愿能激发读者对现实问题的关切和思考”。事实上，鲁迅早就将杂文定义为“感应的神经，攻守的手足”，也就是说，在那个传媒不发达的时代，杂文即时评。如果我们承认直言快语讲真话的公共空间还有待拓展，对某些所谓敏感话题又不愿放弃表达，那么在时评中采用联想、暗示、隐喻等曲折的笔法，恰如刘洪波所言，“杂文与其说是一种文章作法，不如说是一种文化现实。”

刘洪波的“纯粹”杂文，是写得很漂亮很老到的，如文史札记体的《盛世略编》把康雍乾年间的大事记与欧洲史事编年对比，随笔体的《“皇帝来哉”》以学毛著的积极分子顾阿桃的一句感慨为核心展开联想，可谓脍炙人口的杂文名篇。随着市场化媒体的发达，特别是互联网的兴起，一来载体多，二来有网络言论的相对恣肆打头阵，不能不承认言论环境有了相当大的改善，时评也兴盛起来。因此，我想不出“永远处在有感而发、一吐为快的情景中”的刘洪波，有什么理由不把主要精力放在写时评专栏，而硬要坚持写“纯杂文”，在所谓“艺术”表现形式上费心思玩花样！文化观察家黄集伟先生曾在“1997 年年终专稿”之《1997 十大新锐作者 · 刘洪波》中，激赏他的杂文理念，不是为结集，为扬名立万而写作，但求有意义的表达，宁肯因社会进步之加快而自己的杂文失去生命力。黄集伟说：“这样的杂文理念透露出来的，是一种鲜明的逆文人传统的作文姿态。而其实，这也是一种做人的姿态。”我非常认同黄的这个观点。

刘洪波在创作谈里多次表明自己的写作，是持“草食者”（与曹刿口中的“肉食者”相对）或者平民的立场；他说自己对鲁迅印象最深的，“在于他始终站在人民大众一边，始终没有停止对中国人民生存与发展的思考”（《读出滑稽》代自序，2001）；有时候他又表述为“以人的一般立场来观察所处的社会”（《淳朴的异议》封底答问，2001）。对此，我想强调两点。

第一，他表明自己的平民立场，更准确的表述应是他说的“平民知识分子视角”（《淳朴的异议》封底答问，2001）。从本书中这些标题

“国土内的难民”、“智障人士的三种特色用途”、“墓地为家”、“老年人形象负面化之忧”、“强拆可以有，跳楼可不行”、“单位是个皮条客”等等，就可以看出作者对底层人群、对弱势群体命运的关切，但他也清醒地意识到自身经历的局限，即自己已非身在最底层，有些生存状态甚至不可能用推己及人之心体察。比如，在写“春运”的《回到故乡和母亲身边》，他说，“……而我们每个人都有故土，都有母亲，我们能够由此及彼，推己及人，我们会体味那些在途的人们的感受，并且感同身受”，这是一种“同情心”；而在《一个干旱消费者的零思》里，他告诉生活在有保障的城市里的自己，“我没有体验到干旱，也没有感受到干旱，我只是看到干旱的报道……说到底也差不多是一个干旱新闻和干旱景观的消费者，虽然也有一些思考，有一些同情，但毕竟只是一个消费者而已”。就像沙俄身为贵族的“十二月党人”关心平民，这是良知和正义感使然，但能否意识到自己与真实的平民生活的暌隔，这一点很重要；否则，若不是矫情，也可能成为自作多情的民粹派，自负地以为可代表平民利益而误天下苍生。

第二，平民立场与人的立场是相通的。一方面，“人的立场”可强调全球视野、人类情怀（或者叫“世界公民”视角、普世价值），超越阶级（体制）分野、国家（民族）畛域和斗争哲学、民族主义。比如，本书中《外交家的道理》、《哪个国家培养了世界公民?》、《国家理念与人类价值》、《需要有国家广告吗?》，特别是谈日本震灾的这篇《在灾难中思考人的方向》说得非常精彩——“这是日本人民的灾难，日本的灾难，也是世界的灾难，人类的灾难。……全球化不只是一种经济现象，而且正在带来思维的革命。思想家的概念设定，越来越少决然分割……‘中国人’、‘日本人’的概念，应当替换为‘人类在中国’、‘人类在日本’。这不只是思维的变化，也是人类作为生物物种在地理分布上的现实。”但是，另一方面，谈国内问题的所谓“平民立场”，又何尝不是关注人的权利、人的尊严、人的幸福呢？只不过是觉得这些好东东不应该为哪部分人的特权而应该为普遍实现而已。因此，在自由、平等、博爱这些人类基本价值观上，“平民立场”是统一于“人的立场”的。

上述关于刘洪波文章的基本立场和价值观，是他写作的基石却并非特色，这样兑现的人不多，标榜的人可不少。接下来，我将从道、术、味三个角度粗略地谈谈他的创作个性。

这里所谓“道”，并非“天道”、“普遍规律”之类形而上的大道理，而是指个人的“修为”、“道行”，亦即俗话说的“德行”。那么，刘洪波文章最可贵的一条，表现他道行的是：孤而不愤，无戾气。

他曾在《读出滑稽》(2001)的作者简介里说：“自我感觉可用两句话概括：其人学而无术，其文孤而不愤。”前句“学而无术”，是自谦术业无专攻，还是自夸率性无心术，抑或自嘲什么的，且不理会；自道其文“孤而不愤”却是很真切的，在我看来，这在当下中国，是一种殊为难得的为人为文的境界。

所谓“孤”，就是有屈原所颂的“苏世独立，横不而流”，陈寅恪崇尚的“独立之人格，自由之思想”。我看“孤”有三种表现：

其一如《孟子》上说的“虽千万人吾往矣”，不从众，不怕孤军奋战，刘洪波做到了。庄周的《齐人物论·百年散文大盘点》，曾评刘洪波“触角敏锐，八方邀战，说理透彻，斗志昂扬”，就包含这层意思。

其二是不惧打压不受利诱，不迎合不献媚权势和财神，耐得“孤寒”，这一层刘洪波也做到了。1996 年曾因一篇取材本市的杂文被“土地菩萨”对号入座，差点饭碗不保，有近两年时间日子不好过，但不改其志。

第三种“不愤”之孤是最难的。一来是这年头，贫富悬殊、贪赃枉法、颠倒黑白、不公不义，令人拍案而起的事太多，平常人要“不愤”本来就不易；二来是虽然鲁迅早就指出“辱骂和恐吓决不是战斗”，但在以愤怒显示独立成为潮流和时尚的当下，不做一只愤怒的“草泥马”，则需要强大的定力。杂文界时评界知识界不乏消费民愤民怨的人，有的是因“羡慕嫉妒恨”而发泄，有的是言行相悖如贪官李大伦、薄熙来之类唱高调，有的是想当意见领袖而装腔作势表演独醒和勇敢，不一而足。而刘洪波只想表达（表现）自己的独特见解，却无意于表演什么姿态，这是从“修辞立其诚”即写作动机的角度来说的。

刘洪波也有七情之一的愤怒，但在为文时他宁可做语言转换而避免暴戾之气。像《记者有毒，添加剂无害》、《油头粉面的垃圾数据》，都是只着力揭示荒谬而不着意显示义正词严。所以，黄集伟评他的文风“在不失锋芒的同时又不失从容，在绝不落伍的同时又不失谨慎”；文学评论家陈晓明论《刘洪波杂文的审美特质》指出：“‘含笑谈真理’正是刘洪波杂文思想和艺术风格的很重要一个方面，也是他为读者长久喜爱的一个奥秘。”这是从文本呈现的角度来讲的。

这种文风就是《书经》所推崇的“直而温，宽而栗，刚而无虐，简而无傲”，其哲学基础是儒家的中庸之道。不过，我宁肯借用佛家的“中道”来解释刘洪波的平和、不堕极端。他强调“人的立场”，那首先要对人性有深刻的体悟，因而尽可能克服自身“贪嗔（怒）痴”的人性弱点。人性本来无善无恶或有善有恶，因为深悟人性之恶、有心魔，所以要监督权力，也要对所有的人心怀悲悯；因为体认人性之善，所以要坚守良知，弘扬同情心和正义感；总之，相信平心静气、与人为善的说法，比诉诸激情的谴责声讨更有助益。所以说，做到“孤而不愤”靠修为，那是人品与文品的统一。

再来说“术”。这里说的“术”，不是形而下的文字技术，非关谋篇布局遣词造句技巧，也不是避险或切入的策略，而是贯穿动念立意归纳演绎辨析全过程的思维方法，近似于“法术”、“道术”之术，是才思，是智慧。刘洪波的文章，我最欣赏的是：思敏且锐，有慧根。

这是我与读过刘文的许多朋友共同的感觉。陈晓明说“在刘洪波杂文中，独创性才能和独创性思维是相互渗透、相互依存的”。他讲的就是思维之于才能的重要性。佛教认为众生平等，禅宗说狗子都有佛性，能否得证菩提在于是否“觉悟”，强调的不是道德而是智慧（思维）。杂文与时评首重见识，能否启迪和激活读者的思维；思维的乐趣是它们最重要的审美功能。庄周称刘洪波是“当代中国一只可爱的牛虻,个人之力已抵得上一支青年近卫军”,这主要说的是他的思维敏锐。他总能发现问题,有“无限杂思”要表达,所以高产。黄集伟以鲁迅关于“看客”的议论与刘洪波的《凑热闹》为例,说“和鲁迅的旷达宏富相比,刘洪波又常常有着粗中有细的周到”。这说的是他思辨的细致缜密。我写这篇短评时问笑蜀“你认为刘洪波(文章)的最大特点是什么”,他不假思索地回答“有穿透力……”。这说的是阅读效果,还是关于思维的?

且举几个本书中的例子。视角独到的,如《人道先于诚信》,当媒体都在夸奖一个八旬老人如何“诚信”,不畏艰辛地为台风中遇难的三个儿子还债,他却指出这不合法,也不人道。敏锐而缜密的,如《在公路上找回人民》,揭示“人民的概念,不能用消费者的概念来取代”;末篇《哪个国家培养了世界公民?》,在驳诘北大校长周其凤的论调时,指出“国家利益也是分层的,有核心利益,有一般利益。首先要区分什么是国家利益,什么是国家中某一种政治力量的利益;然后要区分核心利益和一般利益,例如国民的生命权利,这就是核心利益,而国家施行何种治理方式,这就不能算是核心利益,甚至连国家利益也算不上……”。举重若轻的,如《信息攻防与图像政治》,评四川西充警察执法时殴打拍照教师事件,结论是“更因为信息行为已如同吃饭穿衣一样成为人类基本生活方式。人是铁,饭是钢,你见过哪个权力战胜了肚皮对粮食的需要?”一针见血的,如《是地域摩擦还是阶层摩擦?》。还有“以小见大”什么的……这么举例只是为了方便叙述,事实上这些思维特点是互相渗透的,我们无法描述作者思维的脑电图,所说的也只是我们阅读感受的碎片。

最后,说到味。味是什么?我说不清,就像朋友请客我只会回答说“好吃好吃”,妙处难与君说。刘洪波的语言特色,我感觉是:婉而多讽,耐寻味。这味道,似乎不止是文学味、杂文味,而是“闻香识女人”的那种独特的个人气息,包括“体味”、“汗味”。

同为江汉平原农家之子，我可以感觉到其用语里的乡土气息，只是议论文不可能像贾平凹、莫言的小说那么浓厚。他语言的俏皮、幽默、机灵，则应该是性情与天赋，我学不来。常有正话反说，不动声色的对比讽刺，用修辞法来解读就有头巾气，不是他所喜欢的；有些话一说破、一说透反而无趣了。其语言的鲜活，用陈晓明教授的话来说就是：刘洪波的杂文虽有着理论的深邃内涵，却无理论的“灰色”形态，它同人们的日常生活经验保持着最密切的联系，跳动着形象、情感和趣味的生命与光彩，生动、泼辣、尖锐、幽默、有益，其理论之花开在生活之树上……

请看本书中这些标题“公职人员的福利共和”、“国土内的难民”、“张牙舞爪的发展”、“袖笼子里的和谐”、“留守是一种发展成本”，等等，有很强的概括力，却又非常形象，中心词与定语间形成强烈对比和反差，荒诞感、滑稽感油然而生，不动声色与以少胜多的批判意味就出来了。

请看很多人评说过的强征强拆和所谓城市改造，在刘洪波的笔下是怎么说的：“棚户区就是贫民窟。当今世界，很多地方有贫民窟，中国没有。不是事实上没有，而是依法没有……”（《国土内的难民》）；“权力说要有秩序，于是我们就看到了秩序的表演。为了这无所不在的秩序的大戏，我们的生活变成戏剧，而且为了服务于这戏剧，扭曲生活在所不惜。权力不想看到自然生态，而希望看到农作物的人工培育。葵花朵朵向太阳，这就是视觉秩序和精神秩序的典型意象。”（《权力美学的视觉秩序》）没有呼天抢地的悲愤，更没有引经据典的痛斥，其婉而多讽，对权力（包括对权力意志而不是民意负责的法律）傲慢恣肆的讥刺，不是入木三分吗？

对刘洪波的文章强作解人，说了这么多，都是好话；临了我要申明，这当然不是说他的文章尽善尽美，观点都一句顶一万句无懈可击——这里是介绍他文章的创作特色，并非全面研究刘洪波的写作得失。还要说：我喜欢粤式早点，也喜欢北方水饺和麦当劳的汉堡；

我怕辣厌辣，却不反对别人爱辣嗜辣；我欣赏坚韧厚道的史湘云，也欣赏刚烈决绝的尤三姐；我赞美与世无争的隐士，也赞美奋不顾身的烈士，虽然我都做不到。

2012/10/15

后记

写作是有限的

刘洪波

写作从来就是意义呈现的过程。图像可能是有意识的作品，也可能是无意识的制作，但写作肯定是在有意识地记录和呈现什么东西。

在一个历史遗址中，考古学家可以发现人类生活的各种遗留，包括物品、物品之间的关系，以及存放物品并呈现物品间关系的空间，这些构成了一个真实的生活场景。哪怕墓茔，也是生活场景，因为那是对生命完结后的生活的想象，这种想象属于心理的真实。

考古与盗挖是有区别的。盗挖是获取物品的交易价值，而考古是发现人类历史中的某一种生活。一堆古代的垃圾对盗挖者毫无价值，对考古却具有重大价值。垃圾相对于居室的距离、方位，垃圾中有哪些动物骨头，垃圾中有哪些破碎的生活用具等等，都承载着生活方式乃至生活观念的信息。

考古过程涉及多个维度的意义层次。物品是有意识制作的，物品间的关系以及物品所处的空间也是意识构造的，都是为了“实用”而构建。考古却是在生活消失之后发现生活，考古遗址中的一切，都已经不再具有“实用性”，其实用的意义已经不复存在，但它们在考古中都变成了“意义载体”。考古就是一个发现遗址、遗物中的意义的过程，哪一年代，哪些人，过着怎样的生活，为什么那样生活，如此等等。

写作没有实际的用途。与考古相同的，它是一种意义构造活动；与考古不同的，它不是发现历史中有过的生活，而是一种现实的、当下的意义构造。就算在历史中穿越，写作也是基于当下的认知，何况写作的主要类型也是直接面对当下。生活是无意识呈现的，即使很有目的性的生活，也是无意识地呈现着“目的性生活的本真”，原原本本。写作是将生活转换成文字，文字世界本身就是意义世界。

写作可以被视为源于现实、以意义为指向的个人考古。任何考古活动，都只是挖掘一个个具体的地点，人类历史生活环境的一个很小的局部，而不是掀开整个地球或某个地域。写作也是如此，很难去完成生活的总体性叙事，而是面对生活的一个个局部和节点。

写作可能专注于生活中并不令人开心的事情，如同考古学家专注于历史遗址中的垃圾，这并不表示生活只有不开心的事情，或者人类在历史上生活在垃圾堆里。不开心的事情是生活的一部分，如同垃圾是遗址的一部分，但解读不开心的事情可以贯注正能量，就像考察垃圾可以复述历史上的生活情景。况且，考古有意复述某个时代、某个地域的人类共同生活，写作却往往无意于此，它更加专注于写作者的体验、感受与思考，大多只是留下“这一份”备忘，而已。

相对于生活，文字是有限的。这就像相对于真实的世界，画面大小总是有限的；相对于生命过程，电影的时间长度也是有限的。但正是因为绘画幅面和电影时长的有限性，使绘画和电影获得了意义。文字的有限是其局限，也是其独特价值的基础。再好的文字也不能完全再现生活，但文字有自己的丰富过程。具体的生活被文字所映现，在文字空间里留下生活的片断，思索生活的应然状态，以及生活现实的意义之丰富或缺乏、真实或虚妄、合理或荒谬。

写作不仅有文字的有限性，还有写作者的有限性。写作者的文字能力是有限的，因而也是有个性和特点的。另外，写作是基于个人大脑与心灵的运思。没有人能够穷尽生活，而只是在生活的无数种可能性中主动或被动地过上了一种生活。也没有一个写作者能够穷尽生活的全部意义，而只是在文字构造的意义拼图世界里添加或多或少一点东西。

我之所写，并非是对当下的全部生活予以概括，甚至不能说撷取了当下生活的典型性、代表性局部，本来我也无志于此。我深知写作的有限，也深知个人的局限。本书所写，无非是随时之所见、所感、所思，虽然也可见时代的流风，终究只是个人对个案或个例的感思，或有一得之见，或属一叶障目，但可以保证并未故作诳语，需要声明的是，请勿据以断言时代。

这是大变革的年代。传统解纽，价值重估，社会转型，体制丕变，现代化进程正在进行，而前现代境况仍有沿续，后现代文化也在生成。变化迅猛，撞击剧烈，国家发展的复杂性，地域差异的复杂性，文化代际的复杂性，更重要的，人们生活和心理的复杂性，都在淋漓尽致地展现。时代要向前走，这是大趋势。我们都在以个体的方式跟着时代前行，每一种方式都有它的意义。

2013/2/20